8
고블린 슬레이어
GOBLIN SLAYER!
He does not let anyone roll the dice.
© 2018 Noboru Kannatuki

“일어나 있지 않나.”
“……정말이지,
심술궂은 분이세요.”

"……그 이후로, 푹,
잠들 수 있게 된 덕분에.
새삼, 인사드리려고……."
© 2018 Noboru Kannatuki

Contents

GOBLIN SLAYER!

He does not let anyone roll the dice.

고블린 슬레이어

GOBLIN SLAYER!

He does not let anyone roll the dice.

8

저자 카규 쿠모

일러스트 칸나츠키 노보루

고블린 슬레이어

인물 소개

CHARACTER PROFILE

—그러니까 나는,
놈들 입장에서 고블린이다.

고블린 슬레이어
Goblin Slayer

변경 도시에서 활동하는 별난 모험가. 고블린 토벌만 해서 은 등급(서열 3위)까지 올라간 희귀한 존재.

—지키고, 치유하고, 구하라.
『지모신의 세 마디 성스러운 구절』

여신관
Priestess

고블린 슬레이어와 콤비를 짠 마음씨 고운 소녀.
고블린 슬레이어의 무모한 행동에 휘둘리고 있다.

—무지한 자들이야말로
행복한 것이다.
알게 되는 것은 가장 커다란
기쁨이니까. 『엘프의 격언』

엘프 궁수
High Elf Archer

고블린 슬레이어와 모험을 함께 하는 엘프 소녀.
탐색자(레인저) 역할을 맡고 있는 굉장한 솜씨의 활잡이.

—그녀에게 중요한 것은,
언제나 날씨, 가축, 작물과
그 사람이다.

소치기 소녀
Cow Girl

고블린 슬레이어가 묵고 있는 목장에서 일하는 소녀.
고블린 슬레이어의 소꿉친구.

—펜과 종이도 없이, 어떻게
모험을 할 수 있을까요?

접수원 아가씨
Guild Girl

모험가 길드에서 일하는 여성.
고블린 퇴치를 솔선해서 하는 고블린 슬레이어 덕분에 언제나 마음의 짐을 덜고 있다.

—보석도 금속도 연마하기 전에는 모두 돌덩이로다. 사물을 겉모습으로만 판단하는 드워프는 이 세상에 없느니라.

드워프 도사
Dwarf Shaman

고블린 슬레이어와 모험을 함께 하는 드워프 술사.

—용은 도망치지 않는 법.

리자드맨 승려
Lizard Priest

고블린 슬레이어와 모험을 함께 하는 도마뱀 수인 승려.

나를 단련하고 칼날로 해치워라. 피가 나온다면 내 적이 아니다.
—강철의 비밀, 그 중 일부.

중장 전사
Heavy Warrior

변경 도시의 모험가 길드에 소속된 은 등급 모험가. 여기사를 포함한 변경 최고의 파티를 이끌고 있다.

—신비와 사랑은 혀로 자아낼수록 쉽게 풀어지는 법. 하물며 여인의 아름다움은 어떠하리.

마녀
Sorceress

변경 도시의 모험가 길드에 소속된 은 등급의 모험가.

존경해 마땅한 적을, 내일의 벗이라 부르기는 싫다. 적어도 오늘은.

창잡이
Lancer

변경 도시의 모험가 길드에 소속된 은 등급의 모험가.

사랑이란 서로를 마주보는 것이 아니다. 같은 방향을 함께 보는 것이다.
—어느 시인.

검의 처녀
Sword Maiden

물의 도시에 있는 지고신 신전의 대주교. 과거에 마신왕과 싸운 금 등급의 모험가이기도 하다.

제1장 『과거에 있었던 청춘, 지금 그곳에 있는 재』

죽음에 이를 만큼 날카로운 눈보라가 덮쳐오자, 젊은 여주교는 비명을 억누르고자 입술을 깨물었다.

악마 놈들이 사는 이계의 제9층에서 초래된 추위가 미궁의 묘실을 한순간에 빙실(氷室)로 바꾸었다.

검푸른 피부의 그레이터 데몬(최고위 악마)는 그 영역에서 나타나는 존재다.

묘실을 뒤덮는 것이 아닐까 싶은 커다란 몸에 방대한 마력을 가진 마신이 둘.

안대로 가려진 어렴풋한 시야이기에 그 존재감을 질겁할 정도로 알 수 있었다.

여주교는 추위에 딱딱 이를 떨며, 풀려버릴 것 같은 무릎에 필사적으로 힘을 주었다.

"타, 앗!!"

"OUURGGGRERRR?!"

사랑스런 외침과 함께 천칭검을 일섬. 사슬로 이어진 천칭이 부웅 울었다.

눈보라에 뒤섞여 접근한 나이트 스토커(야귀)를, 일격으로 두개골을 쳐부수어 해치웠다.

자아를 가진 흡혈귀에 이르기 직전인 고위의 망자라고 해도, 뇌가 부서지면 멸망은 피할 수 없다.

뇌수와 두개골을 오물처럼 떨쳐내고 전투 태세를 취하는 여주교에게 여전사가 어깨 너머로 돌아보았다.

"미안해애, 한 마리 빠져나갔어엇!"

"괜찮, 답니다!"

여주교는 대답하면서 재빨리 동료들을 관찰했다. 이 정도 잔챙이는 얼마든지 상대할 수 있다.

여전사는 지금 막 칼날을 맞대고 있던 검은 그림자― 암살자의 심장을 꿰뚫어 처리한 참이다.

파티의 리더, 동방의 갑옷을 입은 검사는 거대하고 추악한 악마와 대치하고 있었다. 그 덕분에 이쪽은 안전하다.

손에는 가는 만도(湾刀), 동방의 무기를 손에 들고 유유히 선 등은 평소와 다름이 없었다.

그 옆에서 허리를 깊게 낮추고 틈을 노리는 하프 엘프(반 숲 종족) 척후는 표정이 어색하기는 했지만 미소를 지었다.

자신의 옆에는 벌레 승려가 있다. 말수가 적고 과묵한 인물이지만 냉정 침착한 태도였다.

그리고 반대쪽 옆에는 술법을 써야 할 때를 판단하는 여마술사…….

다들 우박과 눈발을 맞아서 피해를 입었다. 우선 이걸 차단한다.

"《검의 군주여, 보아야 함을 보고, 말해야 함을 말하는 자에게 수호의 가호를!》"

치켜든 천칭검을 중심으로 빛의 표식이 나타났다.

그것은 강력한 《프로텍션(성스러운 벽)》이 되었지만, 추위는 어찌하기 어려웠다.

겨울의 눈 덮인 산이 이러랴 싶을 냉기는 모험가들의 몸을 깊숙하게 에이면서 옥죄었다.

“여러분, 지금, 회복을―!”

“아니, 그것보다 우선 상대의 술법을 막아주세요! 두 번째가 오면 위험해요!”

짧은 지팡이를 한 손에 들고 전장을 바라보는 여마술사가 추위에 창백해져 떨면서도 목소리를 높였다.

그 적절한 지시에 대체 몇 번이나 구원을 받았을까?

“네!”

천칭검을 치켜든 여주교 옆에서 벌레 종족의 승려가 주인을 맺었다.

“맞춰서 가지! 데몬이라 해도, 주문을 봉하면 약해질 게다!”

“부탁드립니다!!”

파티 안에서 가장 숙련자 중 한 명인 그는 만났을 때부터 여주교의 스승이기도 했다.

빙설의 고통도, 강적에 대한 긴장도, 여주교의 가슴 속에서 사르르 녹아 사라졌다.

천상에 거하는 신들에 대한 기도가 눈보라를 가르며 드높이 울려 퍼졌다.

“《돌고 돌아 바람이 되는 나의 신, 우리들이 가는 길에 나누는 대화를, 부디 내밀하게》!”

라이트 투 리메인 사일런트
“《그대들에게, 묵비의 빛이 있으라》!”

침묵
―《사일런스》.

보이지 않는 위력이 묘실을 가득 채우는 가운데, 악마 놈들은 추악한 얼굴에 징그러운 웃음을 지었다.

모험가들은 늘 이렇다. 주문만 막으면 어떻게든 된다고 생각한다.

그러나 악마란 것은 이름 그대로 마성, 마술과 가까운 법.

어지간해서 그들의 술법을 막는 일 따위 할 수 없다.

그리고 모험가가 품은 희망을 쳐부수고, 그 몸을 유린하는 것이야말로 악마의 기쁨이다.

악마 놈들에게는 무엇보다 말을 가진 자의 절망이야말로 만찬이 되는 것이다.

어디, 또 다시 눈보라를 맛보여주마.

남자 놈들은 살아남더라도 반죽음, 얼마든지 요리할 수 있다.

술자인 여자 둘은 죽을지도 모르지만, 전사 여자는 버텨내겠지.

아니, 죽었다고 해도 여자의 고기는 쓸 길이 얼마든지—.

"——?!"

그리고 커다란 턱을 벌린 놈들은 그제서야 자신들이 말을 할 수 없다는 것을 깨달았다.

—술법이 봉인 당했다?! 고작해야 벌레와 흄(인간)의 계집 따위에게?!

"으랏차! 해냈다아!!"

악마들이 곤혹하는 것을 보자마자 빈틈없는 척후가 즉시 단검을 손에 들고 발치를 지나쳤다.

그가 지나치고 나서야 파악 피보라가 피어오르고, 그 커다란 몸이 둘 다 휘청 기울어졌다.

다리의 힘줄을 끊은 것이다. —그것을 깨달았을 때는 이미 늦었다.

"느리, 네요오!"

휘잉. 창이 허공을 가르며 여전사의 치명타(크리티컬 히트).

칼날 끝에 꿰뚫어진 심장이 왈칵 검푸른 피를 뿜어냈다.

"—?! ——?!"

"아하핫. 무슨 말을 하는 건지 전혀 모르겠는걸요?"

여전사가 키득 웃음을 흘리며 뒤로 뛰어 물러나자, 뿜어져 나온 피는 전혀 묻지 않았다. 남은 녀석은 하나.

곧장, 리더인 검사가 가는 만도를 들고 간격을 좁혔다.

쓰윽. 낮게 파고들면서 물 흐르듯 발도. 아래쪽에서 베어 올리는 일격.

이어서 끝까지 휘두른 만도의 자루에 손을 받쳐서 칼날을 반전시키고, 내리 휘둘러 이격.

팔이 날아갔다. 이어서, 또 하나.

정확하게 노려서 스윽 당기면 칼날이 살과 뼈를 베어내는 법이다.

"———?!"

검푸른 피를 질척거리며, 그레이터 데몬이 턱을 벌리고 목을 떨면서 날뛰었다.

본래는 《사일런스》로 봉해진 목소리가 누구에게도 닿지 않으리라.

그러나, 그 목소리가 미약하게 여주교의 귀에 들어왔다. 미약하고, 작은 목소리.

"동료를 부를 셈입니다!"

의도를 짐작한 여주교는 동료들에게 날카로운 경고를 보냈다. 벌레 승려가 턱을 떠걱 울렸다.

"어쩔 텐가? 어차피 처리할 거야. 늘려서 사냥할까? 어느 쪽이든 좋다!”

하프 엘프 척후가 단검으로 견제하면서 맨 먼저 외쳐 대답했다.

“늘어나면 귀찮지 않수. 해치우는 편이 좋다우!”

해치우자. 이어서 리더가 짧게 지시를 내리자 파티의 방침이 정해졌다.

“맞춰주세요!”

“네!”

여마술사가 짧은 지팡이를 휘두르자 여주교가 천칭검을 치켜들었고, 긍정의 대답을 외친 리더가 맨손으로 주인을 맺었다.

“《웬토스(바람)》!”

“《루멘(빛)》!”

―《리베로(해방)》!

다음 순간, 질풍과 함께 해방된 빛과 열 따위가 거듭해서 묘실을 덧칠했다.

소리도 없고 기세를 올리지도 않고, 불어 닥치던 빙설이 녹아서 사라졌다.

만물의 근원인 힘을 휘두르는 금술(禁術) 앞에서 형태를 유지하는 것은 최고위의 용 말고는 없으리라.

죽음에 이를 만큼 강력한 열풍에 노출된 악마는 비명도 지르지 못하고 부서져 재가 되어 소실됐다.

따끔한 열만 남기는 바람이 지나가고 나면, 이제 그곳에 살아 있는 것은 없다.

남은 것은 보물상자뿐. 모험가들은 서로의 얼굴을 마주보고 후우,

숨을 내쉬었다.

리더인 검사가 만도의 피를 떨쳐내고서 칼날을 닦더니 모두에게 격려의 말을 했다.

"뭐, 그레이터 데몬이면 대강 이런 법 아니겠수."

"주문만 없으면, 그냥 수만 많으니까아."

재빨리 보물상자에 다가가는 하프 엘프 척후를 여전사가 키득키득 웃으면서 지켜보았다.

아무리 묘실의 괴물을 쓰러뜨렸다고 해도, 미궁에서 모든 적이 사라진 것은 아니다.

리더인 전사가 긴장을 풀지 않는 것도 당연하다. 한 차례 전투가 끝나더라도, 결코 경계를 게을리하지 않는다.

"어느 정도까지 왔나요? 지도를 보고 싶어요."

"아, 네. 제가 아직 지도를 그리는 도중이라서…… 잠시만 기다려 주세요."

문득 여마술사가 말을 걸자 생각에 잠겼던 여주교는 급하게 짐을 뒤졌다.

그녀가 꺼낸 것은 몇 개나 되는 양피지를 모아놓고, 더욱이 모눈을 균등하게 새긴 것이었다.

여주교는 필기구를 사용해 모눈을 이어 새로운 묘실을 더해 그렸다.

눈이 보이지 않기에 더욱, 그녀는 이런 것을 그리는 것이 좋았다.

아직은 특기라고 작은 가슴을 펴고 말할 수 없지만.

"세로로 둘, 가로로 둘, 그리고……."

"숨겨진 문이 있을 지도 모른다. 나중에 찾지."

"네. 《홀리 라이트(성스러운 빛)》를 준비해야겠어요……."

벌레 승려에게 고개를 끄덕이고, 여주교는 옆에서 빼꼼 들여다보던 여마술사에게 지도꾸러미를 내밀었다.

"여기요. 이제 9층의 중간까지 왔다고 생각한답니다."

"고마워요."

여마술사가 미소를 지으며 그것을 받더니, 리더 쪽으로 종종 걸어갔다.

리더인 검사는 만도의 칼날을 살피고, 고정못을 점검하고, 갑옷을 점검하는 참이었다.

그리고 그는 어린애가 뭔가 보여주는 것처럼 지도꾸러미를 보여주는 여마술사를 보고 한숨을 한 번 쉬었다.

제가 연상이거든요?! 토라진 기색으로 말하는 여마술사의 모습에 여주교는 미소를 지었다.

역시 그레이터 데몬 놈들은 결코 얕봐서는 안 되었다.

미궁 제9층에 이른 **그들**은, 약탈과 살육(핵 앤 슬래시)의 강자들이니까.

"그건 그렇고……."

묘실의 사방에 방심하지 않고 지각을 기울이면서, 여주교는 「호오」 안도의 숨을 흘렸다.

그리고 그녀는 아직 풍만하지 못한 가슴을 살며시 쓸어내렸다.

"고블린이 아니라, 정말로 다행이야……."

누구에게도 들리지 않을 가녀린 속삭임은 그대로 미궁의 어둠 속으로 녹아들어 사라졌다.

제2장 『카미키리마루, 남쪽 바다로』

“와, 푸우……?!”

철썩, 물보라가 오르며 선상에 서 있던 여신관을 흠뻑 적셨다.

소금기를 듬뿍 뒤집어쓰자 눈이 따끔거린다. 파도에 휩쓸리지 않도록 뱃전에 매달리는 게 고작이었다.

그 뱃전조차 파도에 젖어 미끄러워서 「아」 하고 생각했을 때 손가락이 미끄러졌다.

다리가 미끄러지면서 갑판에서 떨어지고, 공중으로 둥실 떠오르는 한순간. 낙하로 바뀌는 그 찰나.

“무사한가?”

“아, 네……엣.”

투박한 가죽 장갑이 그녀의 작은 손을 아플 정도로 단단히 쥐어주었다.

“사슬 갑옷은 입고 있겠지?”

싸구려 철 투구, 지저분한 가죽 갑옷, 팔에는 작은 원형 방패를 고정했고, 허리에는 어중간한 길이의 장검.

공들여 정비한 신발로 갑판을 디디면서 그녀를 단단히 지탱해주는 남자.

“떨어지면 빠져죽는다. 단단히 버텨라.”

“……네.”

여신관은 고블린 슬레이어의 말에 몇 번이나 고개를 끄덕였다.

그대로 쭉 끌어올려주자, 여신관은 새삼 뱃전에 쳐둔 그물을 붙잡았다.

폭풍이었다.

흐린 하늘에 구름이 휘몰아치고, 비는 자갈처럼 얼굴을 때린다. 바람이 살을 에고, 바다는 거칠고, 파도가 덮쳐온다.

여신관은 그 폭우 속에서 꿈틀거리는 거대한 그림자를 똑똑히 보고 있었다.

“MMUUUUUUANNDDDAAAAA!!”

몸을 꿈틀거리며 송곳니를 드러낸다. 어두운 해저에 황금색 비늘을 가진 거대 바다뱀— 시 서펜트.

바다의 질서를 흐리는 혼돈의 사도. 기도하지 않는 자들!

“잠깐, 오르크볼그! 이거 어떡할 거야?!”

기울어지고 흔들리는 갑판도 하이 엘프(상위 숲 종족)에게는 바람에 흔들리는 나무 위와 마찬가지.

엘프 궁수가 흉은 하지 못하는 민첩하고 가벼운 몸놀림으로 훌쩍훌쩍 뛰어 다니며 활을 쏘았다.

파도와 물보라를 피하면서 공중으로 뛰고, 몸을 비틀면서 3사.

나무 눈 촉의 화살은 각각 마법 같은 궤적을 그리며 거대 바다뱀을 덮쳤다.

그러나 모두 비늘을 뒤덮은 점액에 미끄러져서 엉뚱한 방향으로 비껴갔다.

아무런 타격도 주지 못한 것에 엘프 궁수는 으드득 이를 갈았다.

“주사위 눈이 나빠……! 나도 철 화살을 살까?”

“엘프의 긍지는 어쨌느냐?! 일단은 쏴라, 쏴서 주의를 분산시키거라!”

“알고 있다니까?! 그쪽이야말로 어떻게든 해봐!”

“입 다물어 보거라! 지금 생각하는 중이니라!”

기다란 귀를 흔들며 소리치는 엘프 궁수와 약간 떨어진 장소에서 드워프 도사도 뱃전을 붙잡고 있었다.

난쟁이

그는 주문술사라도 드워프이기에 힘이 좋지만, 이 상황에서는 어쩔 도리가 없었다.

그렇다고 《스톤 블래스트》나 《피어》가 저 거대 바다뱀에게 어느 정도 타격을 줄 수 있을지…….

그리고 애당초, 촉매가 든 가방을 떨구지 않도록 주의하는 것도 고생이었다.

“흠.”

고블린 슬레이어는 발치의 작살을 차올려 리자드맨 승려에게 주고, 자신도 한 자루를 들어 던졌다.

휭. 상당한 숙련도로 바람을 가르며 투척된 작살이 거대 바다뱀의 외피를 파헤치며 박혔다.

몸 표면의 비늘을 뒤덮은 점액은 화살을 튕겨내기에는 충분하지만, 딱히 방어력이 높은 것은 아닌 모양이다.

그는 지저분한 노란색 체액이 파악, 뿜어져 나오며 바다에 섞이는 것을 철 투구 안에서 노려보았다.

그러나 거대 바다뱀도 만만찮다. 이 정도로 생명력이 다할 리 없었다.

"MUUUUUNNND!!"

귀가 키잉 울리는 새된 소리를 한 번 지르더니 그 커다란 턱이 뱃머리에 송곳니를 콱 박았다.

으지지직 소리를 내면서 목재가 부서지고, 파티가 탄 나룻배가 눈앞에서 바다로 끌려들어간다.

휘몰아치는 폭풍의 바다로 가라앉으면 두 번 다시 육지로 돌아올 수 없으리라. 망자의 동료가 된다.

"와, 히야, 아……윽."

여신관은 커다란 파도와 흔들림에 희롱 당하면서 자신이 할 수 있는 일을 필사적으로 생각했다.

그녀가 할 수 있는 것은 언제나 하나. 기도하는 것 말고는 있을 수 없었다.

그렇다면. 여신관은 입술을 깨물고 흔들리는 갑판 위에서 벌떡 일어섰다.

제대로 서 있기도 힘든 갑판에서, 그녀는 마음을 진정시키고 매달리듯 석장을 들었다.

"《자비 깊은 지모신이여, 부디 나약한 우리들을 대지의 힘으로 지켜주소서》!"

기적이었다.

성스러운 역장이 소리 없이 나타나 거대 바다뱀을 튕겨버리듯 배에서 떼어냈다.

자비 깊은 지모신의 손은 이 바다 위까지 닿는 것이다.

“지금, 이에요!”

“오오! 강을 건너는 해룡(모사사우루스)이여, 똑똑히 보소서!”

리자드맨 승려가 즉시 그 힘을 유감없이 발휘했다.

꼬리로 몸을 지탱하고, 발의 발톱을 세워서 버티며 어깨의 근육을 부풀리고 작살을 던졌다.

고블린 슬레이어 같은 기량은 없는, 단순히 힘으로 던지는 일격이다.

그렇다지만 무시무시한 용의 후예, 근육이 탄탄한 리자드맨(도마뱀 수인)의 힘이다.

기다란 동체 한 곳에 아까 투척된 것보다 깊숙하게 작살이 파고들어 살을 찢었다.

“MUANNDDAAADA??!!”

거대 바다뱀은 비명을 지르며 몸부림쳤다.

철썩. 또다시 파도를 헤치고 바다로 가라앉으며, 꼬리가 해면을 때려 생긴 커다란 파도가 파티를 덮쳤다.

“아앙!”

엘프 궁수가 비에 젖은 개처럼 부르르 고개를 흔들어 물기를 털었다.

결코 방심할 수 없고 여유도 없지만, 짧게나마 한순간 찾아온 휴식. 낭비할 수는 없다.

무엇보다도 바다뱀에게 물려 부서진 뱃머리에서 가차 없이 바닷물이 들어오고 있으니까.

배는 잔뜩 기울었고, 바다뱀을 처리하지 않으면 살 방도가 없었다.

"무사한가?"

고블린 슬레이어는 반대쪽 뱃전의 여신관과 드워프 도사에게 말을 걸었다.

"어떻, 게든. 붙잡고 있어요……!"

"이대로 가면 금방 침몰할 게지만 말이다!"

"나는?!"

엘프 궁수가 안부를 물어보지 않는 것에 항의하는 것을 무시하고, 그는 낮게 으르렁거렸다.

"어떻게 보나?"

"하하하, 이건 그다지 시간이 없겠군."

대답하는 리자드맨 승려는 태연하다. 오히려 이 상황을 즐기는 것처럼 눈알을 돌렸다.

"그렇지만, 개미가 무는 것처럼 공격을 거듭해서는 죽일 수 없음이라. 치명타를 노려야 함세."

"저건, 뭐라고 했……."

"거대 바다뱀일세."

"그렇지."

고블린 슬레이어는 고개를 끄덕였다.

"저건 물고기인가? 뱀인가?"

"글쎄. 소승의 친척인가 하면 유감이네만……."

리자드맨 승려는 돛대에 꼬리를 감아 몸을 지탱하면서, 고개를 쓱 비틀어 뱃머리를 노려보았다.

무참하게 부서진 뱃머리는 지금도 쿨렁쿨렁 바닷물을 마시고 있기는, 하지만.

"……문 자국에 독액 따위는 보이지 않는군. 그렇다면 놈은 그저 닮았을 뿐. 물고기가 아니겠는가?"

"그러면 무기로 할 수 없는 일을 술법으로 해야겠지."

고블린 슬레이어는 재빨리 계획을 정리한 다음, 기울어진 갑판을 가볍게 달렸다.

미끄러지지 않도록 한 손으로 젖은 판을 짚으면서 여신관과 드워프 도사 곁으로 미끄러졌다.

그물을 붙잡은 그의 몸을 드워프 도사가 지탱하고, 그가 아래쪽에서 올려다보게 되자 여신관이 황급히 옷자락을 눌렀다.

"술법과 기적은 얼마나 남았지?"

"이쪽은 나설 차례가 없었느니라. 잔뜩 남아 있다."

"저도……. 앞으로 한두 번이라면."

"좋다."

고블린 슬레이어는 고개를 끄덕였다.

"다음에 놈이 나오면 공격한다."

재빨리 말하는 작전을 듣고서 여신관이 거부할 리 없었다.

"맡겨주세요!"

온몸이 젖은 채로도 힘차게 말하는 모습에 드워프 도사도 씨익 웃었다.

"그렇다, 함은. 나도 맡은 일을 못해서야 꼴이 말이 아니겠구먼."

"부탁한다."

고개를 끄덕인 고블린 슬레이어에게 따돌림을 당한 엘프 궁수가 거칠게 말했다.

"나는―?!"

"우는살을 날려라. 놈을 끌어낸다."

"정말―."

무뚝뚝하게 날아오는 지시에 불평을 하면서도 엘프 궁수는 따랐다.

그녀는 리자드맨 승려 옆으로 달려가더니, 돛대를 훌쩍 올라서 그물에 손을 얽어 자세를 유지했다.

그리고 화살통에서 뽑은 화살의 촉을 입에 물고 꾹 깨물어 나무눈에 상처를 냈다.

그녀가 그것을 거미줄 현에 메겨 하늘로 쏘자, 폭풍을 가르며 피리 소리가 울렸다.

"놈이 나타나면 작살을 던져라."

우는 살의 소리를 듣고 있던 리자드맨 승려가 고블린 슬레이어의 목소리에 기쁜 기색으로 응답했다.

"알겠네, 알겠어. 전투에는 이런 것들이 있어야 함이지."

그리하여, 거대 바다뱀은 초청에 응했다.

배 바닥을 찢을 셈이었는지 배의 바로 아래쪽에서 검은 그림자가 떠오르더니 바다를 가르며 고개를 들었다.

"읏, 아…… 이, 건…… 읏!"

커다란 파도에 흔들린다. 여신관은 갑판에서 떨어질 것 같아서 모자를 누르며 바닥을 기었다.

그렇지만 한 손은 결코 석장을 놓지 않고, 금색 거대 바다뱀을 단단히 노려보며 외쳤다.

"《자비 깊은 지모신이여, 어둠 속 길 잃은 우리들에게 성스러운 빛을 베푸소서》!!"

두 번째 기적.

여신관이 폭풍 속에서 들어 올린 석장은 태양처럼 하얀 빛을 뿜으며 찬란하게 빛났다.

바닷속에서는 결코 볼 일이 없는 눈부신 빛에, 거대 바다뱀이 견디지 못하고 비명을 질렀다.

"이이이야앗! 어차피 장어 같은 것에 지나지 않음인가……!"

푸슉. 소리가 나면서 거대 바다뱀의 옆구리에서 피가 뿜어져 나왔다.

그리고 고블린 슬레이어의 지시가 날아왔다.

"해라!"

"오냐!"

드워프 도사는 장단을 맞추듯 대답했다.

드워프 도사는 촉매가 든 가방에서 꺼낸 하얀 가루를 거대 바다뱀에게 훌쩍 뿌렸다.

물에 닿자마자 하얗게 거품이 일어난다. 틀림없이 비누 찌꺼기였다.

"《춤추거라 춤을 춰. 물의 정령(님프)에 바람의 정령(실프), 육지와 바다 사이에서 넘어지지 않도록 조심하거라!》"

즉시 이변이 일어났다.

또 다시 물속으로 파고들려던 거대 바다뱀이 마치 땅에 머리를 부딪힌 것처럼 수면에 튕겨나간 것이다.

뿐만 아니라, 바닷속에 묻혀 있던 길고 긴 체구가 단숨에 떠오르지 않는가?

"MUAAANNADA??!!"

숨을 쉬기 어려운지 몇 번이고 입을 뻐끔거리고, 몸으로 수면을 때리며 몸부림치는 거대 바다뱀.

《워터 워크(수상 걷기)》의 술법에 걸리면 아가미 호흡의 생물은 질식하는 수밖에 없다.

"우와아……."

엘프 궁수는 무심코 하늘을 우러러 보았다. 그러나 고블린 슬레이어는 주저 없이 지시를 내렸다.

"금방 숨이 끊어진다. 이쪽으로 올 것 같으면 화살로 쏴라. 눈이다."

"그래, 알았어."

철썩철썩. 수면에서 몸부림치는 거대 바다뱀에게 엘프 궁수가 한숨을 쉬으며 활을 겨누었다.

이렇게 되면 괜히 오래 살려두는 편이 잔혹하다.

엘프는 발버둥 치는 모습을 보며 살아날 희망이 없다고 비웃는 잔혹함을 가지지 않았지만.

끼이이 메긴 화살은 정확하게 눈을 꿰뚫고 그 안쪽에 있는 뇌를 한껏 휘저었다.

그것이 결정타가 되었으리라.

거대 바다뱀이 해면에 털썩 무너지고, 술법의 효과도 잃었는지 하얀 거품과 함께 가라앉았다.

그것을 막으려는 자는 아무도 없었고, 그 뒤에 남은 거품도 파도에 휩쓸려 사라졌다.

잠시 지나 고블린 슬레이어가 말했다.

“이건 어떤가?”

놈이 죽었다고 판단한 다음이리라.

“불도, 물도, 폭발도 아니다.”

“아아, 으으…….”

엘프 궁수는 괜히 찌푸린 표정을 만들면서 낮게 웅얼거렸다.

제대로 된 모험인가? 아니 그래도 폭발이나 물줄기나 붕괴 같은 건 아니다. 아니다. 아니지만.

기다란 귀를 쫑긋쫑긋 위아래로 흔들고, 엘프 궁수는 젖은 머리칼을 마구 헝클어뜨렸다.

“유…….”

그녀는 어색한 목소리를 흘렸다.

“60점.”

“그런가.”

그는 고개를 끄덕였다.

“……그런가.”

“……뭐어야아, 불만이야?”

“아니.”

고블린 슬레이어는 천천히 고개를 옆으로 저었다.

“고블린도 이 정도로 정리되면 좋겠다고 생각했다.”

평소와 같은 대화에 여신관이 키득 웃었다.

정말이지 어떻게 될까 생각했지만, 일단은 이걸로 끝이다.

여신관은 옷자락을 붙잡아 다리를 드러내고 끄트머리를 꾹 짜서 물을 떨어뜨렸다.

—고블린보다도 간단하다. 이렇게 생각해버리는 것은 옮아버린 걸까요?

어쨌든지 모험이 잘 되는 것은 좋은 일이다. 모두 살아있다. 의뢰도 성공했다.

응. 여신관은 조금 당황하는 감정을 작은 가슴에 숨기고 살짝 고개를 끄덕였다.

“그러면 얼른 배를 고쳐야죠. 육지까지 멀지는 않지만, 헤엄치게 될지도 모르잖아요?”

“그런 건 드워프가 할 일이야.”

“너도 좀 돕거라. 모루는 공기 주머니가 아니니 바다에는 가라앉지 않느냐?”

키이이! 기다란 귀를 곤두세우는 엘프 궁수를 무시하고 드워프 도사는 접어둔 돛을 펼쳤다.

그리고 손가락 끝을 가볍게 핥아 적시고 바람의 흐름을 읽더니, 그 끄트머리를 훌쩍 붙잡았다.

“《바람의 처녀(실프)야, 처녀들아. 입맞춤을 다오. 우리들의 배에 행운이 내리기를》.”

《테일윈드(순풍)》가 돛을 한 가득 부풀리자 여신관은 바닷바람에 나부끼는 머리칼을 눌렀다.

깨닫고 보니 폭풍은 지나가고, 하늘은 파랗고, 바다는 온화하고 잔잔했다.

가을이 시작되는 무렵이다.

여신관은 안도의 한숨을 쉬었다.

몇 시간 전에 전투를 주장한 것이 그녀 자신이었음에도, 어떻게 될지 몰랐었지만…….

§

"고블린인가?"

"아니야아! 그거 차별이거든!"

한눈에 알 수 있는 물고기(인스머스) 얼굴의 여자가 짜증나는 기색으로 손 지느러미를 찰팍찰팍 흔들었다.

거품이 터지는 것 같은 호흡 소리가 섞인 새된 소리가 물이 고인 동굴에 우와앙 메아리쳤다.

"애당초 흄이 말하는 반어인이라는 것도 너무하다니까! 어디가 반쯤 물고긴데!"

「우리는 이게 완벽한 모습이야!」라고 화를 내는 여자 앞에서, 그 남자는 고개를 끄덕였다.

싸구려 철 투구, 지저분한 가죽 갑옷, 어중간한 길이의 검을 허리에 차고, 팔에는 자그마한 원형 방패를 고정한 남자.

고블린 슬레이어는 길맨(지느러미 종족)이 어째서 인스머스라 불리는지 모른다.

깊숙한(딥 원) 자가 변형된 것이 아닌가 하는 자도 있지만 분명치는 않았다.

그리고 흥미도 없었다. 그들은 고블린이 아니니까.

"……그렇지만, 바다 고블린이 어장을 습격한다고 들었다만."

"그거 차별이야!"

"그런가."

그렇게 물고기 얼굴을 가진 자들이 동굴 깊숙한 곳 바닷물 속 여기저기에서 얼굴을 내밀고 있었다.

둥그렇고 커다란 눈동자에서 감정이 보이지 않고, 뻐끔뻐끔 입을 여닫는 모습은 그저 기분 나쁘다.

무슨 생각을 하는지는 알 수 없지만, 여기저기 삼지창의 창끝이 수면에서 보이는 걸 보니…….

―위, 위험한 것 아닐까요……?

교섭 비슷한 대화를 떨어져서 듣고 있던 여신관이 양손으로 석장을 단단히 쥐었다.

무리도 아니었다.

고블린 퇴치라고 듣고서 동굴에 들어왔더니, 깊숙한 곳에서 살기를 띤 길맨들에게 둘러싸였으니까.

덤으로 입을 열면 차별이다 차별이다― 여신관은 쉽사리 이해하기 어려운 개념이었다.

흄의 영주들 중에서는 엘프나 드워프를 싫어해서 길쭉귀세라는 걸 거두는 자도 있다고 들었지만.

어쨌든지, 보통 신관이라면 익숙지 않은 체험인 것은 틀림없다.

―뭐, 그렇게 말하자면 고블린 퇴치만 하는 것도…….

어떤 걸까요? 고민하는 그녀를 지키듯, 다른 동료들이 세 방향을 둘러싸고 있었다.

"자, 잠깐, 오르크볼그. 흥분시키지 말아봐……!"

"오호, 겁먹었구먼 겁먹었어……. 엘프는 간이 작구나. 아니, 평평한 게냐?"

"……익! 이익!!"

드워프 도사가 옆구리를 찌르자 엘프 궁수의 얼굴이 재미있게 굳어졌다.

뭐라 대꾸하고 싶었지만 상황이 상황이니까 엘프 궁수는 입을 열었다 닫기만 했다.

그러나 쫑긋쫑긋 위아래로 흔들리는 기다란 귀가 다른 무엇보다도 감정을 대변하고 있었다.

여기서 폭발하면 큰일이다. 리자드맨 승려가 묵직한 한숨을 쉬었다.

"바다 고블린? 정말 실례되잖아! 하다못해 호모 피스케시안이라고 불러!"

"허어, 피스케시안(어류인)이라."

재빨리 턱을 열며 끼어든 리자드맨 승려가 참으로 흥미로운 듯 코끝을 길맨에게 돌렸다.

"그렇다면 역시, 물고기에 폐가 생겨, 팔다리가 돋아나 물 위로 기어 나온 것인가……?"

"어머나, 야만인이네."

바람 없는 물속에 사는 자들인지라, 바람잡기도 힘들었다.

"정말—. 우리들의 조상은 별의 바다에서 내려온 위대한 문어 신이야!"

"문어."

"오징어일지도 몰라."

"그럴 수도 있지……. 놈들은 건조된 오징어가 동족의 시체란 것을 알아볼 정도로 지혜가 있으니 말일세…….”

잠시 중얼중얼 뭔가 혼잣말을 하던 리자드맨 승려가, 이윽고 마음을 정한 듯 고개를 끄덕였다.

“하여, 소승들은 물고기가 줄어든 원인이 그쪽이라 하여 찾아왔네만, 어떤가?”

“정~말이지! 물고기가 줄어든 건 우리 탓이 아니란 말이야. 정마아알!”

어장을 망칠 리가 없잖아! 손 지느러미가 몇 번이고 물을 두드렸다.

물보라가 튀어 오르자 살짝 표정을 찌푸린 여신관이 「?」 하고 고개를 갸웃거렸다.

“그러면, 물고기가 줄어든 원인은 아시나요?”

“그럼, 그럼. 정말로, 이래서 시골 어촌 녀석들이 싫다니까!”

우웅. 여신관이 가는 손가락을 입술에 대고 생각에 잠겼다.

이대로 방치할 수는 없다. 내버려 두면 마을 사람과 길맨의 다툼이 일어난다.

아니, 이미 일어나고 있다. 그녀 일행이 그 증거다.

—그렇다면…….

“저희들이 할 수 있는 범위라면…… 의혹을 푸는, 도움을 줄 수 있을 것 같은데요.”

“후응……. 어머나, 착한 아이네.”

여신관의 말에 지느러미 여자는 눈의 점막을 깜빡였다.

“원인은 말야, 거대 바다뱀이야.”

“거대 바다뱀이라 했느냐?”

무심코, 드워프 도사가 놀라서 소리를 냈다.
“그것은 이 근처 바다에는 없다고 생각했거늘.”
“그래?”
“오냐.”
엘프 궁수가 기다란 귀를 흔들면서 고개를 갸웃거리자, 드워프 도사가 고개를 끄덕였다.
“보통은 더 먼 바다에 있지. 먼 바다를 가는 배를 공격해서 침몰시키고, 탄 사람은 모두 삼켜버린다.”
그래서 정보가 전달되기 어렵다. 드워프 도사의 말을 들으니 납득이 된다.
상당히 성가신 상대인 듯, 길맨 여자는 바위에 몸을 기대며 고민스럽게 몸을 꿈틀거렸다.
“어디서 누가 보낸 것 같단 말야. 별의 움직임도 흐트러져서 너무 싫어. 정말.”
“그런가.”
고블린 슬레이어는 고개를 끄덕였다.
“어쨌든지, 고블린은 아니군.”
그렇다면, 결론은 하나뿐이다.
“……고블린 퇴치 의뢰가 아니었다. ……돌아가야겠군.”
파티의 멤버들이 한숨을 푹 쉬었다.
여신관과 엘프 궁수는 살며시 미간을 누른 다음에 사삭, 눈짓을 나누었다.
아아, 정말, 정말이지. 이 사람은 참.

"난처한 사람을 그냥 두고 갈 수는 없으니까…… 그러면, 저희들끼리만 갈게요."

"그러네—. 전위가 없으면 엄청 위험하겠지만."

"음……."

고블린 슬레이어는 팔짱을 끼고 낮은 목소리로 신음했다.

문제는 「그치~?」라면서 얼굴을 마주보며 웃는 그녀들이 참 즐거워 보인다는 것이었다.

"관두거라, 카미키리마루. 길쭉귀 처녀는 무슨 말을 해도 안 듣는다."

"후후, 소귀 살해자 선생의 사람됨은 이미 알고 있으니 말일세."

더욱이 싱글싱글, 참으로 즐거운 기색의 드워프 도사와 리자드맨 승려가 추가 공격을 가한다.

결국 어찌 됐는지는— 이제 말할 것도 없으리라.

§

"그래서, 바다 고블린 퇴치 의뢰는……."

"고블린이 아니었다."

"그렇게 부르는 게 알기 쉽다고 하셔서……."

"고블린이 아니었다."

"저기, 의뢰는……."

"고블린이 아니었다."

"……캔슬이군요. 알겠습니다."

"고블린이 아니었으니까."

웅성거리는 소란이 가득한, 평소와 다름없이 활기에 둘러싸인 모험가 길드.

접수원 아가씨는 고블린 슬레이어의 지저분한 철 투구 앞에서 살짝 어색한 미소를 짓고 있었다.

속일 생각도 없었고 거짓말을 한 것도 아니지만, 그러나 이런 일도 일어나는 법이다.

지방이나 종족에 따른 독특한 별칭을 모두 파악할 수는 없다. 누구의 실수도 아니다.

도와줘요! 옆 자리의 동료에게 시선으로 구원을 요청했지만, 모르쇠로 방치.

고립무원의 상태에서 접수원이 취한 책략은 초지일관이었다.

"그러면 바다 고블린…… 실례. 길맨의 문제는 미해결인가요?"

다시 말해서, 변명하지 않고 제대로 일을 하는 것이다.

이 대응으로 오명을 씻고, 명예를 회복한다. 아니면 시집도 못 간다는 각오로.

"그래."

고블린 슬레이어는 고개를 끄덕이다가, 금방 고개를 옆으로 저었다.

"……아니, 무슨 괴물을 퇴치하게 됐다."

"그러면, 그 괴물의 세부 사항을 알려주시겠어요?"

"길었다."

그가 말하고 조금 생각한 다음에 덧붙였다.

"물고기다."

접수원은 꽤 많이 사용한 몬스터 매뉴얼을 펼쳐서 페이지를 넘겼다.

매번 그와 질의응답을 하면서 목적한 괴물을 찾는 것은 고생스럽기도 하고, 즐겁기도 하다.

—라고, 전에 말씀하셨죠.

주점에서 멀찍이 그 광경을 바라보며, 여신관이 소매 끝을 코앞에 가져가 냄새를 맡았다.

"……아직 짠내가 나는 것 같아요."

"같은 게 아니라 나고 있어."

엘프 궁수는 지긋지긋한 기색으로 기다란 귀를 늘어뜨리며 불평했다.

감각이 날카로운 엘프는 역시 엄격한 걸까?

"괜찮으세요?"

여신관이 물어보면서, 역시 신경 쓰이는지 자기 머리칼의 냄새를 맡아봤다.

"목욕도 하고 옷도 갈아입었는데요……."

"얼마 동안 안 빠질 것 같아. ……그리고, 이거 탓."

엘프 궁수의 시선이 가리킨 곳은 탁자 위 중앙에 놓인 커다란 자루.

바다 냄새를 강렬하게 풍기는 그것 앞에서, 자리를 잡고 앉은 드워프 도사가 함박웃음을 지었다.

"그 지느러미 놈들, 제법 통이 크구먼!"

자루의 내용물은 흑백의 진주에 진홍의 산호, 투명한 대모갑, 붉게 빛나는 소라, 하얀 나선의 뿔.

결코 금화는 아니지만, 길맨들의 마음이 담긴 보수였다.

어촌에서 빌린 배를 망가뜨린 배상을 지불하고도 모험가의 손에 이 정도가 남았다.

넉넉한 재산까지는 아니지만, 얼마 동안 놀아도 괜찮을 정도였다.

“아~아~ 정말이지. 드워프는 이래서 탐욕스럽다고 하는 거야…….”

“시끄럽구나. 길쭉귀 처녀는 이것이 얼마나 좋은지 알 수 없는 게다! 안 그런고? 비늘 친구!”

“하하하하하하. 용이란 재화를 모으는 법이니, 수긍하지 않을 수 없다네.”

훌쩍 가볍게 꼬리를 세우며 수인 여급을 불러 치즈와 술을 부탁하던 리자드맨 승려.

그도 기분 좋은 기색으로 눈을 돌리더니, 자루 안에서 커다란 무언가를 끄집어냈다.

“소승은 이것이 제일의 수확일세.”

“와…….”

여신관이 놀라서 눈을 깜빡거린 것도 무리가 아니다.

아름다운 줄무늬가 떠오른 그것은 보석을 깎아 만든 짐승의 두개골 같았다.

조심조심 손으로 만져봤지만, 역시 뼈가 아니라 돌…….

“이건 보석……인 건가요?”

“그렇다네, 그렇고말고. 이것이 바로 오랜 세월을 거쳐 마노석으로 변한 무시무시한 용의 턱이리니.”

보물을 자랑하는 소년 같은 동작으로 두개골을 들어 올리는 모습은 리자드맨 승려치고는 드문 행동이다.

"정말이지, 어린애라니까……."

턱을 괸 엘프 궁수가 못 말리겠다고 말하듯 한숨을 쉬었다.

물론 흐뭇한 것을 보는 분위기는 변함이 없었지만…….

"후, 후후. ……남자애들은, 이, 런 거, 좋아하니, 까?"

"뭐 돈을 버는 건 운이 좋다는 거 아니냐? 그렇게 불평할 일은 아니야."

훌쩍 탁자를 들여다보는 것은 마녀와 창잡이— 가 아니라 중장 전사.

"어머, 드문 조합이네."

"임시 파티인가요?"

살며시 고개를 기울이며 묻는 여신관에게 중장 전사가 어깨를 으쓱거렸다.

"아니, 기다리는 것뿐이야."

듣고 보니, 여기사는 게시판 앞에서 끙끙거리며 의뢰서를 비교하고 있었다.

"미노타우로스로 할지, 히드라도 좋다만…… 아니, 이번엔 만티코어……."

"얼른 정해요."

주위를 둘러싼 소년 척후 일행이 재촉하는 소리가 들렸다.

이어서 마녀가 입에 문 곰방대로 접수처 쪽을 가리켰다.

"그는, 저기."

창잡이는 비어 있는 다른 창구를 무시하고 접수원 아가씨의 줄에서 있었다.

표정이 어색한 것은 눈앞에서 고블린 슬레이어와 나누는 대화를 듣고 있는 탓이리라.

그래도 다른 여성 직원이나 여성 모험가들이 때때로 말을 걸자 웃으면서 대응하는 걸 보면…….

"인기, 있으시네요."

"그야 그렇, 지."

어디선가 긴 곰방대를 꺼낸 마녀가 부드러운 눈동자로 여신관을 보았다.

—우.

무심코 가슴이 뛴 여신관은 자기 가슴을 살며시 눌렀다.

언젠가 나도 저렇게 될 수 있을까? 아직 갈 길이 멀기는 하지만…….

"카미키리마루도, 조금 더 붙임성 있게 행동할 수 있게 본받으면 좋을 것 같다마는."

"에에~? 싫어. 생글생글 웃으면서 밝게 인사하는 오르크볼그라니."

일단은 계산이 끝났는지, 재보를 자루에 넣는 드워프 도사 옆에서 엘프 궁수가 질색하는 표정을 지었다.

"후훗."

거기에 이끌려 그 모습을 상상한 여신관도 무심코 웃어버렸다.

"분명히, 조금 익숙지 못하……네요."

"그럼. 오르크볼그는—."

"내가 어쨌다는 건가."

"—이래야 한다는 얘기를 했지."

불쑥 나타난 고블린 슬레이어에게 엘프 궁수는 「아무것도 아냐」라면서 손을 휘휘 내저었다.

"그런가."

아무래도 접수원 아가씨와 이야기가 끝난 모양이다. 그는 딱히 의문을 품지도 않으며 고개를 끄덕였다.

그 철 투구가 빙글 움직여서 중장 전사와 마녀를 보았다. 투구 안쪽, 표정을 알 수 없었다.

"무슨 용건인가."

이렇다니까.

중장 전사가 쓴웃음을 짓고, 마녀는 신경 쓰는 기색도 없이 입술에서 달콤한 연기를 훗 뿜었다.

낮고 무기질적인 그 목소리를 어찌 말 그대로의 의미밖에 없다고 받아들일 수 있을까?

이것을 이해하려면, 어지간한 기능을 습득하는 것보다 경험이 필요해질 것 같았다.

"시간 떼우기랑, 인사를 하러 왔지."

"이제, 부터…… 모험(데이트), 이니, 까."

"그런가."

고개를 끄덕인 고블린 슬레이어는 한 번 낮게 신음하고는「조심해라」라고 짧게 말했다.

중장 전사가 문득 볼에서 힘을 풀었다.

"뭐, 너한테는 그게 최선이고, 그거면 되는 거야."

그가 투박한 손바닥으로 고블린 슬레이어의 어깨를 두드리고 걸어갔다.

"그럼, 또……."

이어서 마녀가 육감적인 몸을 유연하게 흔들며 자리를 떴다.

그 뒤로 달콤한 연기의 잔향이 떠돌자, 여신관은 문득 그녀의 뒷모습을 눈으로 좇았다.

여성으로서, 모험가로서— 저렇게 되면 좋겠다. 몰래 생각하고 있었다.

두 사람의 말이 무슨 뜻인지 잘 이해 못한 고블린 슬레이어는 살짝 고개를 갸웃거렸다.

"뭐 좋다."

그러나 결론이 나오는 것도 아니라서 그는 대충 넘어갔다. 할 일이 많다.

"보수를 분배하지."

털썩. 난잡하게 의자에 앉은 고블린 슬레이어는 일동을 돌아보며 담담하게 말했다.

"각자 가지고 싶은 것을 가지고, 나머지를 환금해서 나눈다……. 그거면 되겠나?"

"소승으로서도 그것이 좋겠군."

고블린 슬레이어의 말을 들은 리자드맨 승려가 기괴한 손놀림으로 합장하는 것과 동시에 묵직하게 수긍했다.

"해적들도 수확으로 다투는 일은 없다고 들었다네. 모험가가 다툴 필요도 없음이라."

"너는 그 턱뼈지? 그러면, 나는— 이거 내 거."

"이것아, 손이 빠르구나. 길쭉귀야."

사삭 뻗어간 하얀 손가락이 맑은 금색의 결정— 귀갑(龜甲)을 집었다.

드워프 도사의 짧고 두툼한 손으로 막을 수 있을 리 없다. 엘프 궁수는 얄팍한 가슴을 내밀며 뽐냈다.

"상관없잖아. 먼저 집은 사람이 임자라는 건 아니지만, 달리 가지고 싶은 사람 없지?"

"그야 뭐……."

드워프 도사가 파티를 둘러보았다.

"……그렇다마는, 그건 뭣에 쓸 것인고?"

"응? 언니한테 보내려고. 우리 집에서는 바다 물건이 드물거든."

"분명히 대단히 기뻐하실 거예요."

"고마워."

여신관이 말하자 엘프 궁수가 눈웃음을 지으며 귀를 흔들었다.

밀림 오지에서 열린 성대한 혼례 의식은 아직도 신선한 기억이었다.

동시에, 후회도 떠오른다. 여신관은 한순간 눈을 깔고서 살며시 손을 뻗었다.

"……그러면, 저는 진주를. 지모신님께 공양하고 싶어요."

뉘우칠 방법도 잘 모르고, 용서의 말도 내려주셨지만, 뭔가 하지 않을 수가 없었다.

여신관의 그 모습을 보고, 드워프 도사는 재미없다는 기색으로 콧방귀를 뀌었다.

"좀 더 좋을 대로 골라도 될 법하다마는. ……뭐, 좋다."

그리 말하고 드워프 도사는 굵고 거친 손으로 뿔을 집더니 소중하게 끌어안았다.

"촉매로 쓸 수도 있느니라. 나는 이 뿔을 받으마. 카미키리마루는 어쩔 테냐?"

"……나 말인가?"

그는 대단히 놀란 것 같았다. 철 투구가 움직임을 멈추더니 재보가 든 주머니를 가만히 보았다.

그 모습을 여신관이 생글생글 웃으며 보고 있었다.

모험을 하고, 괴물을 쓰러뜨리고, 보수를 얻어서, 그것을 분배한다.

분배 방법도 여러 가지 있어서, 회계 담당이 일괄로 관리하는 곳도 있다고 들었지만…….

어쨌든지, 그녀의 마음이 들뜨는 이유는 오로지 하나다.

—그가 바란 평범한 모험이란, 분명히 이런 것일 테니까.

§

오후의 목장에서, 도토리 따위를 우걱우걱 먹어 치우던 돼지가 꿀꿀거리며 불평을 흘렸다.

통통하게 살찌면 고기가 되어버린다는 것을 아는 건지, 아니면 먹이가 아직 부족한 건지.

"됐으니까, 얼른 먹어라."

목장 주인은 후자라고 결론을 내리고 돼지들에게 더욱 식사 허가를 내렸다.

누가 뭐래도 올해 수확제도 머지않았고, 겨울도 발 빠르게 다가오고 있었다.

그들이 고기가 되어주지 않으면 겨울을 나는 것도 고생스러워진다.

다행히 돼지도 닭도 잘 자랐고, 소 젖도 양호하다. 작물도 흉작은 아니다.

이거라면 올해도 무사히 겨울을 날 수 있겠다.

"……이거 참."

목장 주인은 어깨에 걸고 있던 수건으로 볼을 닦으며 한숨을 내쉬었다. 몸이 제법 삐걱댄다.

조카딸과 둘이서 어찌어찌 10년이나 목장을 경영해 왔지만, 이제 그도 나이를 먹었다.

지금도 간신히 이어가고 있으니, 조카 혼자 남으면 생활도 어려워지리라.

그렇다면, 역시 목동을 고용해야 할 것인가…….

"그렇지만 말이지……."

목동이란 것은 이 변경의 개척지를 띄엄띄엄 유랑하는 난봉꾼이다.

그런 무리를 그 애랑 같이 둘 수 있겠는가?

신용이란 의미에서는 나라가 길드를 통해 신원을 보증해주는 고위 모험가가 그나마…….

"……하아."

거기까지 생각하고, 목장 주인은 또 다시 깊숙하게 숨을 내쉬었다.

그의 머리를 대단히 고민하게 만들고 아프게 만드는 원인이 성큼성큼 걸어서 다가오고 있었으니까.

"……돌아왔나."

"네. 지금, 돌아왔습니다."

싸구려 철 투구와 지저분한 가죽 갑옷을 입은 남자가 가도 근처에서 발길을 멈추고 고개를 숙였다.

고블린 슬레이어.

그렇게 불리는 인물이 어떤 표정을 짓고 있는지, 목장 주인은 여전히 잘 알 수 없었다.

"또 고블린인가?"

"네. ……아뇨. 고블린 퇴치를 가기는, 했습니다만."

다른 괴물이었습니다. 목장 주인은 말수를 아끼며 대답하는 그의 얼굴을 간파하는 건 진작에 포기하고 있었다.

면갑 안쪽에 있는 표정을 볼 수 있는 건 그의 조카 정도는 되어야 할 테니까.

"저기, 그녀는……."

"집에 있다."

목장 주인은 가슴속에 휘몰아치는 모든 것을 삼켰다.

"……너무 기다리게 하지 마라."

"네. ……내일은, 이쪽 작업을 도울 수 있을 겁니다."

"……그러냐."

목장 주인은 돼지들을 보면서 고개를 끄덕였다.

등 뒤에서 서서히 멀어져 가는 발소리를 들으면서 그는 세 번째 한숨을 쉬었다.

——어차피 얼굴을 보더라도, 아무것도 알 수 없을 거다.

§

"아, 어서와—!"

고블린 슬레이어가 집의 문을 열자 안쪽에서 금방 밝은 목소리가 들렸다.

뒤늦게, 우유를 졸이는 달콤한 냄새가 풍겼다.

허둥지둥 달려오는 발소리를 들으며 고블린 슬레이어는 식당에 들어섰다.

식탁은 이미 준비가 끝났다. 이제는 요리가 완성되는 대로 점심을 먹을 수 있었다.

그리고 그를 마중하고자 앞치마를 두른 채 냄비 앞을 벗어난 소꿉친구 소녀.

"남쪽으로 간다고 들었는데, 이번에는 일찍 왔네? 점심 먹고 왔어?"

"아직이다."

소치기 소녀의 물음에 고블린 슬레이어는 딱 잘라 고개를 옆으로 저어 부정했다.

의자를 끌어 털썩 앉자, 갑옷의 무게 탓인지 살짝 삐걱거렸다.

"알았어. 금방 준비할게. 이제는 빵이랑…… 치즈?"

"부탁하지."

요즘엔 치즈가 잘 팔려. 소치기 소녀가 즐겁게 말하며 냄비 앞에 섰다.

그는 등을 보인 그녀의 모습으로 철 투구를 돌렸다. 그 리자드맨 분이 잔뜩 사주시거든.

냄비가 끓으며 부글부글하는 소리. 휘젓는 동작. 그녀가 훌쩍 어깨 너머로 돌아보았다.

"하지만…… 가끔은 모두랑 함께 먹고 와도 되거든?"

"……."

고블린 슬레이어는 입을 다물고 낮게 말했다.

"폐가 되나?"

"우웅……."

평소 그의 표정이 그런 것처럼, 냄비 쪽으로 돌려버린 그녀의 표정은 알 수 없었다.

소치기 소녀는 뭔가 얼버무리듯 냄비 속을 휘휘 휘저었다.

잠시 지나, 그녀는 조용히 속삭였다.

"……나는 딱히, 괜찮지만, 말야?"

"……그런가."

그 대답을 듣고 고블린 슬레이어는 희미하게 숨을 내쉬었다.

"다 됐어."

잠시 지나서 소치기 소녀가 스튜를 담은 그릇을 가져왔다.

"돕지."

"에이, 괜찮아."

그가 일어서는 걸 말리는 모습이 어쩐지 기분 좋아 보였다.

맞은편에 앉은 그녀와 함께 신들에 대한 기도를 바친 다음에「잘 먹겠습니다」.

숟가락으로 스튜를 떠서 묵묵히 먹는 모습을 소치기 소녀는 팔을 괴고 생글생글 웃으며 보았다.

평소와 같은— 그가 집으로 돌아왔을 때의 식사 풍경.

그것이 그녀에게는 볼이 느슨해지는 광경이고, 이 순간만을 위해서 요리를 만드는 경향이 있었다.

"선물이 있다."

그런데.

그 날은 평소와 달리 그가 그런 말을 해서, 소치기 소녀는 눈을 깜빡이며 놀랐다.

"선물? 어, 잠깐, 진짜로?"

"진짜다."

고블린 슬레이어가 말하고 가방 안에 거침없이 손을 넣었다.

뒤적뒤적 휘젓는 동작은 거칠다. 도저히 남에게 뭔가 선물하는 태도가 아니었다.

그리고 선물을 가방 안에 던져두는 것이 괜찮은 건가 생각하기도 하는데.

—뭐, 그답긴 하네.

그가 눈치 못 채도록 소치기 소녀는 키득, 살며시 눈웃음을 지었다.

"있다."

그 목소리가 어쩐지 맥 빠지게 들려서 웃음을 죽이는데도 고생했다.

"뭔데—?"

"조개다."

그가 쓱 내민 손바닥 위에 무지개가 뱅뱅 도는 조개껍질이 있었다.

기울어가는 햇살을 받아서 칠색으로 빛나는 모습은 보석과 닮아서 무척 영롱하다.

"와……!"

소치기 소녀가 감탄한 것도 무리가 아니다.

"어, 정말로 받아도 돼? 이번 일 바다에서 했어?"

"그래."

그 무뚝뚝한 목소리는 어느 질문에 대한 대답이었을까?

소치기 소녀는 조심조심, 깨지는 것을 다루는 것처럼 신중한 손놀림으로 조개껍질을 들어서 손바닥에 올렸다.

반짝이는 빛에 눈웃음을 지으며 바라보자, 입을 다문 그의 모습이 비쳐 보였다.

"물고기가 있었다."

입을 연 그는 잠시 생각한 다음에 덧붙였다.

"긴 녀석이다."

더 자세히 물어볼까? 어떡할까? 아아, 아니지. 물어보고 싶지만 그거보다 이게 먼저야.

"고마워! 소중히 간직할게!"

소치기 소녀가 말하더니 풍만한 가슴에 조개를 끌어안으며 생긋 웃었다.

그가 조용히 고개를 끄덕이는 걸 보고, 소치기 소녀는 일어서서 얼른 부엌으로 갔다.

선반 가장 위에 둔 낡은 상자를 꺼내서 뚜껑을 열자, 안에는 이것저것 잡동사니 같은 것들이 들어 있었다.

그렇지만 그 안에, 그녀는 보물이라도 넣는 것처럼 살며시 조개를 넣고 뚜껑을 닫았다.

"이제 됐어. ……응. 절대로 안 잃어 버려."

"그런가."

소치기 소녀는 발돋움을 해서 선반 위에 상자를 돌려놓더니, 일을 하나 끝낸 것처럼 이마의 땀을 닦았다.

다다다 종종 걸음으로 식탁으로 돌아오는 김에 포도주를 잔에 따라 가져왔다.

아직 낮인데 술을 마시는 건 안 좋은 것 같지만, 오늘은 괜찮을 거야. 응.

"내일은?"

"쉰다."

탁자에 잔을 내려놓자, 그는 거침없이 채어가 벌컥 들이켰다.

어느 틈엔가 스튜 그릇이 비었다.

"더 먹을래?"

"먹지."

그는 바쁘게 움직이는 그녀의 등을 눈으로 좇으며 낮은 목소리로 중얼거렸다.

"목장 일을 돕겠다."

고블린 슬레이어는 그럴 셈이었다. 소치기 소녀도 그것을 기대했으리라.

그러면 뭘 할까? 어떻게 할까? 삼촌이 그렇게 말했어. 그러면 이렇게 하지.

이야기가 진행되고, 해가 지고, 삼촌이 돌아오고, 저녁 식사, 기묘한 단란, 그리고 잠든다.

평소와 같은 밤. 그가 돌아왔을 때와 마찬가지. 극히 평범한 휴일.

그러나 이튿날— 그렇게 되지 못했다.

제3장 『소귀 살해자, 수도에 가다』

Goblin Slayer
He does not let anyone roll the dice.

“와버렸답니다.”

그녀는 그렇게 말했다.

당장이라도 녹아내릴 정도로 열기가 담긴, 흘러내릴 것 같은 목소리였다.

창문으로 내리쬐는 아침 해를 등지고, 외투 안에서 보이는 입술이 살며시 미소를 지었다.

여자가 천천히 외투를 걷어 올리자, 안쪽에서 바다처럼 파도치는 금발이 흘러 내렸다.

지모신도 이러랴 싶을 정도로 풍만한 몸의 선을 아낌없이 그려내는 하얗고 얇은 옷.

의복에서 엿보이는 피부는 전혀 햇살에 타지 않아서 하얀색을 넘어 투명하다.

때문에 그녀의 볼이 장밋빛으로 빛나듯 보이는 것은 햇빛을 쬐고 있기 때문만은 아닐 것이다.

창부도 이러랴 싶을 — 성창(聖娼)을 두는 신전도 있지만 — 모습.

남자라면 시선을 주기만 해도 녹아버릴 그녀의 눈동자. 그러나 검은 띠에 덮여있었다.

손에는 거꾸로 세운 검과 천칭을 조합한, 정의와 공정의 상징인 천칭검.

그것에 매달리듯 몸을 움직이는 그녀는 어쩐지 불안한 듯 가녀린 목소리로 속삭였다.

“폐가, 되었나요?”

“아니.”

검의 처녀. 그렇게 불리는 변경 제일의 성직자에게, 고블린 슬레이어는 낮은 목소리로 담담하게 말했다.

“고블린인가?”

§

아침에 있었던 일이다.

고블린 슬레이어는 해가 뜨기도 전에 침대를 빠져 나와 장비 점검을 시작했다.

투구, 갑옷, 갑옷 내피, 방패, 검. 손상 없음. 상태도 나쁘지 않다. 가방을 꺼냈다. 내용물의 확인.

식별용으로 끈을 두른 포션(물약) 말고도, 달걀 껍질을 이용한 최루탄, 두루마리, 잡다한 갖가지 도구들.

모두 문제없다고 판단한 그는 그것들을 하나씩 장비했다.

아직 잠들어 있을 두 사람이 깨지 않도록, 방에서 나와 복도를 나아갈 때는 기척을 죽인다.

발소리도 내지 않고 밖으로 나오자 가을의 차가운 공기가 단숨에 그를 휘감았다.

아침 안개가 휘발되어가는 탓인지 목장에는 우유를 흘린 것처럼 옅은 아침 안개가 끼어있었다.

구름 속에 가라앉은 것 같은 모습이다. 고블린 슬레이어는 멈춰 서서 그것을 둘러보았다.

"……흥."

시야가 안 좋다. 마음에 안 든다는 식으로 코웃음을 친 그는 성큼성큼 안개를 헤치며 걷기 시작했다.

잘 아는 목장이지만, 그렇기에 경계를 게을리 하지 않는다.

그는 우선 울타리를 따라 순서대로 한 바퀴 빙 도는 걸로 일과인 경비를 시작했다.

부서지지 않았는지는 물론, 근처에 발자국 따위는 없는지, 있다면 수는 얼마인지를 알기 위해서다.

습한 공기 덕분에 발자국은 남기 쉽지만, 이렇게 안개가 짙으면 작업도 수고가 든다.

그러나 고블린 슬레이어는 묵묵히, 하나씩 꼼꼼하게 시간을 들여 그것을 수행했다.

어차피 동굴 안은 어슴푸레하다.

밤눈을 단련하는 셈 치고 보이지 않는 것을 보려는 노력을 빠뜨리면 안 된다.

그렇게 한 바퀴 빙 돈 그는 이어서 나이프와 표적을 몇 갠가 헛간에서 꺼낸다.

작은 병 같은 것을 울타리 위에 늘어놓고, 돌아보자마자 한순간에 조준을 마치고 던진다.

휭. 아침의 공기를 가르며 단검이 차례차례 날아가서 병을 튕기고 떨어지거나 박힌다.

"흠."

한 번 짧게 소리를 내고서 고블린 슬레이어는 단검과 표적을 정리하기 시작했다.

아침 해의 첫 한 줄기가 이미 지평선 너머로 뻗고 있었다.

그가 헛간에 훈련용구를 넣고 밖으로 나오자, 문득 목장 입구에 무언가가 보였다.

—고블린인가?

손이 허리의 검을 붙잡았다. 흐릿해서 판별하기 어려운 그림자를 향해 기척을 죽이고 한 걸음, 두 걸음.

윤곽이 명확해져서 고블린보다 크다는 것을 확인하자, 그는 신중하게 허리에서 손을 떼었다.

"누구냐."

"우와앗?!"

놀라서 소리를 지르며 몸을 떠는 청년. 어디선가 본 것 같았다.

고블린 슬레이어가 성큼성큼 거리를 좁히자 청년의 표정이 굳어졌다.

그제서야 간신히, 그가 길드의 제복을 입고 있는 것을 깨달았다. 직원이군.

"길드에서군. 뭔가."

"아, 아아. 이야기는 들었지만…… 아니."

청년 직원은 어흠, 가볍게 헛기침을 했다.

"길드에 손님이 오셨습니다. 즉시 모셔오라고 하십니다."

"그런가."

고블린 슬레이어는 고개를 끄덕이고 살짝 철 투구를 기울였다.

"고블린인가?"

"그, 글쎄요……?"

"잠깐 기다려라."

말대꾸도 못하는 압력으로 말하더니, 그는 빙글 등을 돌려 집으로 돌아갔다.

뒤에서 청년 직원이 뭐라 말하기 어려운 표정으로 가슴을 쓸어내리고 있는 것은 전혀 신경 쓰지 않는다.

복도를 똑바로 망설임 없이 지나서, 목적한 문에 손을 댔다.

"들어간다."

"헤? —우에앗?!"

처녀가 내직한 소리가 아닌 기성을 지르면서, 옷을 갈아입던 나체를 황급히 시트로 가리는 소치기 소녀.

고블린 슬레이어는 문 너머의 광경에 입을 다물고, 투구를 돌리더니 담담하게 말했다.

"…………. 아침 식사는 됐다. 외출한다."

보여주는 건 괜찮지만 저쪽에서 보는 건 안 좋은 건지, 소치기 소녀는 의미도 없이 손을 흔들어댔다.

"노, 노크! 노크 중요해!"

"……그런가."

고블린 슬레이어는 작게 중얼거렸다.

"미안하다."

"아, 아니, 괜찮은데…… 괜찮긴 한데."

소치기 소녀는 풍만한 가슴을 누르며 커다랗게 심호흡을 했다.

놀란 탓인지 수치 탓인지, 볼이 붉은 이유를 그녀 자신도 판별하지 못하는 기색이다.

일단 그가 사죄를 했으니까 그걸로 좋다고 해야 할까……?

"그래서."

그렇게 판단한 그녀는 살짝 갈라진 목소리로 물었다.

"……무슨 일?"

"모르겠다. 길드에서 불렀다."

"그렇구나."

고블린 슬레이어의 대답은 단적이었다. 소치기 소녀가 조용히 대답했다.

그러면 분명히, 오늘 저녁 식사도 필요 없으리라. 가슴 속이 따끔하며 아팠다.

그것을 긍정하는 것처럼, 그는 역시 낮고 차가운 목소리로 간단히 말했다.

"고블린이라면, 목장 일을 못 돕는다."

다녀와.

미소를 지으며 그렇게 말해 그를 배웅한 소치기 소녀는, 잠시 동안 침대 위에서 무릎을 끌어안고 있었다.

§

"아, 고블린 슬레이어 씨!"

길드에 들어서자 맨 먼저 접수원이 그의 모습을 발견하고 얼굴이 확 밝아졌다.

이른 아침이었다.

막 깨어난 모험가가 길드 2층에서 주점으로 내려와 주섬주섬 아침 식사를 입으로 넣을 무렵이었다.

아직 의뢰 용지도 나붙지 않았으니까, 모험가의 모습도 드문드문하며 이완된 공기가 떠돈다.

예외라면 접수처 안쪽, 사무소에서 바쁘게 일하는 직원들이다.

그들의 일은 벌써 시작되었다.

척척 서류를 정리하여 게시 준비를 진행하고, 금고의 확인, 연락사항의 확인, 기타 등등.

그런 가운데, 접수원 아가씨는 문을 열고 들어선 고블린 슬레이어에게 작게 손을 흔들었다.

"손님께서 벌써 기다리고 계세요!"

"그런가. 2층인가?"

"네. 그러니까, 저기……."

붙임성 있게 응답한 접수원의 표정이 갑자기 어두워졌다.

아니, 얼굴에 붙인 미소가 살짝 떨어졌다고 해야 할지도 모른다.

말하기 어려운 기색, 말을 흐리는 기색. 고블린 슬레이어는 살짝 투구를 기울였다.

"뭔가."

훌쩍. 땋은 머리채가 꼬리처럼 튀어 올랐다. 접수원이 힘차게 고개를 숙인 것이다.

"지난번 의뢰는, 죄송했어요."

"지난번."

"저기, 그거, 바다 고블린……."

접수원이 말하기 어려운 듯, 중얼중얼 설명했다. 바로 어제 보고를 들었던 안건.

의문스레 생각하던 고블린 슬레이어도 깨달은 모양이다.

"아아."

이제야 깨달은 기색으로 고개를 끄덕인 그는 이어서 천천히 고개를 좌우로 저었다.

"신경 안 쓴다."

참으로 쉽사리 그렇게 말을 하고, 고블린 슬레이어는 계단으로 발을 올렸다.

등 뒤에서 접수원 아가씨가 가슴을 쓸어내리는 것도 모르고 한 단씩 올라간다.

그가 간 곳은 언젠가 처음으로 지금의 파티 멤버와 만났던 응접실.

그는 벌써 1년 이상 지난 일을 문득 떠올리며 문을 열었다.

그리고 방 안쪽, 창가에 서 있던 여자 한 명이 문득 고개를 들어 그를 보았다.

"와버렸답니다."

그녀는 그렇게 말했다.

당장이라도 녹아내릴 정도로 열기가 담긴, 흘러내릴 것 같은 목소리였다.

창문으로 내리쬐는 아침 해를 등지고, 외투 안에서 보이는 입술이 살며시 미소를 지었다.

여자가 천천히 외투를 걷어 올리자, 안쪽에서 바다처럼 파도치는 금발이 흘러 내렸다.

지모신도 이러랴 싶을 정도로 풍만한 몸의 선을 아낌없이 그려내는 하얗고 얇은 옷.

의복에서 엿보이는 피부는 전혀 햇살에 타지 않아서 하얀색을 넘어 투명하다.

때문에 그녀의 볼이 장밋빛으로 빛나듯 보이는 것은 햇빛을 쬐고 있기 때문만은 아닐 것이다.

창부도 이러랴 싶을 — 성창을 두는 신전도 있지만 — 모습.

남자라면 시선을 주기만 해도 녹아버릴 그녀의 눈동자. 그러나 검은 띠에 덮여있었다.

손에는 거꾸로 세운 검과 천칭을 조합한, 정의와 공정의 상징인 천칭검.

그것에 매달리듯 몸을 움직이는 그녀는 어쩐지 불안한 듯 가녀린 목소리로 속삭였다.

"폐가, 되었나요?"

"아니."

검의 처녀. 그렇게 불리는 변경 제일의 성직자에게, 고블린 슬레이어는 낮은 목소리로 담담하게 말했다.

"고블린인가?"

"그렇답니다. 부디, 구해…… 아니."

여자가 요염하게, 촉촉한 목소리로 속삭이다가 고개를 좌우로 흔들었다.

"……죽여, 주시겠어요?"

"물론이다."

단칼에 베는 듯한 대답이었다.

입술이 느슨해지고 열기를 띤 한숨이 흘렀다. 머리칼이 풍만한 가슴 앞에서 흔들리고 잔 파도를 일으켰다.

"장소는 어딘가. 규모는?"

"몇 가지, 사정이 있답니다."

"듣지."

손님은 그녀임에도, 검의 처녀는 고블린 슬레이어에게 손짓하여 의자를 권했다.

그가 의자를 난잡하게 끌어서 앉자 그녀는 맞은편에 유연하게 허리를 움직여 앉았다.

검의 처녀는 약간 몸을 움직여 풍만한 엉덩이의 위치를 조정하더니 천칭검을 더듬었다.

"고블린이 나오는 장소는…… 여기에, 지도를 가져다주겠어요?"

"네, 준비해뒀습니다."

대답은 나이 든 여관(女官)이었다.

언제부터 거기에 있었을까? 응접실 구석, 그림자에 녹아 든 것처럼 대기하고 있었다.

옷자락이 길고 겹겹이 걸치는 예장을 입었는데도, 여관은 소리 없는 움직임으로 탁상에 지도를 펼쳤다.

—무승(武僧)(몽크)이 틀림없군.

고블린 슬레이어는 그렇게 짐작하고, 금방 사고 바깥으로 몰아냈다. 고블린과 상관없으니까.

그것을 짐작했으리라. 검의 처녀는 소리 없이 「후후」 웃었다.

“제 시중을 들어준답니다. 호위도 겸하고 있어요. ……필요 없다고 말은 했습니다만.”

“기량이 어떻든, 대주교(아크비숍)님 혼자서는 이래저래 위태로운 부분이 있으니, 어쩔 수 없습니다.”

정말. 삐친 것처럼 속삭인 검의 처녀는 그 다음에야 부끄러운 기색으로 가볍게 헛기침을 했다.

“그래서, 고블린이 나오는 것은…….”

스윽. 가는 검지가 마치 애무하는 것처럼 지도 위에서 미끄러졌다. 두 눈을 뒤덮고 있지만, 어째선지 손가락 끝이 정확하게 길을 따르고 있었다.

“……이곳, 물의 도시에서 이 도시를 지나 수도로 가는 가도랍니다.”

“가도라…….”

“무서워서, 무서워서, 도저히 지나가기가…….”

어렵다—. 검의 처녀가 고백하는 것을 다른 자가 들으면 뭐라 생각할 것인가?

어깨를 떨고 있는 검의 처녀를 한번 본 고블린 슬레이어는 「흠」 하는 소리를 흘렸다.

"규모, 소굴, 그밖에 판명된 특징은?"

"증언을 들어보면 스무 마리 정도. 똑같은 문신을 하고 있으며, 소굴은 알 수 없습니다만……."

검의 처녀는 마치 어린아이가 꿈에서 본 괴물을 논하는 것처럼 살며시 목소리를 낮추었다.

"……늑대를 타고 있었다고 합니다."

"과연."

고블린 슬레이어는 중얼거리고, 낮게 웅얼거리며 사색에 빠졌다.

전에 수해에서 마주친 놈들하고는 벼랑 위아래를 끼고서 사격전을 했었다.

그때는 해치우는데 고생을 했었지만…….

하아. 한숨을 쉬으면서 여관이 말을 보충하듯 끼어들었다.

"대주교님은 이번에 수도에서 열리는 회의에 참가하셔야 합니다."

방금 검의 처녀가 한 말을 옹호하는 뜻도 있으리라.

변경을 통괄하는 중진이 고블린 따위에게 겁을 먹었다고 생각해선 곤란한 것인지.

아니면 섬기는 여성의 정신을 뒤에서 살며시 지탱해주기 위해서인지.

"그래서, 의뢰 자체는 퇴치가 아니라, 사적인 호위란 형태가 됩니다."

"그밖에 호위는?"

"없습니다. 급한 회의인 탓에 호위를 준비할 틈이 없었습니다."

왜 병사를 쓰지 않는가? 어째서 군에게 맡기지 않는가?

이래저래 캐묻는 모험가가 있으면, 검의 처녀의 마음이 갈기갈기

찢어질 것이 틀림없다.

여관이 지키는 것은 주인의 신명뿐 아니라, 그 마음까지…… 라는 것이다.

“상관없다.”

어찌 됐든 고블린 슬레이어의 대답은 장작을 패는 것처럼 명백했다.

“아마도 놈들은 소굴이 없는 뜨내기들이다. 방랑 부족(원더링 트라이브)이겠지.”

그는 지도를 가만히 노려보며 수도까지 거리와 경로를 머릿속에 새겼다.

그는 수도에 간 적이 없었다. 과거에는 이 도시까지 온 적도 없었다.

지도와 실제는 다를 것이다. 그 자리에서 수정할 여지를 남겨두고 계획을 정돈했다.

“마주친 자리에서 몰살시켜버리면, 그걸로 끝이다.”

“그러한 고블린도, 있는 것이군요.”

“있다. 풀 고블린이라고 불리기도 한다.”

고블린 슬레이어는 분명하게 고개를 끄덕이고, 잠시 생각하더니 중요한 한마디를 덧붙였다.

“그러나, 바다 고블린은 물고기다.”

“어머.”

믿을 수 없다. 그런 식으로 벌어진 입을 감추듯, 검의 처녀가 양손을 올렸다.

그녀의 눈이 드러나 있었다면 커다랗게 뜨고서 깜빡였을 것이다.

“어쨌든지 고블린 정도라면, 다른 모험가라도 괜찮을 거라고 생각했습니다만.”

의심스런 것은 이쪽도 마찬가지. 여관이 고블린 슬레이어를 힐끔 보았다.

아니, 보다 정확하게는 그의 목에 걸린 은 등급의 인식표를 보았다.

이 지저분한 갑옷과 투구의 모험가는 물의 도시 지하에 숨어든 모독적인 괴물을 해치웠다.

기량은 의심할 여지가 없다. 다만, 등급이 너무 높지 않은가 싶은 것이다.

"그러나 대주교님께서는, 어떻게든 당신이 아니면 싫다고 말씀을 하셨습니다."

"그야, 가장 신뢰할 수 있는 분인걸요."

삐친 듯 입술을 삐죽 내민 검의 처녀에게「못 말리겠네요」라고 하는 여관.

마치 여동생이 막무가내 억지를 부리자, 마지못해 들어주는 언니 같은 말투였다.

고블린 슬레이어는 두 사람의 대화를 가만히 바라본 다음, 낮게 신음했다.

"동료."

그는 스스로도 믿기 어렵다는 말투로 말했다.

"를 불러오지. 잠깐 기다려라."

§

"그래서, 보수도 안 정하고 받아버린 거야?!"

"……보수."

"오르크볼그, 잊고 있었지!"

바보 아니야? 바보 아니야?

마부석에 앉은 엘프 궁수가 그렇게 말하며, 리자드맨 승려 옆에서 기분이 틀어진 기색으로 기다란 귀를 흔들었다.

덜컹덜컹 바퀴가 움직이고, 일행과 함께 말 두 필이 끄는 마차가 도시의 문을 지나 밖으로 나왔다.

초가을의 시원한 바람은 하늘에 떠도는 구름을 밀어 흘리고, 하늘은 쾌청. 기후도 따끈따끈 따스하다.

그러나 휴일이다. 쉬는 날이다. 낮까지 자고 있어도 용납이 되는 날이다.

푹 자고 있었는데 들이닥쳐 깨우더니 「일이다」, 「고블린이다」 그러면 엘프도 화를 내는 법이다.

엘프 궁수가 기다란 귀로 남김없이 불만을 드러내는 것도 당연하달 수 있었다.

"아, 진정, 하세요……."

그것을 어색한 표정으로 달래는 여신관도 그 마음을 이해 못하지는 않았다.

어제 돌아왔는데 또 고블린 퇴치다. 모험을 사랑하는 그녀로서는 불만이리라.

—그야 뭐, 물론, 저는 따라가겠지만요…….

그건 그렇고, 여전히 의논이 아닌 의논은 정말로 못 말리는 사람이다.

"고블린 슬레이어 씨, 확인은 꼭 하셔야 되는 거예요?"

검지를 척 세우고 과거에 사원에서 후배들을 지도할 때처럼 말했다.

"그런가."

그는 순순히 고개를 끄덕여주니, 동생이나 다름없는 악동들만큼 수고롭지는 않다.

"일단 보수에 대해서는 이제부터 물어보면 되는 거니까요. ……그렇죠?"

"네, 물론이랍니다. 지불할 준비는 되어 있어요."

파티가 둘러싼 마차 안에는 엷은 미소를 지은 후드의 여성이 앉아 있었다.

맞은편에 앉은 시녀도 아리땁지만, 몸의 아름다움과 입가의 요사함은 또 다른 법이다.

길가는 모험가들이 열린 창문으로 보이는 미모에 사양 않고 시선을 보낸다.

그러나 뭐, 늘 있는 일이다.

고블린 퇴치밖에 안 하는 남자가 이상한 짓을 하는 것은 어제오늘 시작된 일이 아니다.

이 녀석은 좀 이상한 녀석이고, 고블린이 관련된 의뢰를 받아서 이 여자를 지키고 있는 것이다.

아마도 당사자는 느슨하고 허용이 가득한 공기를 별로 인식하지 않고 있겠지만…….

"우선, 착수금으로 금화를 한 주머니. 목적지에 도착하는 대로, 또 한 주머니를."

“한 사람당인고?”

“네.”

그 대답을 들은 드워프 도사가 「흐으음」 하고 만족스레 수염을 만지작거렸다.

고블린 퇴치로서는 물론, 마차의 호위 보수치고도 파격적으로 좋다.

“나쁘지 않구먼. 슬쩍 멀리 가서 수도를 구경하는 것도…… 좋은 기회일지도 모르겠구나.”

“우, 우우…… 수도, 수도란 말이지. 분명히, 한 번 정도는 보고 싶기는 했는데…….”

화는 났지만 폭발시키기에는 힘들어졌는지 엘프 궁수가 우우, 우우, 신음했다.

이거 참, 정말이지. 마부석에서 고삐를 쥐고 있던 리자드맨 승려가 키득키득 웃었다.

마차를 선도하듯 고블린 슬레이어. 마부석에 리자드맨 승려와 엘프 궁수.

좌우를 드워프 도사와 여신관이 굳히는 진형은 누가 말하지 않아도 자연스럽게 정해졌다.

결국 이 파티는 모두, 보수도 안 듣고 소귀 살해자 선생과 동행하고 있으니 이거야 참으로.

생각이 없는 것도 준비를 게을리 한 것도 아니라, 제대로 생각을 하고서도 이 모양이다.

정말이지, 유쾌할 따름일세. 리자드맨 승려는 자신의 표정을 읽기 어렵다는 걸 알기에 더욱 짙게 웃었다.

"……잠깐 세워다오."

문득 고블린 슬레이어가 말한 것은 도시를 나서고 잠시 지나서였다.

"알겠네."

리자드맨 승려가 비늘 돋은 손으로 고삐를 쥐고 말을 진정시키자, 그는 「잠깐 기다려라」라고 한 뒤에 걸어갔다.

이유는 물어볼 것도 없었다. 가도에서 조금 떨어진 곳, 울타리 너머에 붉은 머리 아가씨가 보였다.

"카미키리마루도 성실하구먼. 안 그러냐? 비늘 친구."

"인연을 잇는 것은 얼굴을 잇는 것이라고 한다네. 이어진 것도 그냥 두면 느슨해지는 법일세."

드워프 도사가 멈춰선 마차에 기대며 술병의 마개를 뽑아 한 모금 들이켰다.

"대낮부터 술이야?"

엘프 궁수가 곧장 눈총을 주었지만, 마시지 않는 드워프 따위는 드워프가 아니다.

"바보 같은 것아. 이건 연료이니라. 연료. 혀가 안 돌아가면 주문도 읊을 수가 없지."

진심으로 말하는 기색이라, 옆에서 듣고 있던 여신관도 무심코 쓴웃음을 지었다.

"목이 마르기도 하니까요. 가을인데, 걸었더니 땀이 나겠어요."

경망스런 것은 알고 있지만, 여신관도 가슴팍을 넓히고 팔락팔락 바람을 넣었다.

늦더위라기에는 약하지만, 여름의 흔적인 햇살은 아직 강하다.

모험가의 이동은 걷는 것이 기본이지만, 역시 땀이 나면 괴롭고 지친다.

—그런데도, 굉장하네요.

멀리 고블린 슬레이어와 대화하는 소치기 소녀를 보고, 여신관은 문득 그렇게 생각했다.

활기차고, 언제나 생글생글 웃는다. 목장 일을 돕는 것도 힘들 텐데.

그녀는 고블린 슬레이어를 향해서 신경 쓰지 않아도 된다는 듯 손을 흔들었다.

분명히 갑작스럽게 출발하게 된 것을 전달하는 것이리라.

—내가, 저 사람 입장이었다면……?

저런 식으로 그가 고블린 퇴치하러 가는 것을, 받아들일 수 있을까…….

"……저기."

문득 들린 목소리는 조심스럽고 사양하는 기색으로 마차 안에서 들렸다.

여신관이 창을 들여다보자, 검의 처녀가 자리가 불편한 듯 안절부절 못하며 몸을 비틀고 있었다.

그녀는 풍만하게 여문 과실이 연상되는 육체를 살짝 비틀어 창틀에 몸을 기대고 있었다.

여신관이 무심코 두근거렸다.

"……저기, 어느 분과 이야기를 하고 계시는 걸까요?"

네? 여신관이 눈을 깜빡였다가 금방 깨닫고 고개를 끄덕였다.

그를 말하는 것이다.

"저기, 고블린 슬레이어 씨가 사는 목장의 따님이세요."

"그렇군요……."

검의 처녀는 촉촉하게 젖은 붉은 입술 틈으로 호오, 가늘고 울적한 한숨을 토했다.

"어딘가 안 좋으신가요?"

"아뇨……."

검의 처녀는 미약하게 고개를 숙이고 고개를 옆으로 저었다.

"……아무것도 아니랍니다."

"그런, 가요."

여신관은 힐끔힐끔 그녀의 모습을 신경 쓰면서도 일단 시선을 떼었다.

여신관은 동경이라는 감정을 알고 있었다. 그 아름다운 마녀에 대해 품고 있는 것이다.

그러면 검의 처녀, 위대한 대주교에게 보내는 마음은 무엇일까?

—존경, 하고는 조금 다른 것 같아요.

물의 도시, 그 욕탕에서 나눈 대화나 《리저렉션(소생)》의 의식을 떠올리면 지금도 몸과 뱃속이 뜨거워지는 것 같았다.

—우.

문득 그 침대의 광경이 떠오르자, 여신관은 얼굴이 빨개지지 않도록 황급히 고개를 옆으로 저었다.

"끝났다."

"아, 네!"

성큼성큼 다가오는 발소리에 여신관이 퍼뜩 고개를 들었다.

석장을 고쳐 쥐고, 짐을 정돈하고, 손수건으로 이마의 땀을 닦으면 준비는 만전.

"흠. 그러면 가세."

철썩. 리자드맨 승려가 고삐를 때리는 소리를 신호로 다시 마차가 움직였다.

드워프 도사가 주섬주섬 가방을 뒤져 사과를 꺼내더니, 걸으면서 입을 크게 벌려 깨물었다.

"정말."

키득 웃은 여신관이 석장을 흔들며 짐짓 불평을 했다.

"점심, 못 먹게 될지도 몰라요?"

"드워프한테 이 정도는 먹은 축에도 안 들어가느니라."

"아, 나도 하나 줘!"

"옜다."

마부석에서 손을 뻗은 엘프 궁수에게 사과를 던져준다.

그것을 양손으로 받은 그녀는 생글생글 웃으며 소매로 사과 껍질을 닦아내더니—.

"후아……아."

무심코 햇살에 이끌렸는지 기분 좋게 하품을 하고는 맺힌 눈물을 손가락으로 닦아냈다.

"정말로, 고블린 따위 안 나오면 좋을 텐데."

그러나 아마도, 그리 되지는 않으리라.

§

따닥, 따닥. 박수를 치는 것처럼 춤추는 불티 소리에 검의 처녀는 눈을 떴다.

살며시 몸을 일으키자 어두운 마차 안, 좌석 위다.

맞은편에 잠든 시녀가 깨지 않도록 모포를 치우고 손으로 더듬어 천칭검을 끌어당겼다.

그리고 그녀는 맨살 위를 감싸듯 옷을 걸치더니 조용히 마차 밖으로 발을 내렸다.

야영이다.

해가 저물고, 쌍둥이 달이 오르고, 별이 반짝이는 밤.

가도 중간중간마다 있는 그저 숙박을 위해 풀을 베어낸 장소.

과연 여행자가 여기에서 잠을 청한 것이 먼저인지, 모닥불 터가 만들어진 것이 먼저인지.

본래는 여인숙이라도 하나쯤 있어야 하겠지만 괴물이 많은 작금에는 그럴 수도 없으리라.

검의 처녀는 희미하게 천이 스치는 소리만 내며 그 야영장의 중앙으로 나아갔다.

그밖에는 머물고 있는 마차가 없다고 들었다. 그렇다면 모닥불을 지키는 것은 이 파티의 인물.

그리고 불꽃의 불빛이 검게 떠올리는 흐릿한 그림자는, 검의 처녀가 꿈에서마저 보는 남자였다.

"……안녕하세요?"

검의 처녀는 등 뒤에서 살며시 말을 건 다음, 그의 옆에 살집이 좋은 엉덩이를 앉혔다.

약간 간격을 두는 것은 그 이상 다가가서는 도저히 견딜 수가 없기 때문이다.

고블린 슬레이어의 그림자가 움직이며 투구가 둘러싼 얼굴이 검의 처녀를 보았다.

시녀의 말에 따르자면 지저분한 싸구려 철 투구라고 한다. 전에 벗겨냈을 때도 그런 감촉이었다.

“안 자는 건가.”

“그것이…….”

낮고, 차갑고, 담담하며 무기질적인 목소리.

풍만한 가슴 속에서 크게 뛰는 심장이 튀어나오지 않도록, 검의 처녀는 입가에 손을 대었다.

뭐라고 해야 할까? 생각했던 말은 순식간에 사라져버렸다.

검의 처녀는 마치 편지를 쓸 때, 잘못 쓴 편지지를 뭉쳐서 버린 것 같다고 생각했다.

“……그 이후로, 푹, 잠들 수 있게 된 덕분에. 새삼, 인사드리려고…….”

“일어나 있지 않나.”

결국 무난하게 나온 본심을 고블린 슬레이어가 단칼에 베어버렸다.

“그것은…….”

검의 처녀가 볼을 부풀리고 붉은 입술을 삐죽거렸다.

“……정말이지, 심술궂은 분이세요.”

"그런가?"

"그렇고말고요."

제 마음도 모르고서.

검의 처녀는 고개를 돌렸지만 안대 안에서 살며시 그를 살폈다.

검은 윤곽은 미동도 없이 불꽃을 바라보고 있었다.

그것은 지금인가, 지금인가, 하며 뽑혀 나올 때를 기다리는 검 같은 모습이라고 검의 처녀는 생각했다.

—수도에서 열리는 회의가 무엇인지, 따위에는 흥미가 없으시겠죠.

그의 주위에는 모험가들이 제각각 침낭이나 모포를 두르고 잠들어 있다.

검의 처녀는 살며시 숨을 내쉬었다. 결국 그녀에게는 이런 화제밖에 없었다.

"고블린, 나오지 않았군요……."

"이제부터겠지."

고블린 슬레이어는 짧게 말하고 긴 가지로 모닥불을 휘저었다.

쌓아놓은 장작이 무너지며 불똥이 화륵, 날아올랐다.

"무장한 집단이 진형을 갖추고서 지키는 마차. 그 자리에서 습격하는 것은 수고가 든다."

"……."

"오늘 밤이나, 내일이다."

검의 처녀는 그 이상 아무 말도 하지 못했다.

뱃속 깊은 곳에 얼음을 박아 넣은 것처럼 몸의 중심이 얼어붙는 듯한 추위에 몸이 떨렸다.

그녀는 천칭검과 함께 자신의 풍만한 가슴을 끌어안았다. 사방팔방에서 어둠이 밀어닥친다.

그녀가 아니라도 내다볼 수 없는 어둠 속에 고블린이 있는 것이다.

술렁, 술렁, 바람이 불어 풀과 잎이 춤추듯 몸을 비튼다. 검의 처녀는 몸이 굳어졌다.

오른쪽을 보았다. 가지가 흔들리는 소리. 왼쪽을 보았다. 풀이 바람에 흔들린다. 술렁거림. 새소리. 짐승소리.

바람을 타고 떠도는 흙냄새. 따닥따닥. 불똥이 튄다. 타오르는 나무의 냄새.

저속한 웃음소리가 머릿속에 메아리쳤다. 손가락질하면서, 깔깔 웃는다. 불꽃이 눈앞으로 다가온다.

그녀는 싫다면서 몇 번이고 고개를 옆으로 저었다. 무슨 뜻인지도 모르는 애원을 했으리라.

붉은 혀가 시야를 하얗게 핥았다. 탁한 절규. 사타구니에 부지깽이를 쑤셔 넣은 것 같은 열. 통곡.

길고 길게. 고막에 울리는 단말마의 목소리. 그녀 자신의 목소리다. 영혼과 존엄이 부서지는, 마지막—.

"자라."

강철 같은 낮은 목소리였다.

조용히 중얼거린 그것은 눈앞의 검은 그림자가 낸 소리였다.

"눈을 감고, 뜨면 아침이다."

"……참으로."

검의 처녀는 저도 모르게 거칠어진 호흡을 정돈하며 갈라진 목소리로 말했다.

"간단히 말씀하시는군요."

"어렵다는 건 알고 있다."

고블린 슬레이어는 지극히 고지식하게 말을 이었다.

"어렸을 적, 어느 정도 눈을 감고 있으면 아침이 되는지, 침대 안에서 시험해본 적이 있다."

희미한 말. 그것에 검의 처녀는 아주 약간이지만 입술 끝이 느슨해졌다.

그녀가 때 묻지 않은 소녀였던 무렵이 있었듯, 눈앞의 남자도 그런 때가 있었던 것이다.

검의 처녀는 그 뒤로 아무 말도 하지 않았다. 결국 하고 싶은 말은 아무것도 말하지 못하리라.

자신에 대해서, 그에 대해서, 목장 아가씨에 대해서, 저 기특한 여신관에 대해서.

생각은 돌고 도는데, 말하고자 하면 혀가 떨려서 말이 되지 않는다.

그렇지만 바로 옆에는 그림자 같은 남자가 있고, 그녀를 위해 묵묵히 불을 지키고 있었다.

—어서 아침이 오면 좋을 텐데.

—밤이 더 길게 이어지면 좋을 텐데.

10년 이상 전에 두고 와버린 분실물을 이제 와서 다시 찾아 봤자…… 라고 생각은 하지만.

검의 처녀는 끌어당긴 허벅지에 팔꿈치를 올리고 턱을 괴면서 호오, 달콤하고 울적한 숨을 내쉬었다.

다음에 무슨 말을 하고자 입을 열려던 때였다.

"……음, 냐……우."

모포 덩어리 하나가 꼬물꼬물 움직이더니 여신관이 몸을 일으켰다.

잠에 취한 눈을 비비고 후아, 하품을 하더니 뭔가 애매한 말을 중얼거렸다.

—아아.

검의 처녀는 유감스럽게 숨을 내쉬었다. 이야기는 끝이다. 아직 새벽은 멀었건만.

비틀비틀 일어난 여신관은 사슬 갑옷을 벗고 신관복만 입은 차림이었다.

마치 밤중에 사원의 복도를 걷는 것처럼 위태로운 기색으로 여신관이 자기 짐으로 걸어갔다.

그리고 가방을 열었을 때, 그녀는「어머나?」하고 지금 눈을 뜬 것처럼 소리를 냈다.

"대주교님……? 이랑 고블린 슬레이어 씨?"

눈을 깜빡인 소녀는 신기하단 기색으로 고개를 갸웃거렸다.

나란히 앉은 두 사람 사이를 시선이 바쁘게 헤엄쳤다.

불침번인 고블린 슬레이어는 그렇다 치고, 그 옆에 검의 처녀가 있는 것은 대체…….

"……저기, 무슨 일, 있으신가요?"

"……."

고블린 슬레이어는 낮게 신음하고 철 투구를 검의 처녀 쪽으로 천천히 돌렸다.

"깨서 오더군."

"그렇게 어린애처럼 말씀하지 말아주시어요."

오늘밤은 이걸로 끝. 그렇게 정하고 검의 처녀는 어린아이처럼 볼을 부풀렸다.

그리고 금세 — 여신관이 「어」 하는 표정을 짓는 것보다도 빠르게 — 대주교의 표정을 되찾았다.

그녀는 이제 어린 소녀가 아니다. 한창 나이의 처녀마저도 아니다. 무심으로 누군가를 사모할 수 있는 입장도 아니다.

그 모든 것을 갖추고 있는 것은 눈앞에서 신기하단 표정을 짓고 있는 소녀뿐이다.

검의 처녀는 그 사실에 가슴이 따끔하게 아파오는 것을 느끼며 입술에 희미한 웃음을 지었다.

"조금 잠이 안 온 것뿐이랍니다. ……그쪽은, 무슨 일인가요?"

"에, 아, 아뇨."

여신관은 손을 휘휘 내저었다.

"잠깐, 목이 말라서, 물을……."

"그런가."

고블린 슬레이어가 가방 안에 손을 넣어 물주머니를 꺼내더니 훌쩍 던졌다.

"와."

황급히 양손으로 그것을 받은 여신관은 「죄송합니다」 하고 고개를 숙였다.

마개를 뽑고 꿀꺽, 꿀꺽 목을 울리면서 조금씩 물주머니의 물을 마시는 그녀.

그 모습을 검의 처녀가 가만히 지켜보다가— 문득 그 숨겨진 시선이 허공으로 향했다.

"…………."

고블린 슬레이어는 무슨 일인지 묻지 않았다.

그는 재빨리 허리의 검을 확인하고 방어구의 조임쇠를 조이기 시작했다.

그 모습을 보고 퍼뜩 깨달은 여신관의 표정이 굳어졌다.

"다들 깨울게요……."

"들키지 마라."

"네."

여신관은 석장을 집더니 아무것도 아니란 식으로 야영지를 빙 돌았다.

걸을 때마다 고리가 흔들리고 짤랑, 짤랑, 석장이 방울과 비슷한 소리를 냈다.

그것에 응하여 흠칫, 움찔, 나머지 세 모포가 움직였다.

맨 먼저 소리도 없이 스윽 몸을 일으킨 것은 리자드맨 승려였다.

그는 몇 겹으로 덮은 모포에서 기어 나오더니, 굳어진 몸을 부르르 떨고 재빨리 용아(龍牙)를 붙잡았다.

"오는 모양일세."

"……그럴지도 모르겠구먼. 이것아, 일어나거라."

드워프 도사가 응답했다. 그는 반쯤 걷어차듯 엘프 궁수를 흔들었다.

「우우」나 「아아」라고 의미 불명의 말을 흘리면서 일어난 그녀는 쓱

쓱 눈을 비볐다.

"……아직 해도 뜨기 전이잖아아."

"서둘러 주세요. 저도 사슬 갑옷을 입을 테니까요……."

"어쩐지 성장했네."

여신관의 재촉을 들은 엘프 궁수가 투덜거리며 자신의 활을 집었다.

근처에 기어 다니는 거미를 붙잡아서 쭈욱 실을 뽑아 현을 다시 걸었다.

각각 전투 준비를 진행하는 것을 확인하고 고블린 슬레이어가 일어섰다.

"마차로 돌아가라."

"아……."

올려다보는 검의 처녀의 팔을 그의 투박한 손이 붙잡았다.

"위험하다."

그대로 뭐라 대꾸할 틈도 없이 그녀의 몸을 쭉 당겨 일으켜 세웠다.

성큼성큼 고블린 슬레이어가 마차로 걸어가자 검의 처녀는 따라가는 수밖에 없었다.

그녀의 기량이라면 완력이 아니라도 떨쳐내는 것은 간단하리라. 그러나…….

—읏!!

팔의 부드러운 살을 단단히 파고드는 손가락의 감촉이 검의 처녀에게 그것을 용납하지 않았다.

그럴 때가 아닌 것은 잘 알고 있었다. 그러나 그래도, 저항하기 힘든 것이 있는 법이다.

검의 처녀는 기쁨 속에서 이끌렸다. 이윽고 마차에 들어가게 되자 「아」 하고 불만스런 소리를 흘렸다.

"자물쇠를 걸고, 기다려라."

덜커덕 소리를 내며 승강구의 문이 닫혔다.

검의 처녀는 주저앉은 모습으로 숨을 흘리고, 미약하게 붉은 자국이 남은 팔을 손가락으로 만졌다.

"……네. 기다리고 있겠습니다."

작은 소리는 결코 문 밖에 다다르지 않았으리라.

그렇지만, 이것은 기도다. 상대에게 전해지는지 아닌지는 제쳐두고, 또 제쳐둬도 된다.

"으응……. 무슨 일인가요?"

잠에 취한 눈의 여관이 모포를 두른 채 살짝 몸을 일으키고 물었다.

검의 처녀는 그것에 대답하지 않고 입술을 깨물더니, 천칭검을 끌어당겼다.

"……."

그녀의 민감한 감각에는 이미 바깥의 기척이 전해지고 있었다.

풍만한 가슴에 천칭검을 끌어안고서 몸을 부들부들 떨었다. 입술도 떨린다.

"……고블린이, 왔답니다."

―부디, 그들을 살려서 돌려보내지 말아주시어요.

검의 처녀는 갈라진 목소리로 한 마디 중얼거리고, 그 뒤에는 한 마음으로 기도를 바치는 것에 주력했다.

그것 말고 어떻게 고블린과 싸워야 하는지, 그녀는 알지 못했다.

§

"GOOROBOROGB!!"

기습은 고블린 라이더(소귀 기수)의 호령으로 시작됐다.

수풀 너머에서 단숨에 거리를 좁힌 늑대가 마지막 한 걸음을 커다랗게 도약해서 덮친다.

지저분한 침을 흘리는 그 커다란 턱에 고블린 슬레이어가 방패를 휘둘러 때려 박았다.

"GYAN?!"

비명을 지르며 모닥불 곁으로 굴러간 늑대의 목줄기를 짓밟아 뭉개고, 떨어진 고블린의 목을 검으로 찔렀다.

척수가 부서진 늑대가 이완되고, 고블린이 피 거품에 빠져 죽는 것을 확인한 뒤 다음 적으로.

이미 두 마리째 — 전체를 따지면 네다섯 마리째— 가 수풀 너머에서 뛰어나오고 있었다.

고블린 슬레이어는 검을 뽑으려다가 날이 근육에 붙들린 것을 깨닫고 혀를 찼다.

"……칫."

망설임 없이 칼자루를 놓고, 시체의 손에서 떨어진 곤봉을 빼앗아 옆으로 휘둘러 구타했다.

"GGBORORB?!"

마른 가지를 부수는 것과 비슷한 척추가 부러지는 소리가 울리고,

늑대가 데굴데굴 옆으로 쓰러지며 날아갔다.

떨어진 고블린이 일어서려는 참에 고블린 슬레이어가 덮쳤다.

"GORGB?!"

"이걸로, 둘."

정수리에 일격을 맞은 고블린이 한쪽 눈과 뇌수를 튀기면서 뒤로 쓰러졌다.

고블린 슬레이어는 다음 고블린 라이더에게 곤봉을 던지고 시체에 박힌 검을 뽑았다.

"놓치지 마라. 몰살시켜라."

"……그거, 아무리 생각해도 이쪽이 할 말이 아닌데."

투덜거린 엘프 궁수는 마차 옆에 진을 쳤다.

모닥불의 불빛이 비추는 야영지는 이미 고블린 놈들에게 둘러싸인 모양이다.

눈앞에는 고블린 슬레이어의 곤봉에 맞아 떨어진 고블린, 그리고 기수인 늑대.

"흐흥."

엘프 궁수는 화살통에서 화살을 두 개 뽑더니, 조준을 하긴 했나 싶을 정도로 빠르게 현을 당겼다.

일단 속사로 늑대의 눈을 꿰뚫고, 이어서 남은 하나로 다가오는 고블린의 목젖을 화살촉으로 베어냈다.

"GOROR?!"

"또 하나!"

단말마를 지르는 고블린을 매끈하고 긴 다리로 걷어차고, 활에 화살을 메겨 당기고 쏜다.

휘이. 밤을 꿰뚫고 날아간 화살은 기이한 각도로 호를 그리더니 소리 없이 마차 뒤로 뛰쳐나갔다.

"GROBORB?!"

비명. 화살이 박힌 가슴팍을 누르면서 비틀비틀 넘어지는 고블린. 이걸로 둘.

엘프 궁수는 기다란 귀를 파르르 흔들었다. 그 고블린은 손에 창을 쥐고 있었지만 걸어서 왔다.

"역시 주변에 우글거리고 있으면 다섯 명이서는 뒤쪽까지 지킬 수가 없어……. 드워프, 어깨 빌릴게!"

"어엉?"

손도끼를 쥐고 말의 곁에서 수비를 굳히고 있던 드워프 도사가 응답하는 것과 그녀 중 어느 쪽이 빨랐을까?

통통 작은 가지를 건너는 새처럼 가벼운 움직임으로 엘프 궁수의 발이 그의 어깨를 밟고 달려 올라갔다.

"마차 위에서 지원할 테니까, 뒷일은 잘 부탁해!"

"이 길쭉귀 처녀야! 남을 발판 삼지 말거라, 거 참!"

드워프 도사는 그렇게 말하며 드워프다운 듬직한 팔로 손도끼를 휘둘렀다.

"GBORROB?!"

가슴팍이 장작처럼 갈라진 고블린 한 마리가 내장을 드러내며 날아갔다.

기병에 이어서 걷는 고블린까지 밀려들고 있었다. 수는 열인가,

스물인가?

—과연, 이것은 마차고 자시고 습격을 당하면 견딜 수가 없겠구먼.

이미 고블린 놈들은 우글우글 야영지로 들어오고 있었다. 술법을 위해 집중할 틈이 없었다.

얼굴을 찡그린 드워프 도사는 도끼날을 휘둘러 피를 떨쳐내고 굵직한 목소리로 외쳤다.

"하는 수 없구나…… 어이쿠, 아가씨야. 이리 오너라, 이리 와! 위험하다!"

"아, 네, 죄송합니다…… 윽!"

위치를 제대로 못 잡고 등 뒤를 신경 쓰며 석장을 휘두르던 여신관이 응답했다.

생각해 보면 그녀는 지금까지 이렇게 무언가를 지키면서 싸울 기회는 거의 없었다.

역겨운 웃음을 지으며 다가오는 고블린을 견제하면서, 그녀는 종종 걸음으로 달렸다.

"히야악?!"

반사적으로 몸을 숙일 수 있었던 것은 과연 숙명일까 우연일까?

그녀의 여린 피부를 물어뜯으려고 날아온 늑대가 머리 위를 넘어가더니 드워프 도사의 도끼를 맞고 떨어졌다.

"GYAN?!"

"으랏, 차. 다친 곳 없느냐?!"

"네, 네! 괜찮……아요! 죄송합니다."

"무얼, 신경 쓰지 말거라!"

불운(펌블)하게도 떨어져 목이 부러진 고블린을 걷어차서 날려버리고, 드워프 도사가 숨을 정돈했다.

그 옆에 딱 붙은 여신관은 문득 시선을 움직여 그의 모습을 찾았다.

—괜찮아, 저기 있어요.

불꽃의 불빛을 받으며 무기를 휘두르는, 볼품없는 갑옷의 뒷모습.
숨을 들이쉬고 내뱉었다.

"……기적을 탄원하는 것보다, 슬링(투석끈)이 좋겠어요."

"그렇구먼. 《홀리 라이트》를 쓰면, 놈들이 도망칠 테니……."

여신관은 드워프 도사에게 고개를 끄덕이고, 석장을 마차에 기대어 두더니 허리띠에 끼워둔 가죽 끈을 뽑았다.

"에에잇!"

발치의 돌에 감아서 돌리더니 귀여운 목소리와 함께 그것을 던진다.

아무래도 밤의 어둠 속이라 조준이 어설프다. 그것은 고블린의 발치에 맞아 튕겨나가는 것으로 끝났지만—.

"GROB?!"

"좋아, 받아간다!!"

발길을 멈추면 곧장 엘프 궁수의 사격이 날아간다.

가슴이 꿰뚫린 고블린은 「구우욱」 하고 낮게 신음하면서 앞으로 무너졌다.

"하하하. 지원 사격이 늘어나니 싸우기 쉬워서 좋군. 그렇지만……."

리자드맨 승려는 물론 절호의 상태였다.

밤의 추위에 식은 몸을 데우는 것처럼, 손톱, 발톱, 송곳니, 꼬리를 휘두른다.

한 마리 두 마리 고블린을 찢어발기고, 커다란 턱으로 깨물어 부서진 고블린을 내던져 공중으로 날려버린다.

그 시체가 땅바닥에 떨어질 무렵, 통나무 같은 꼬리가 후방의 한 마리를 쓸어서 쓰러뜨린다.

도합 네 마리를 처리하고 숨결도 흐트러지지 않은 리자드맨 승려는 두 눈을 빙글 돌렸다.

"수세로 싸우는 것은 아무래도 성미에 맞질 않는군."

"열하나. ……동감이다."

모험가들은 이미 고블린의 절반 정도를 해치웠다고 계산했지만 방심할 수는 없다.

고블린 슬레이어는 고블린의 목에서 창을 뽑아내더니 모닥불을 넘으려는 기병에게 던졌다.

"GBORRO?!"

"그렇다면……."

옆구리가 창날에 꿰뚫린 늑대에서 고블린이 떨어져 모닥불 한가운데를 굴렀다.

연기와 재가 뭉게뭉게 피어오르고, 산 채로 타 들어가는 고블린의 절규가 울려퍼졌다.

불을 끄고자 울부짖으며 땅바닥을 구르는 고블린. 주변의 고블린들은 비웃었다.

고블린 슬레이어는 창으로 찔러 죽인 고블린의 시체를 걷어차면서 단검을 빼앗았다.

"이걸로 열둘. ……바깥쪽으로 돌아갈 수 있나?"

“못한다는 말은, 우리들의 말로는 다소 나타내기 어려운 것이지.”

리자드맨 승려가 유쾌한 기색으로 말하더니 혀끝으로 자신의 코를 낼름 핥았다.

구개가 사나운 형태로 일그러지고, 리자드맨 승려는 커다란 양 손바닥을 슥슥 비볐다.

“그러면, 잠시 자리를 비우겠네.”

그 말을 하자마자, 리자드맨 승려는 소리 없이 스르륵 땅을 달려 연기 속으로 뛰어들었다.

고블린 슬레이어는 비늘의 거한이 모습을 감춘 것을 확인하더니 가방에서 횃불을 뽑았다.

불이 안 붙은 그것을 불길이 약해진 모닥불에 던져 넣었다. 불이 끊어지면 안 된다.

“GRRO?!”

그리고 근처에 있는 한 마리를 방패로 때려눕히고 연수에 단검을 박은 뒤, 그 시체를 짓밟고 달렸다.

그가 가는 곳은 동료들 — 이라고 생각하는 것에 그는 아직 익숙지 않았다 — 이 있는 마차다.

“열셋— 넷!”

앞길을 막으려는 고블린의 턱을 차올려 두개골을 부수고 마지막 한 걸음.

재빨리 살핀 세 사람은 모두 부상을 입은 기색은 없었다. 고블린 슬레이어는 숨을 내쉬었다.

“고블린 슬레이어 씨!”

확 얼굴이 밝아지며 외치는 여신관에게 고개를 끄덕여주고, 고블린 슬레이어는 짧게 말했다.

"모루를 만든다."

"어."

얼굴이 빨개지며 굳어지는 여신관.

"뭐야—?!"

위에서 소리친 것은 엘프 궁수다.

"잠깐, 오르크볼그, 너 말야…… 읏!"

"수비를 굳힌다."

그 말을 완전히 무시하고, 그는 딱 달라 말했다.

"《프로텍션》이다. 서둘러라."

"아, 네, 네엣!"

황급히 석장에 매달리듯 손을 대는 여신관을 고블린 슬레이어가 등 뒤로 감쌌다.

다가오는 고블린의 일격을 방패로 막고 단검을 찔렀다. 목표는 명치다.

"GOROB?!"

"도합 열다섯. 나머지 여덟, 그 중 고블린 라이더가 셋."

휴우. 폐에서 공기가 빠지는 소리를 내며 즉사한 고블린을 걷어차고 칼날을 뽑았다.

고블린 슬레이어가 걸쭉한 검은 피를 떨쳐내고 자세를 잡으며 말했다.

"……반대쪽 수비를 부탁한다. 이쪽은 내가 맡지."

"오냐! 그런데, 나는 전위가 아닌데 말이다……."

드워프 도사는 장단을 딱 맞춰 대답하고는, 쓴웃음 기색의 말을 남기고 달려갔다.

경장이라지만 드워프다. 완력으로 손도끼를 휘두르면 고블린 정도는 상대가 안 된다.

"……열, 받는데—!"

엘프 궁수가 활을 당기면서 기다란 귀를 짜증스레 흔들었다.

"나중에 사과해!"

"의미를 모르겠다."

태연하게 응답하는 고블린 슬레이어. 알고서 하는 말인지, 모르는 건지.

—아마 모르는 거겠죠.

여신관이 문득 생각하고 희미하게 웃었다. 손에 든 석장에 손을 미끄러뜨리며 들어 올렸다.

누군가— 아니, 그가 지켜준다는 사실은 마음을 무척 차분하게 만들어준다.

"《자비 깊은 지모신이여, 부디 나약한 우리들을 대지의 힘으로 지켜주소서》!"

따라서 기도는 천상에 닿아, 신성한 수호가 마차와 파티에게 보이지 않는 역장을 내렸다.

"GOROROB!"

"GROBG! GROORBBGRB!!"

그런데, 그런 한편으로 고블린 놈들은 이 모험가들의 모습을 어찌

보고 있을까?

대답은『마침 잘 됐다』였다.

그들은 모험가가 한 사람 줄어든 것을 바보 취급은 하지만, 그 이상은 깨닫지 못한다.

적이 약해진 것이 중요하다. 얼빠진 바보 같은 녀석들이 멍청한 짓을 했다는 생각밖에 못한다.

사고 속에는「그럼 어떻게 해줄까?」하는 것밖에 없었다.

남자는 어떻게 죽일까? 여자들 앞에서 죽여주마. 마차 안에도 여자가 있다.

다시 말해서 몇 명인가 적당히 놀면서 죽여도 아직 여유가 있다는 것이다. 근사한 일이다.

역겹게 웃은 한 마리가 입맛을 다시자 지팡이를 든 여자의 표정이 굳어졌다.

위에 있는 저 오만한 엘프도 다리를 붙잡아 끌어내리면 어떤 식으로 짖어댈까?

기대와 욕망이 부풀뿐이다. 고블린이란 그런 생물이었다.

그래서, 이미 늦었을 무렵에도 그들은 무슨 일이 일어났는지 몰랐다.

"GOBRRRR……?"

처음 깨달은 것은 뛰어들 호기를 재던 후열의 고블린 라이더였다.

메마른 발소리가 잔디를 헤치면서 다가온다. 늦게 도착한 동료일까?

고블린 라이더는 조잡한 가죽 끈의 고삐를 쥐고서 불평을 하려고 등 뒤를 돌아보았다.

"GOROBBGB?!"

그리고 그대로 말도 하지 못하고 피를 뿜으며 늑대의 등에 쓰러졌다.

"GYAN?!"

"GOOR! GOBG!"

늑대의 비명이 오르고, 고블린들이 이변을 깨달았다.

밤의 어둠 너머에서 다가오는 하얀 그림자가 하나, 둘, 셋— 아니, 저것은, 뼈다?!

"《금룡(禽龍)의 선조인 뿔이며 발톱이여, 네 다리, 두 다리, 땅에서서 달리라》!"

리자드맨 승려의 호령 아래, 용아병(드래곤투스 워리어)들은 소리 없는 포효를 지르며 고블린 놈들에게 덤벼들었다.

모험가 한 명이 모닥불의 연막에 숨어서 포위를 빠져나간 것은 생각지도 못했으리라.

하물며 그 모험가가 선조령에게 기적을 탄원하여 병사를 늘릴 줄이야……!

"이거야. 이래서는 수도에 도착할 때까지 더는 못 쓴다네, 소귀살해자 선생."

고블린들은 점점 등 뒤에서 다가오는 용아병 놈들에게 밀려 앞으로 나오는 수밖에 없었다.

그러나 그곳에는 신성한 수호《프로텍션》이 기다린다.

그리고 무기를 쥐고 전의를 불태우는 모험가들—.

여신관이 석장을 양손에 쥐고 기적의 유지에 의식을 집중하면서 속삭였다.

"이대로, 양면 공격으로…… 짓누르는 건가요?"

"바로 맞췄다."

고블린 슬레이어는 태연하게 말하고 단검을 쥔 손목을 빙글 돌렸다.

"고블린 놈들은 몰살시킨다."

그 말대로의 결과가 나온 것은 밤이 밝기 전의 일이었다.

§

시산혈해.

늑대와 고블린의 피와 살과 뼈가 흩어진 초원에 아침놀이 붉은색을 칠했다.

여신관은 무릎을 짚고서 성인을 그리고, 석장에 매달리듯 지모신께 진혼을 기도했다.

고블린을 용서하고 말고가 아니다. 죽은 자에겐 모두 평등한 안식이 있어야 하는 법이다.

"끝났나."

"아, 네……."

문득 말을 걸자, 여신관이 황급히 몇 번이나 고개를 끄덕이며 일어섰다.

깨닫고 보니 고블린 슬레이어는 시체를 질질 끌어다 한 곳에 산처럼 쌓아 놓았다.

코를 확 찌르는 썩은 냄새.

아직도 익숙해지지 않지만, 그녀의 첫 모험부터 따라다니는 고블린의 때와 땀의 냄새.

"무엇을, 하실 셈인가요?"

"몇 명이지?"

고블린 슬레이어는 여신관의 물음에 답하지 않고 짧게 말하며 시체의 무리 옆에 무릎을 짚었다.

"이 녀석들에게 당한 수다."

"그러니까……."

당황하며 시선이 흔들리는 여신관.

문득 창 너머로 시선이 마주친 검의 처녀가 창 너머에서 갈라진 속삭임으로 가르쳐 주었다.

"……다섯, 여섯 명 파티였다고 기억한답니다……."

"그런가."

낮은 목소리로 대답한 고블린 슬레이어는 단검을 역수로 뽑았다.

"……."

"무, 무슨 일이시죠?"

"마차 창을 닫아라."

말은 짧았지만 거절이 용납되지 않았다.

"죄송합니다."

여신관은 당황하면서도 한 마디 고한 뒤에, 창을 닫고 미늘문을 내렸다.

그 찰나, 여신관은 검의 처녀의 표정이 대단히 창백해진 것을 보았다.

—아아.
그걸로 이유를 알았다. 알았다고 해도 여신관은 그를 말릴 수 없었다.
고블린 슬레이어가 단검을 들어 주저 없이 고블린의 배에 박은 것이다.
"우에……."
푸욱 피가 튀고, 마차 위에서 계속 망을 보던 엘프 궁수가 무심코 표정을 찌푸렸다.
탐색자, 사냥꾼이라고 해도 이 광경은 혐오감을 느낄 것이다.
동물의 가죽을 벗기고 내장을 꺼내 피를 빼는 것과는 다른 것이다.
"……잠깐, 오르크볼그. 뭐 하는 거야?"
"확인한다."
거무죽죽한 고블린의 피로 몸을 더럽히면서 대답했지만, 여전히 불명료하다.
엘프 궁수는 핼쑥한 표정으로 손을 흔들고 시선을 돌렸다. 기다란 귀가 축 늘어졌다.
"아아, 정말이지. 맘대로 해……."
"이거야, 내일은 고기를 못 먹겠구먼."
드워프 도사가 태평하게 말하면서 배를 비볐지만, 그럼에도 방심하지 않고 주위에 시선을 두고 있었다.
파티의 전위가 작업을 하고 있으니 경계를 해둬서 나쁠 것 없었다.
다만…….
"……."

여신관은 입술을 꾹 깨물고 고블린의 시체를 똑바로 보고 있었다.

"소귀 살해자 선생. 내 도움세."

"미안하군."

슬쩍 걸어온 리자드맨 승려가 송곳니 소도를 뽑아 가세했다.

그의 솜씨는 거칠지만 익숙해서 작업은 빠르게 진행됐다.

"흠."

고블린의 내장을 나누고, 위 속의 내용물을 끄집어낸 고블린 슬레이어가 낮게 으르렁거렸다.

그리고 이어서 늑대들의 배를 갈라 거의 녹은 내용물을 초원에 끄집어냈다.

"우, 에……엑."

기어이 여신관이 견디지 못하고 표정이 창백해져서 웅크렸다.

반쯤 녹은 손발이나, 가슴, 뒤엉킨 두발이 걸쭉하게 지면에 펴졌다.

"수가 부족하군."

헹궈라. 그가 말하며 여신관에게 물주머니를 내밀자, 그녀는 그것을 양손으로 받았다.

꿀꺽, 꿀꺽. 입술 가장자리에서 물방울을 흘리면서 열심히 물을 마셨다.

고블린 슬레이어는 그 모습을 슬쩍 보고 팔다리의 수를 따졌다. 좌우가 모여 있지는 않지만.

"……어떻게 보나?"

"글쎄……."

리자드맨 승려 또한 위액이 섞인 고깃덩이 옆에 웅크리고 앉아서 송곳니칼 끝으로 부위를 찔렀다.

“늑대들의 먹이로 삼은 것도 포함하여, 달리 보관하고 있을 가능성은…… 뭐, 없을 걸세.”

“그래. 방랑 부족이다. 비축도 가지고 다닐 테지.”

“……짐은 없었어.”

—정말이지, 참, 진짜.

엘프 궁수가 마차 위에서 아래쪽을 보려 하지 않으며 대답했다.

처음 만났을 때는 배를 가르는 것에 동요했지만…….

엘프 궁수는 한숨을 쉬고 기다란 귀를 흔들며 손을 휘휘 내저었다.

“멀리 그런 걸 둔 기척도 없어.”

“그렇다허면…….”

드워프 도사가 표정을 으헤엑 찌푸리며 찢어진 시체를 보았다.

여섯 명의 파티. 그것을 다 먹어 치울 정도의 고블린. 그리고 늑대.

“……그러니까, 아직 더 있다…… 라는 걸까요?”

여신관의 가는 속삭임에, 대답하는 자는 없었다.

§

“와, 아…….”

무심코 목소리를 흘린 여신관이 눈빛을 반짝거리며 그것을 올려다보았다.

변경 도시를 나선지 며칠, 가도를 계속 걸어서 이제야 도착한 곳의 모습.

수도가 가까워짐에 따라서 가도를 따라 논밭이 펼쳐지기 시작하고, 강을 넘어 바람이 불어온다.

그 경관을 내려다보는 곳에, 누군가 지은 별장의 다갈색 지붕 너머에 그것이 있었다.

저 멀리 가도에서도 볼 수 있었던 성벽은 이제 그녀 눈앞에 우뚝 서 있었다.

하얀 대리석을 쌓아 올려서 만들어진, 그야말로 거대한 문이었다.

올려다보니 목이 아플 정도다. 만들어낸 그늘이 가도를 전부 덮어 버리는 것 아닐까?

여신관이 무심코 그리 생각할 정도로 보기보다 커다랗다는 인상을 주고 있었다.

아름답게 조각된 석벽으로 지탱되는 그것에 마법의 힘은 쓰이지 않았다.

사람의 기술, 사람의 지혜, 사람의 힘으로, 이 정도 건축을 해냈으니 놀랄 일이다.

비바람과 전쟁의 불길에 노출되고, 몇 번이나 주인이 바뀌면서도 수천 년을 거쳐 아직도 건재하다.

이야기는 들었지만 여신관은 여태 눈으로 본 적이 없었다.

그녀의 세상은 사원과 변경 도시, 광야, 그리고 고작해야 물의 도시 정도의 넓이였다.

그러나 이것은 변경 도시의 문보다도, 물의 도시 문보다도 훨씬 커다랗고, 그리고 오래 되었다.

도시의 대문은 머나먼 고대로부터 계속 이 자리에 있었다. 말을 가진 자의 역사 그 자체다.

“굉장하네요……!”

어젯밤의 음울한 광경을 씻어 내주는 웅장한 화려함에 여신관의 얼굴에 웃음이 떠올랐다.

“아마, 나보다 연상이겠네.”

마차의 지붕에서 올려다보던 엘프 궁수가 대문의 그림자 속에서 기다란 귀를 흔들며 말했다.

그녀의 신록색 눈동자가 반짝반짝하는 것도 역시나 호기심이 있기 때문일까?

본 적이 없는 것을 본다는 것은 어찌 이리도 기쁜 것일까?

“있지, 벽 주위에 어슬렁거리는 사람들은 뭐 하는 거야?”

“성벽이란 것은 말이다.”

드워프 도사가 낮게 응답했다.

“그러니까 수비의 요체, 도시의 긍지다.”

그러니 손질과 청소를 빠뜨릴 수 없느니라. 그는 그렇게 말하고 기가 막힌다는 표정으로 마차 위를 올려다보았다.

“길쭉귀 처녀야. 너 그곳이 어지간히 맘에 들었나보구나.”

“어머. 그야 사방을 경계할 필요가 있잖아? 그치? 오르크볼그.”

덕분에 혼잡에서 빠져 나와 편해 보이는 그녀는 지저분한 철 투구를 내려다보았다.

“그래.”

고블린 슬레이어는 손에 든 가죽을 펼쳐 보면서 여기저기로 시선을 보내고 있었다.

지난 밤에 처치한 고블린에게서 벗겨낸 — 물론 엘프 궁수와 여신관은 표정을 찌푸렸다 — 가죽이다.

"……우에. 역시 그거 왜 벗겨낸 건데?"

"이 부족의 생존자나, 이끌고 있는 놈이 또 있을지도 모른다."

"어디다 베껴서 그리면 되잖아."

"정확한 것이 필요하다."

고블린 슬레이어는 가죽에 그려진 기하학적인 문신을 투박한 장갑의 손가락 끝으로 더듬었다.

이윽고 그는 작게 고개를 끄덕이고, 가죽을 말아서 가방에 넣었다.

"손처럼 보이지만, 판단이 어렵다."

그렇게 말하고 철 투구를 흔들었다.

"신기한가."

"앗, 네."

여신관이 순순히 고개를 끄덕였다.

"정말로, 사람이 잔뜩 있어서……!"

여신관이 무심코 뿅뿅 뛸 것 같은 모습으로 주위를 두리번거렸다.

"그러다 뒤쳐진다."

"아, 알고 있고 말고요. ……잘 알고 있다니까요?"

어린애 취급을 당한 것이 창피해서, 여신관은 거듭 주장하며 석장으로 발치를 짚었다.

마차에 의식을 돌리면서 걷는 신발 옆에서 따각따각, 경질의 소리가 울렸다.

흙이 드러난 가도도 언젠가부터 돌바닥으로 바뀌어 있었다.

길이 수도에 가까워짐에 따라 늘어난 사람들의 왕래도 이제는 완전히 인파가 되어 있었다.

결코 좁지는 않다. 오히려 거대한 문인데도 사람들이 밀고 밀리며 출입한다.

남녀노소, 빈부와 종족, 직업이나 나라도 알 수 없을 정도로 뒤섞이고, 오고 가며, 소리를 낸다.

마차도 몇 대인가 달리고, 바구니를 끌어안은 상인이 인파 사이를 다니며 물이나 과일을 팔고 있었다.

색색깔의 의복을 입은 사람들이 교대로 오고 가는 광경은 만화경이나 모자이크 같았다.

귀에 들어오는 갖가지 언어의 웅성거림은 노래와 닮아서 듣기 좋았다.

"축제나 그런 거…… 열리는 건 아니죠?"

"언제나, 이런 상태랍니다."

믿을 수가 없다. 그런 기색의 여신관에게 검의 처녀가 마차의 창을 열고 키득 웃어 보였다.

"일국의 수도라면, 사람이 많아지니까요……."

"필연적으로 다툼도 늘어나, 우리들 모험가의 활약의 장도 된다는 것일세."

말을 받으며 고삐를 쥔 리자드맨 승려가 유쾌하게 눈알을 돌렸다.

인파 속에서 문을 향해 천천히 마차를 모는 솜씨는 참으로 훌륭했다.

"허나 소승의 성미에는, 도시의 그림자(섀도우 런)를 달리는 것은 다소 거북

하긴 하다네."

"비늘 친구는 경호원 일이 잘 맞을 것 같노라만."

마차의 옆을 가는 드워프 도사가 말하고 껄껄 웃었다.

그는 자칫하면 인파에 밀려 흘러가버릴 법한 인상이지만 딱히 발길이 무뎌지지는 않았다.

드워프 도사는 고블린 슬레이어를 훌쩍 올려다보며 철 투구에 눈길을 주었다.

"카미키리마루도, 이런 대도시에서는 고블린 퇴치가 없어 한가할 것이니라."

"없다고 단정할 수는 없다."

무뚝뚝한 대답이 돌아온다.

"그런고."

드워프 도사는 기가 찬 기색으로 응답하고, 고블린 슬레이어와 함께 시선을 앞으로 돌렸다.

개척지인 변경 도시, 물의 도시와 달리 수도의 문에는 병사가 대기하는 관문이 있었다.

나갈 때든 들어갈 때든 통행 수속에 약간 시간이 걸리며, 그것이 이 정체의 원인이리라.

드워프 도사가 초가을의 햇살 아래 슬금슬금 나아가는 행렬의 선두를 노려보았다.

"이것은 시간이 좀 걸리겠구나."

드워프 도사는 어깨를 으쓱거리더니 쌈지에서 화폐를 꺼내 스르륵 인파 속으로 파고들었다.

얼마 안 가 돌아온 그는 손에 든 몇 개의 병 중에서 하나를 지붕 위의 엘프 궁수에게 던졌다.

"그저 멍하니 기다리기만 해서야 지루하지 않느냐. 옜다."

"와, 고마워. ……이게 뭐야?"

받아 든 그녀가 보니 작은 유리병 안에 옅은 보라색 액체가 들어 있었다.

가볍게 흔들어 보니 걸쭉하고, 마개를 뽑으니 은근히 달콤한 향기가 났다.

"사파(Sapa)라는 게다. 포도 같은 것을 납과 청동의 냄비로 졸이면 달콤해지는 게지."

"흐으응……."

엘프 궁수는 코에 가져가 코를 울리며 입구의 냄새를 맡더니 우웅, 하고 고개를 옆으로 저었다.

"……쇳내가 나니까 됐어."

"먹지도 않고 싫다 하니 모루인 게다."

우. 엘프 궁수는 입술을 삐죽거렸지만 입에 대지 않고 드워프 도사에게 병을 내밀었다.

마개를 뽑은 탓에 음료가 넘칠 것 같아서 드워프 도사가 황급히 그것을 받았다.

그는 원망스레 머리 위의 엘프를 보더니 벌컥, 벌컥, 두 모금으로 쭉 들이켰다.

"정말이지, 맛만 좋은 것을."

"저, 저기, 납은 몸에 독이 아닌지……."

무심코 보다 못한 여신관이 황급히 말하자, 위에서 엘프 궁수가 깔깔 웃음소리를 떨구었다.

“드워프는 말야. 몸이 대충이라 괜찮은 거야.”

“튼튼하다고 하거라, 튼튼하다고.”

드워프 도사가 꺼억 트림을 하면서 수염에 묻은 방울을 쓱쓱 닦았다.

말을 천천히 몰던 리자드맨 승려가 그 모습을 보면서 눈알을 빙글 돌렸다.

“허면, 다른 것은 무엇이 있으신가?”

“아아…….”

드워프 도사가 철컥철컥 들고 있던 병을 살폈다.

“포스카(Posca) 마실 텐고?”

“포스카라.”

“아아.”

검의 처녀가 마차의 창가에서 미소를 지었다.

“식초, 말씀이군요.”

“어허, 아는 겐가?”

“저도 옛날에 모험가였는걸요.”

포스카란 것은 오래되어 산미가 늘어난— 이라기보다 식초가 된 포도주를 물에 희석한 것이다.

벌꿀을 섞었으니 새콤달콤하며, 오래 가기 때문에 수도를 찾는 모험가들이 애용한다.

“그것은, 괜찮다면 하나 어떤고?”

"괜찮을까요?"

"그야 물론이니라."

검의 처녀가 아주 약간 입술을 풀었다.

창으로 들어온 병을 양손으로 받아, 쓰다듬는 손놀림으로 마개를 잡고 뽑았다.

그리고 꿀꺽, 꿀꺽, 목을 울리며 내용물을 마시고 호오, 요염한 숨을 내쉬었다.

"정말이지, 그런……. 상스러우십니다."

흥. 입술에 묻은 것을 혀로 핥더니, 검의 처녀는 여관에게 삐친 기색으로 대답했다.

"이 정도는 괜찮지 않나요? 딱히……."

그리고 어린 소녀처럼 앳된 미소를 지으며 창밖을 향해 고개를 꾸벅 숙였다.

"정말 감사합니다. ……참으로 맛있었어요."

"그건 잘 됐구먼."

드워프 도사도 씨익 웃더니 그대로 자랑하듯「옜다」하면서 동료들에게 병을 나눠주었다.

"와, 새콤달콤해요."

"결국은 포도즙이네."

그렇게 말하면서도 여성진은 볼이 풀어졌다.

달콤한 것에 기뻐하지 않는 아가씨는 없다— 라고 단정할 수는 없겠지만.

이어서 받아 든 고블린 슬레이어는 말없이 병을 열어 벌컥 들이켰다.
식초든 요리든 대개 다 이런 식이니 아무도 신경 쓰지 않는다.
다만 여신관은「못 말리는 사람이네요」라고 말하고픈 웃음을 짓고 있었다.
“아닐세.”
리자드맨 승려는 커다란 손바닥을 흔들었다.
“소승은 됐다네. 목이 마르기보다는 배가 주린 터라.”
“먹을 것이라…….”
드워프 도사가 턱수염을 쓰다듬으며 문까지 이어지는 행렬을 보았다.
이미 햇살이 점심을 넘어서 기울기 시작하고 있었다.
도시락 따위를 파는 상인이 있다 해도, 이미 거의 다 팔렸을 무렵이리라.
이래서는 수도 안으로 들어가야 확실하게 식당을 찾을 수 있음이 틀림없었다.
“수도에서는 치즈가 잘 팔린단 소리를 들어본 적이 있노라마는.”
“흐음.”
묵묵히 파티의 이야기를 듣고 있던 고블린 슬레이어가 소리를 냈다.
그는 철 투구 틈으로 재주 좋게 포스카 병을 들이켜고 한 모금, 두 모금으로 다 마셔버렸다.
“그거 좋은 이야기를 들었군.”
지극히 성실하게 말하는 그의 모습에 파티 사이에 웃음이 번졌다.
마차 안에서는 여관마저 정숙한 입가를 손으로 가린 채 볼이 느슨해졌다.

웃지 않는 것은 검의 처녀뿐이었다.

그녀는 꾸욱, 무릎 위에 올린 천칭검을 쥐고 있었다.

"무슨 일 있으신가요?"

"아뇨……."

여관이 말을 걸자 퍼뜩 깨달은 검의 처녀가 고개를 옆으로 저었다.

"……아무것도 아니랍니다."

"그러면, 다행입니다만……."

검의 처녀는 창에서 시선을 돌려 마차의 천막을 바라보며 「호오」 고민스레 숨을 내쉬었다.

—소녀다운 감정 따위 모두 메말랐다고 생각했습니다만.

"……어려운 것이군요."

그때였다.

마차 안에서 검의 처녀가 시선을 움직이고, 마차 위의 엘프 궁수가 귀를 파르르 흔들었다.

멀리서 다가오는 바퀴 소리. 병사의 소리. 군중이 술렁거리고, 문으로 통하는 길이 둘로 갈라졌다.

사람의 바다를 가르고, 화려한 쌍두마차가 달려서 나아갔다.

마차에는 금의 조각이 되어 있고, 치켜든 사자의 문장은 왕가의 증거다.

물론 말도 뒤지지 않는다. 근육이 탄탄하고 체구도 당당한 명마였다.

그리고 주위를 겹겹이 둘러싼 병사, 기사들의 번쩍이는 장비들이란!

상질의 금속 갑옷에 투구, 창과 검 따위를 장비한 용맹하고 장엄한 모습은 어린아이가 아니라도 눈길을 빼앗긴다.

장거리를 걸어서 이동해야 하는 모험가와는 온갖 의미로 인연이 없는 모습.

"우와아……."

여신관이 입을 벌리고 탄성을 흘린 것도 무리가 아니다.

"아까부터 계속 그러네."

엘프 궁수가 무심코 키득키득 웃었다.

그리고 금방 휘리릭 표정을 바꾸어 턱을 괴고서 부루퉁해졌다.

"하지만 통행에 괜히 시간이 걸리는 건 저거 탓이구나."

차라리 활로 쏴버릴까 하는 말을 흘리자, 여신관이 황급히 석장을 휘둘렀다.

"아, 안 돼요, 그런 짓을 하면……!"

"알고 있어."

엘프 궁수가 코웃음을 쳤다.

"아마, 주문의 수호가 굉장할 테니까."

—그건 수호가 없으면 쏜다는 거 아닌가요…….

여신관의 표정이 굳어지는 것도 무시하고, 변덕스런 엘프가 「그건 그렇고」라면서 말을 이었다.

"왕이 수도 바깥에 나갔었구나. 무슨 일일까?"

"세금이다."

대답은 단적이며 명백했다.

고블린 슬레이어는 낮은 목소리로 중얼거리고, 마치 혼잣말을 하는 것처럼 엘프 궁수의 의문에 대답했다.

"수확 시기다. 세수를 맡길만한 관리가 없을 경우 반란이 일어날 법한 장소에는 왕이 직접 간다."

"후응, 잘 아네?"

"농촌 출신이다."

에. 소리는 여신관이 낸 것인지 검의 처녀가 낸 것인지.

이 지저분한 철 투구, 싸구려 가죽 갑옷의 남자가 밭일을 하는 것을 뇌리에 그려 보았다.

—아, 하지만, 목장 일을 돕기도 한다고 하셨으니까요…….

응. 입술에 검지를 대고 생각하던 여신관이 고개를 작게 끄덕였다.

"괜찮아요, 잘 어울릴 것 같아요!"

"그런가."

왕의 마차가 문을 통과하자 병사들의 표정이 약간 이완되었다.

아무래도 경계 태세를 푼 모양이다. 통과를 기다리는 행렬도 아까보다 매끄럽게 흐르기 시작했다.

"그건 그렇고."

엘프 궁수는 드디어 움직이기 시작한 마차 위에서 바람을 쐬며 눈을 가늘게 떴다.

"그거 굉장히 호화로운 마차였네. 덤으로 군대까지 움직였고."

"그야 왕족이 싸구려를 쓰면서 혼자 다닐 수는 없는 것 아니더냐?"

짤막한 팔다리로 걷던 드워프 도사가 대답했다.

당연한 일이지만, 그는 드워프이기에 장식품에 대해서는 일가견이 있었다.

그는 길고 하얀 수염을 쓰다듬으며 다 안다는 표정으로 고개를 끄덕였다.

“사치라기 보다는 필요경비로구먼.”

“그런 거야?”

“이것아. 너희들 족장이 다 말라 죽어가는 나무 옹이에 누더기 입고서 웅크리고 있으면 어떻겠느냐?”

“…….”

엘프 궁수는 상상해보고서 기다란 귀를 늘어뜨렸다.

“……어쩐지 싫은데.”

“그리고, 그 녀석이 어슬렁거리며 혼자 와서는 세금 내놓으라고 말을 해보거라.”

“두들겨 팰 것 같아.”

“그런 법이니라. 어엿하게 꾸미는 것도 일인 게지.”

여신관이 터벅터벅 발을 움직이면서 한숨을 내쉬었다.

“높은 사람도 힘들겠어요.”

실제로 그녀는 신전의 신관장이 일하는 모습을 보았고, 일시적이나마 신사(神事)의 무녀를 맡았다.

그 이상의 중책과 일을 짊어지는 것은 도저히 무리였다.

—하지만, 하는 분들도 있는 거죠.

흘끔 옆에서 나아가는 마차의 창으로 눈길을 주었다.

검의 처녀는 여전히 희미한 미소를 지은 채 육감적인 몸을 자리에 앉히고 있었다.

그녀의 표정은 어째선지 감정을 그다지 읽을 수 없었다.

—고블린 슬레이어 씨도 아닌데.

"왕이라는 거 귀찮네."

그런 마음도 모르고 엘프 궁수가 마차 위에서 우와아 손을 들자 드워프 도사가 투덜거렸다.

"너는 공주님 아니더냐?"

평소와 같은 대화. 수도 앞까지 와서도 변함이 없는 것을 보고 여신관의 마음도 편해졌다.

키득 웃은 그녀에게 응하여, 리자드맨 승려가 유쾌한 기색으로 눈을 돌렸다.

"우리들, 모험가의 조합도 세금으로 운영되고 있지 않은가?"

그 목소리는 유쾌한 기색이지만 묵직하여 마치 설교를 하는 사제 같았다.

"조합이 없었다면, 모험가도 그저 무뢰한일세."

감사해 마땅한지고— 라고 한다.

과연, 리자드맨 승려는 생김새부터 험상궂고, 리자드맨 자체가 혼돈에 물든 부족도 있다.

기도하지 않는 자에 가까운 종족이기에, 그에 따른 고생이 있었을지도 모른다.

"길쭉귀세 같은 거 안 거두면 좋겠네."

후응. 코웃음을 친 엘프 궁수가 세금은 뭐 좋지만 말야. 라고 하면서 그렇게 말했다.

그녀는 여보란 듯 기다란 귀를 움직이며 씨익 눈웃음을 지었다.

"그리고……. 술통 체형세 같은 거?"

"하! 그런 걸 거뒀다간 폭동이니라, 폭동."

"조용히 해라."

고블린 슬레이어가 두 사람을 가로막으며 말했다.

"문에 도착한다."

어머나? 여신관이 고개를 갸웃거렸다. 그가 고블린이 아닌 일로 경고를 하는 일은 드물다.

성벽에 다가가자, 폭이 넓고 바닥이 깊은 해자가 주위를 둘러싸고 있는 걸 알 수 있었다.

혼돈의 군세가 공격해오면 해자를 오르내리는 동안 성벽 틈으로 화살을 쏘는 것이다.

성문 앞에는 성벽에 사슬로 매달아놓은 다리가 걸려 있고, 그것을 건너 문으로 들어갈 수 있다.

"멈춰라! 신분증을 보여라."

당연히 거기서 검문을 하는 소리가 들렸다.

리자드맨 승려가 고삐를 다루어 마차를 멈추고, 그 커다란 몸이 천천히 마부석에서 내렸다.

정성 들여 갈고 닦아 번쩍거리는 갑옷과 투구의 병사가 창을 한 손에 들고 길을 막고 있었다.

언뜻 보기만 해도 어지간한 모험가보다 좋은 장비를 두르고 있었다.

—전쟁에 대비하는 거니까 당연한 거겠죠.

내킬 때만 싸우면 되는 모험가와, 언제나 유사시에 대비하는 병사는 취지가 다르다.

여신관은 옷의 목덜미에서 사슬로 이어진 인식표를 끄집어냈다.

"이거면 될까요?"

일반 여행자라면 통행패나 행상 길드의 증서 따위를 제시할 것이다.

그러나, 그들은 모험가였다. 그들은 인식표를 제시하면 그걸로 충분하다.

"글자는 쓸 수 있나?"

흘끔 한 번 본 병사가 묻기에 그녀는 작게 고개를 끄덕였다.

이런 심사는 처음이라서 긴장이 되기도 했지만, 호기심을 느끼기도 했다.

병사가 들고 온 두꺼운 대장에는 인명과 체재 목적이 주르륵 쓰여 있었다.

"그러면, 여기에 이름과 목적을 써라."

"아, 네. 저기…… 호위 일이라고 써도 되는 걸까요?"

"모험가라면 된다."

여신관이 당황하면서도 깃털 펜과 잉크병을 빌려서, 서투르지만 정성스런 글자로 적었다.

수도에는 왕래하는 사람의 수도 상상하기 어려울 정도로 많은 법이다.

모든 것을 인력으로 관리하려면…… 병사들에게 세금이 드는 것도 당연한 일이다.

"그리고 드워프에, 엘프………… 리자드맨이군."

"그렇다네."

리자드맨 승려가 기괴한 손놀림으로 합장했다.

"소승의 이름은 발음하기가 어려울 것으로 아네만, 그래도 괜찮겠는가?"

"아아, 상관없어. ……이종족이나 부족은 그리 드물지도 않으니까."

"허면, 실례하겠네."

"여기요."

투박한 비늘의 손을 쑤욱 내밀자 여신관이 웃으며 펜과 대장을 건넸다.

묘하게 익숙한 기색으로 펜을 움직이는 리자드맨 승려의 손을 들여다보고 엘프 궁수가 기다란 귀를 흔들었다.

"그러면 다음은 나! 기왕이니까 드워프 것도 써줄게!"

"네가 무슨 어린애더냐?"

드워프 도사는 질색하는 기색이었지만, 엘프 특유의 유려한 필치로 자기 이름이 적히는 것을 지켜보았다.

순서대로 진행되는 입문 심사.

아인종들의 기묘한 행동에는 익숙한 것인지, 병사들은 딱히 탓하지 않았다.

아니, 모험가가 됐다면 이미 기묘한 행동을 하는 것이 평범한 것일지도 모른다.

그러나 병사들의 시선은 지저분한 새내기 같은 모험가 앞에서 딱 멈추었다.

"…………그래서, 너는 뭐지?"

"모험가다."

고블린 슬레이어가 짧게 대답하고 품에서 인식표를 꺼내 병사에게 던졌다.

이미 스스로 설명하는 것보다 보여주는 편이 빠르다고 포기…… 아니, 체념한 것이리라.

공중에서 인식표를 낚아낸 병사는 의심스런 것을 보듯 그것을 검사했다.

손놀림은 가짜 금을 조사할 때와 비슷했다. 여신관은 「금화였다면 깨물었을 거예요」라고 생각했다.

"……사칭은 아니겠지."

"길드는 인정했다."

아직도 의심스러운 눈으로 바라보자, 고블린 슬레이어는 단적으로 잘라 말했다.

병사들이 얼굴을 마주보더니 어찌할까 조용히 의견을 나누었다.

"너, 다크 엘프(어둠 종족) 같은 것은 아닌가?"

"아니다."

고블린 슬레이어는 철 투구의 면갑을 들어 올렸다.

"엘프도 동행하고 있다."

"그야, 그 엘프 아가씨가 백분에 가짜 귀를 붙였다고 생각지는 않는다만."

—못 말리는 사람이네요.

여신관이 한숨을 쉬었다. 보아 하니 엘프 궁수도 기가 막힌 표정으로 어깨를 으쓱거리고 있었다.

좀 더 붙임성 있는 태도를— 이라고 생각하는 건 너무 참견하는 걸까?

—아니, 좀 참견을 해야겠어요.

그렇게 생각한 그녀가 한 걸음 앞으로 발을 내딛고 입을 열려고 했을 때.

"지고신의 이름에 걸고."

촉촉하고 요염한 목소리가 그 사이로 스르륵 끼어들었다.

목소리의 근원은 마차의 창이었다. 여신관은 물론이고 병사들도 눈이 휘둥그레졌다.

"그는 틀림없이, 은 등급의 모험가랍니다."

"이, 이거 대주교님……!"

창가에 매달리는 것처럼 몸을 기대고 있는 탓에 그 아름다운 몸이 부드럽게 비틀려 있었다.

병사들이 무심코 침을 삼키고, 등줄기가 쭉 곧게 펴지는 것도 당연했다.

그녀의 — 보이지 않는 — 눈이 바라보며 미소를 지으면 긴장하지 않는 남자가 어디 있으랴?

"시, 실례했습니다. 부디 지나가십시오!"

검의 처녀는 희미하게 미소를 지으며 고개를 끄덕였지만, 풍만한 가슴 속에서 한숨을 흘리는 기색이었다.

여신관도 그 기분을 어쩐지 이해할 수 있었다.

—권위는 힘이라고 하지만, 지나친 것도 문제니까요…….

그러나 검의 처녀는 그 기분을 표정에는 전혀 드러내지 않았다.

그녀는 가늘고 아름다운 팔을 창으로 스륵 뻗어서 병사에게 내밀었다.

"수속은 수속이죠? 저에게도 대장을 주시겠어요?"

“아, 네, 예! —어이, 너, 얼른 써라……!”

“그래.”

재촉을 받은 고블린 슬레이어가 펜을 집어서 대장에 휘갈겼다.

음. 의미도 없이 입술을 삐죽거린 여신관이 옆에서 들여다보니 지렁이가 춤추고 있었다.

간신히 판별할 수 있는 문자를 보고, 여신관은 문득 묘한 친근감을 느꼈다.

“이거면 되나?”

“그, 그래……!”

대장을 받은 병사가 허둥지둥 서두르는 발걸음으로 그것을 마차의 창으로 가져갔다.

검의 처녀가 그것을 받아 어쩐지 서투른 기색으로 페이지를 펼치자 옆에서 여관이 보조했다.

그것을 곁눈질로 본 여신관이 문득 시선을 흘리자 고블린 슬레이어가 우두커니 서 있었다.

그는 멍하니 — 그렇다. 멍하니, 였다! — 터무니 없이 높은 성문을 올려다보고 있었다.

“……왜 그러세요?”

“아니.”

여신관이 아래쪽에서 들여다보자 고블린 슬레이어는 천천히 고개를 옆으로 저었다.

“수도로군, 이라고 생각했다.”

“아아…….”

거기에 이끌려 여신관도 다시 성문을 올려다보았다. 목이 아플 정도로 커다랗고, 높다.

"……저는 처음이에요. 고블린 슬레이어 씨도 그런가요?"

"그렇게 된다."

그는 낮게 신음하고 말을 이었다.

"한 번, 누나를 여기에 데려오고 싶었다."

여신관은 가슴 속이 따스해지는 것을 느꼈다. 그 열이 볼을 느슨해지게 만드는 것도.

"분명히, 언젠가 그럴 기회가 있을 거예요."

고블린 슬레이어는 잠시 입을 다물었다. 그리고 천천히 철 투구를 세로로 움직였다.

"있으면 좋겠군."

잠시 지나, 수속은 막힘없이 끝났다.

그리고 고블린 슬레이어는 대문을 지나서 수도에 한 걸음을 들였다.

막간 「말괄량이 아가씨가 모험을 떠나고자 생각하는 이야기」

"정말이지, 참. 오라버니는 너무해!"

소녀는 침대 위로 몸을 훌쩍 던지더니 분연하게 이불을 툭툭 두드렸다.

"자기는 여기저기 날아다니면서, 나는 바깥에 나가지 말라고 하다니!"

"어쩔 수 없어요. 일이시니까요."

"하지만 하늘의 화석이 산에 떨어졌다고……."

"그 이야기를 함부로 해선 안 된다고 하지 않으시던가요?"

신상을 보살펴주는 친구이자 사용인이 난처한 표정을 지었다.

그녀는 언제나 바쁘게 각지를 돌아다니는 오라비에 대한 불만을 입에 담을 때마다 이런 표정을 짓는다.

하기는 실질적으로 고용주는 자신이 아니라 오라버니니까, 자신의 막무가내를 들으면 이렇게 되는 법이다.

머리로는 알고 있지만 납득하기 어려운 것이 사람의 마음이란 것이다.

"오라버니, 옛날에는 자기도 모험가였으면서, 내가 모험가가 된다고 하니까 엄청 반대했어."

"좋은 것도 나쁜 것도, 괴로운 것도 다 잘 아시니까 그렇죠."

무릎에 화살을 맞은 것도 아니고. 소녀는 후우 볼을 부풀리고 창밖을 보았다.

도시의 큰길은 사람들도 많이 다니고 낮부터 활기가 가득했다.

갖가지 토지에서, 갖가지 사람들이, 갖가지 목적으로 찾아와서 제각각 길을 걷고 있었다.

그것은 이런 방 안에 틀어박힌 채 생활해서는 결코 손에 넣을 수 없는 것이었다.

"좋겠다……."

"그렇게나 밖에 가고 싶으세요?"

"그야 그렇지."

소녀는 당연하다는 기색으로 말하고 침대 위에 뒹굴 드러누웠다.

"좋은 일만 있는 게 아니랍니다."

친구의 말도 흘려듣는다.

천장을 노려보는 그녀의 머릿속에는 차례차례로 황당무계한 계획이 떠오르고 터져나갔다.

들은 이야기로는 시정에서 살아가는 나이 찬 여자애든 반드시 한 번은 가출을 한다고 했다.

그러면 나도 가출을 해도 되고, 그대로 모험가가 되어도 좋지 않을까?

—아예 벽을 걷어차서 부숴줄까? 못하지만.

누구나 한 번은 생각하는 망상이다.

물론 수많은 자는 그것을 실행에 옮기지 않는다.

옮겨도 실패해서 못 봐줄 꼴을 당하는 자가 많다는 것을 이해하고 있으니까.

그렇지만 성공하는 건 그 망상을 실행에 옮기는 자뿐이다.

주사위의 눈이 숙명과 우연 어느 쪽인지도 모르니까 던져보는 수밖에 없다.

다 아는 체 말하는 것은 주사위를 던져보지 않은 자뿐이다— 라고 그녀는 생각했다.

그리고 현재, 그녀는 주사위를 던지는 것마저 용납되지 않는다. 도저히 납득할 수가 없다.

—그렇지, 남이 멋대로 정해 버리는 건 싫어.

장래에 대해서, 이제부터 어찌할 것인가, 세상에 대해서, 이것저것 모두.

언젠가 그녀도 혼약을 하고 결혼을 하는 흐름이 되리라.

입장을 생각하면 그런 것을 피할 수는 없을 것이란 것은 이해하고 있었다.

—그래도, 아무것도 본 적이 없단 말야.

세상에는 고블린의 피해가 넘친다고 들었다.

변경의 용사가 빙설이 휘몰아치는 고산에 자리한 고블린의 성채에서 처녀를 구해내는 노래를 들었다.

왕도 대신도 궁정 마술사도 장군도, 다들 알고 있으면서 아무것도 안 한다.

—그건 분명히, 본 적이 없기 때문일 거야.

오빠도 옛날에는 모험가였다고 하지만, 그 모험담을 자세히 들려주지 않는다.

분명히 파티의 모두가 지켜줬다든가, 별로 대단치 않았을 게 틀림없다.

고블린에 대해서도, 분명히 아무것도 모르는 것이다.

"응……. 그렇네."

본 적이 없으니까 결정하지 못하는 거다.

스스로 보고, 스스로 결정해야 하는 것이다.

신은 주사위를 던지지만, 무엇을 해야 할지 그 의지는 그녀 자신의 것이다.

"……있지, 너는 분명히, 오빠가 행상인이라고 했었지?"

"네. 사촌 오라비랍니다. 아침에 일찍 성문이 열리자마자 밖으로 나서서 장사를 한 다음에 돌아와요."

기분파인 소녀가 이미 다른 생각을 시작했다고 생각했는지 친구는 간단히 가르쳐 주었다.

"그렇구나."

소녀는 침대 위에서 팔짱을 끼었다. 보글보글 생각이 거품처럼 떠오르고 터져나갔다.

"어머나."

그때 문득, 친구가 소리를 냈다. 돌아보니 그녀는 창밖을 보고 있었다.

"무슨 일이야?"

"돌아오신 모양이네요."

"정말?!"

"네, 마차가 멈춰 있으니까요."

그 말이 끝나는 것보다도 빠르게, 소녀는 침대에서 뛰어 내려왔다.

옷을 갈아입도록 제지하는 친구의 말을 뿌리치고, 후다닥 방에서 뛰쳐나가 달려갔다.

지나치는 사용인이 무슨 일인가 싶어 눈을 부릅떴다가 소녀의 모습을 확인하고 하는 수 없다며 한숨을 쉬었다.

그런 것들을 모두 무시하고서 현관까지 도착하자, 그녀는 그 기세 그대로 뛰어들었다.

"어서오세요, 오라버니!"

—이렇게 하면, 설마 오늘 밤에 가출할 거라고 생각 못할 거야.

그런 생각을 하면서.

제4장 『도읍의 모험』

시티 어드벤처

성곽 안에 설치된 거대한 격자문을 세 개 빠져나가자, 현기증이 날 만큼의 소란이 맞이해 주었다.

우선 성벽이 만들어지기 전부터 그곳에 있었을 전원 풍경이 펼쳐진다.

물이 흐르는 수도교가 길게 뻗어있고, 연기를 피우는 커다란 건물로 이어지고 있었다. 다른 건물은 거의 없었다.

그러나 그렇게 평화로운 경관에 비해서 사람이 너무나도 많다.

길은 이미 돌바닥으로 바뀌었고, 고대부터 서 있던 거리로 빨려들어간다.

사람들은 그 도로를 마치 홍수처럼 오가고 있었다.

속삭이는 소리와 샌들이 돌을 때리는 소리가 무슨 악단의 연주처럼 우와앙 울려 퍼졌다.

"저, 정말로 축제가 아닌 거죠……?"

눈이 어지러울 정도로 변하는 경관과 사람들을 보고, 여신관이 눈을 깜빡거렸다.

"대충 다 이런 거 아냐?"

엘프 궁수는 키득 웃으며 기다란 귀를 흔들고 말했다.

"흄의 도시는 다들 떠들썩하니까, 그런 의미에서는 익숙해졌어."

그렇게 말한 그녀는 어쩐지 자리가 불편한 것처럼 몸을 움찔거렸다.

"오히려, 어쩐지 좀…… 다른 도시보다 비좁은 느낌이 드는데."

실제로 그랬다.

문 앞에서도 그랬지만 안에는 사람이 많았다.

길 가는 사람들이 밀고 밀린다. 다들 유행하는 의상을 입고 있으니 길거리는 색의 강물 같았다.

돌바닥 양 옆에는 오래 전부터 있었을 건물에 억지로 증축과 개축을 거듭한 건물들이 우뚝 서 있다.

천장은 없지만, 성벽 안에 억지로 욱여넣은 도로가 어쩐지 미궁을 연상시켰다.

수천 년 옛날부터 있던 도읍이란, 어쩌면 유적과 큰 차이가 없을지도 모른다.

"어허, 나리들. 길 안내 필요 없으신지?"

그때 등이 굽은 노인이 손에 낡은 칸델라를 들고 다가왔다.

대도시에 있게 마련인 안내인이다.

마술을 배운 학도들이 가로등에 불을 밝히지만, 어둠 속에 잠긴 골목도 많았다.

"밤눈은 곤란할 것 없다."

여신관이 뭐라고 입을 여는 것보다 빠르게 고블린 슬레이어가 짧게 말했다.

"그러시겠구랴."

안내인은 눈을 크게 깜빡이고 엘프, 드워프, 리자드맨에게 시선을 돌리더니 웃으며 말했다.

"이거 실례했습니다. 혹여 부를 일이 있으시다면 언제든지……."

노인은 붙임성 있게 생긋 웃으며 말하더니 가벼운 발걸음으로 어둠 속으로 사라졌다.

"흠은 불편하겠어. 어두운 곳에서 안 보이잖아?"

엘프 궁수가 그 등을 배웅하며 중얼거렸다.

"장사로 삼기 어려운 거 아냐?"

"그럴 때는 관광 안내로 바꾸지 않겠는고?"

대화를 흥미롭게 바라보던 드워프 도사가 눈치 빠르게 말했다.

"밤눈이 밝아도 길을 몰라서야 헤매지 않겠느냐?"

그리고 리자드맨 승려가 수천 년 동안 돌바닥에 새겨진 바퀴자국에 마차를 올리면서 기다란 목을 돌렸다.

"그러면, 대주교 선생. 이후 예정은 어찌 되는 것인가?"

"그렇군요."

마차 안에서 검의 처녀가 살며시 고개를 갸웃거렸다.

"신전까지 부탁드리고 싶습니다만, 수도에 오신 적이 있으신가요?"

"부끄러울 따름일세. 소승은 이번이 처음이라네."

리자드맨 승려가 눈알을 빙글 돌리고 유쾌한 기색으로 턱을 들어올렸다.

"아마도, 우리들 파티는 모두 처음일 걸세."

"그러면, 제 말에 따라 마차를 몰아주시겠어요?"

살며시 들뜬 목소리에 그녀 옆에 앉아 있던 여관이 타이르듯 입을 열었다.

"대주교님. 딱히 스스로 그러지 않으셔도……."

검의 처녀는 요염한 입가에 웃음을 지었다.

"하지만 수도는 온갖 길에 이름이 붙어있지만, 그것을 알려주는 표식이 없는걸요."

여행자를 생각해주지 않는답니다. 검의 처녀는 목 안쪽에서 키득키득, 웃음소리를 굴렸다.

"그래서 저도 길 안내를 할 수 있으니, 딱히 나쁘기만 한 것도 아니지만요."

바퀴자국을 따라서 데굴데굴 나아가는 마차 주위를 둘러싸고, 모험가들이 느긋하게 거리를 나아갔다.

보지 못하는 검의 처녀가 인도하기에 그들이 길을 잃을 염려는 없어 보였다.

밤의 시작, 하늘이 옅은 보라색으로 물들 무렵이라 수도의 길은 심히 혼잡했다.

마차가 있으니 돌바닥의 중앙으로 걸을 수 있지만, 그렇지 않았다면 꽤나 많이 밀리고 밀렸으리라.

수도의 주민들은 제집인양 — 당연하지만 — 다니고, 여행자들은 다른 사람을 신경 쓸 여유가 없었다.

성벽과 건물이 둘러싼 탓에 어쩐지 공기가 고여 있고, 뒷골목에는 햇살이 닿지 않는다.

만약 어둠 속으로 들어가게 되면 두 번 다시 나오지 못한다. 그런 생각마저 들었다.

그러나…….

눈을 돌리면 여기저기 집에서 연기가 피어오른다. 저녁 식사 냄새.

일을 마치고 주점이나 놀이터로 나서는 남자들. 그들을 노리고 호객을 하는 여자들.

진작부터 술을 들이켠 노인들은 다들 가게 앞의 탁상에 앉아서 한 판 승부를 벌이고 있었다.

직선으로 늘어선 모눈 위에 검사의 금속 말을 두고, 패를 내어 간격을 좁히거나 떨어뜨린다.

문득 그 옆을 보니 길바닥에서 아이들도 패 놀이를 하며 꺅꺅 소리를 지르고 있었다.

모눈을 잘라낸 원진을 투기장 삼아서 전차 대신 돌멩이로 경쟁하는 것이다.

패의 숫자만큼 돌을 전진시킨다. 때때로 들리는 「임금님 만세!」는 돌면서 한 번은 외치는 게 규칙이었다.

그러나 시간이 시간이다. 어머니가 부르는 소리를 듣고서 아이들은 「와아!」 하고 달려간다.

그런 아이들을 곁눈질로 배웅한 노인들은 씨익 웃으면서 또 다음 승부에 나선다.

다섯 번 이기면 공짜 술을 마실 수 있으니 질 수는 없는 법이다.

그 밖에도 장사꾼이 이국에서 들여온 물건이라며 원형으로 연마한 원견(遠見)의 수정을 들어 올렸다.

밤이 시작된다며 마시러 나온 남자들이 모이자 그의 철 투구도 그것을 좇아 움직였다.

"……."

여신관은 어쩐지, 어째선지 기뻐져서 눈웃음을 지었다.

그녀는 이런, 사람들이 생활하는 냄새가 좋았다.

해가 기울어 오후가 되고, 태양이 완전히 떨어질 때까지 잠깐 사이의 냄새를 좋아했다.

마을이든 도시든, 지금 있는 수도든, 이것은 변함이 없으리라.

그녀는 가슴 속으로 지모신에게 바치는 기도와 성구를 속삭이고, 가벼운 발걸음으로 신전을 향해 걸었다.

태어나서 처음 방문한 수도.

익숙해지지는 못하더라도, 분명히 싫어지지는 않으리라.

그리고 여기저기 둘러보던 그녀의 시선이 한 곳에 멎었다.

긴 지팡이를 뻗어서 가로등에 불을 밝히고 다니는 검은 망토의 학도들.

여신관은 눈을 깜빡이고 입술을 깨물더니, 살짝 늦어진 것을 따라잡고자 발걸음을 서둘렀다.

§

신전— 법과 질서를 짊어진 지고신의 사당은 다른 신들의 신전과 같은 구역에 우뚝 서 있었다.

그것은 과연, 변경의 지모신 사원과 비교하면 장엄했지만 물의 도시에 비하면 떨어진다.

건물은 커다랗고, 방문하는 자도 많으며, 지금도 사법을 바라는 사람들이 격렬하게 드나든다.

그럼에도 뒤떨어져 보이는 것은 장식 같은 것이 거의 일절 없기 때문이리라.

그저 백석의 원기둥이 늘어서고, 삼각 지붕이 올라가 있고, 천칭검의 표식이 세워져 있다……. 그뿐인 건물.

질박하고 강건하다고 하면 듣기야 좋지만, 사실 이것은 그냥 수수하고 무미건조하달 수 있었다.

"수도에서는, 수많은 신전 중 하나에 지나지 않으니까요."

"그런 거야?"

검의 처녀가 말하자 엘프 궁수가 조용히 중얼거렸다.

"나는 분명히, 영웅이 모시는 신이니까 후하게 다룰 거라고 생각했어."

"제가 머무는 곳은 물의 도시니까요."

마차의 문이 열리고, 여관의 손에 이끌린 검의 처녀가 돌바닥 위에 발을 디뎠다.

천칭검을 지팡이 대신 삼고 있지만, 동작에 흔들림이 없으니 그저 감탄스럽다.

"대주교님!"

"수고하셨습니다. 참으로 잘 오셨습니다!"

마차가 도착했단 소식을 들은 시제들이 신전 안에서 달려왔다.

소년소녀로 보이는 시제들의 눈동자는 반짝반짝 빛나고 있어서, 영웅을 바라보는 어린아이 그 자체였다.

"고마워요."

검의 처녀는 입술에 생긋 미소를 짓고는 속삭였다.

리자드맨 승려는 감격하고 있는 시제들에게 고삐를 맡기고 마부석에서 스르륵 내려섰다.

"어디 그러면 짐을 내린 다음에…… 숙박은 어찌해야 할지."

"그것은, 부디 신전에 머물러 주시어요."

벌써부터 솜씨 좋게 마차에서 짐을 내리고 있던 여관이 무게에 헐떡거리며 말했다.

리자드맨 승려는 그녀의 손에서 짐을 훌쩍 들어서 가볍게 내려주었다.

"어머."

여관이 눈을 홉뜨며 놀란 다음에 「고맙습니다」라며 눈웃음을 지었다.

"방은 몇 개나 있습니다. 부디, 꼭."

"흐흠. 온정을 받아들여야 한다고 생각하네만. 어떤가?"

여신관이 시제들과 인사를 나누고 있었다. 마차 위의 엘프 궁수는 훌쩍 뛰어 내렸다.

"찬성. 딱히 어지간히 상급 숙소가 아닌 한, 별 차이도 없으니까."

"보수의 일환이니라. 나도 좋다고 생각한다만, 카미키리마루는 어떤고?"

드워프 도사가 기다란 하얀 수염을 쓰다듬으며 흘끔 저물어가는 태양 쪽을 보았다.

"시간이 이렇지 않느냐? 이미 어느 여관이든 손님이 한가득일 게야."

"나는 상관없다."

고블린 슬레이어는 짧게 말하고 또 말을 이었다.

"반대할 이유가 없다."

검의 처녀가 미약하게 꼬옥 천칭검을 움켜쥐었다.

깨달은 것은 여관뿐이었다. 그녀는 기막힘 절반, 흐뭇함 절반의 한숨을 흘렸다.

"그러나, 조금 조사하고 싶은 것이 있다. 서고 같은 것이 있나?"

"있답니다."

검의 처녀가 숨이 벅찬 듯 말했다. 그가 「서고 같은 것」이라고 말했을 때였다.

"곧장 안내해드리겠습니다. 신전의 서고라면 제 권한으로……."

"아니, 그보다 먼저 짐을 풀고 밥이니라, 밥."

드워프 도사가 짧은 손가락을 내저으며 천연덕스레 말을 가로막았다.

"잠깐, 넌 아까 먹고 마신 참이잖아."

"레아(들판 종족) 놈들보다는 낫지 않느냐?"

엘프 궁수가 태클을 걸었지만, 드워프 도사가 태연하게 받아 흘리고 어깨를 으쓱거렸다.

"비늘 친구는 어떤고?"

"소승은 이제 그만 피가 뚝뚝 떨어지는 고기가 두려워질 시간일세."

거대한 비늘의 손으로 여보란 듯 배를 쓰다듬고, 리자드맨 승려가 커다란 턱을 들어 올렸다.

"그리고 치즈가 있으면 더욱이 무시무시할 걸세."

"나는 상관없다."

고블린 슬레이어는 짧게 말하고 또 말을 이었다.

"반대할 이유가 없다."

검의 처녀가 미약하게 꼬옥 천칭검을 움켜쥐었다.

깨달은 것은 여관뿐이었다. 그녀는 기막힘 절반, 흐뭇함 절반의 한숨을 흘렸다.

"……그러면, 돌아온 다음에 하시어요."

그렇게 하죠. 네, 그렇게 하죠. 그녀는 두 번 세 번, 확인하듯 반복했다.

"부탁하지."

고블린 슬레이어는 짧게 말하고 철 투구를 여신관 쪽으로 돌렸다.

"너는 그거면 되나?"

"아, 네, 저기……."

나이가 가까운 시제와 이야기를 마친 여신관은 석장을 양손에 쥔 채로, 안절부절 못하며 눈길이 불안정했다.

"저, 저는, 조금 가보고 싶은 곳이……."

"호, 드문 일이구먼."

드워프 도사가 수염 난 얼굴 안쪽에서 눈을 부릅떴다.

이 앳된 기색이 남은, 그렇지만 그렇기에 성실한 소녀가 이런 말을 하는 것은 드문 일이다.

"장소는 아는 게냐?"

"아, 네. 주소는……. 가는 길도, 지금 막 물어본 참이니까요."

여신관은 이미 물러가 버린 시제가 있던 쪽을 보며 말꼬리가 줄어들었다.

"……만약 안 된다면, 괜찮지만요."

살피듯 시선을 돌린 곳은 고블린 슬레이어의 투박하고 지저분한 철 투구였다.

그는 표정이 전혀 보이지 않는 투구 속에서 낮게 으르렁거렸다.

“혼자(솔로) 다니는 건 위험하다.”

마치 미궁 안을 걸을 때처럼 말하자 엘프 궁수가 못 말리겠다며 어깨를 으쓱거렸다.

“그러면 나도 같이 갈게. 둘이라면 괜찮지?”

훌쩍 손을 들어 자랑스레 기다란 귀를 흔드는 그녀에게 리자드맨 승려가 묵직하게 고개를 끄덕였다.

“그러면, 셋에 둘로 갈라져 행동하게 되겠군.”

“결정됐구먼. 카미키리마루여, 괜찮겠느냐?”

고블린 슬레이어는 올려다보는 여신관과 빈약한 가슴을 쭉 펴는 엘프 궁수를 번갈아 보았다.

“나는 상관없다.”

고블린 슬레이어는 짧게 말하고 또 말을 이었다.

“반대할 이유가 없다.”

“몇 번째 하는 말인고.”

반쯤 기가 막혀서 중얼거린 드워프 도사가 양손을 비비면서 씨익 웃었다.

“그리 됐으니 대주교 선생. 어디 권하는 맛있는 가게는 없을꼬?”

검의 처녀가 미약하게 꼬옥 천칭검을 움켜쥐었다.

§

『황금의 기사 정』이라고 불리는 그 주점은 모험가 길드 결성 이전부터 있는 오래된 가게였다.

한 마디로 주점이라 하지만, 수도에는 몇 가지 종류가 있었다.

찻집(파르)이나 주점(타베르나), 대중식당(가네나), 요리점(케나티오).

그 중에서도 가장 떠들썩한 곳이 바로 이 타베르나— 주점이다.

일단 문을 넘어서면 길거리의 인파들보다 훨씬 커다란 소동이 파도처럼 밀려들어온다.

탐색자 소녀와 중갑 전사가 뭐라 말다툼을 하고, 동양풍 검사와 도적 여자가 그것을 바라보고 있었다.

저쪽에서는 신입으로 보이는 술사 청년을 동료들이 둘러싸고 놀리면서 술을 들이켠다.

흙의 무승을 중심으로 수인 전사와 레아 술사, 그리고 아름다운 탐색자가 있는 파티.

선생님이라 불리는 여성 마술사와 그녀를 따르는 제자로 보이는 모험가들도 식사를 즐기고 있었다.

통통한 마술사와 치료사 여성의 탁자에 철 투구의 기사와 여검사가 뒤늦게 도착해서 잔을 들고…….

사방세계에서 모험가라 불리는 자가 나타난 이래, 여태 변하지 않은 광경이 그곳에 있었다.

모험가 길드가 설립된 이후에도 긴 역사를 새긴 이곳은 그야말로 모험가의 가게였다.

모험의 구실을 바라는 자가 늘어난 한편으로, 예부터 지금까지 변함없이 만남과 이별의 장소다.

벽을 보면 파티를 짜고 싶은 모험가, 혹은 부족한 인재를 찾는 파티의 전단지가 주르륵.

구석 쪽 탁자에는 신입 모험가로 보이는 소년이 기대와 흥분과 불안을 얼굴에 가득 띄우고 있었다.

분명히 운명적인 만남이나 전설적인 모험의 시작 같은 그런 꿈을 품고 있으리라.

그러나 그의 바람은 이루어지지 않을 것이다.

새롭고 반짝반짝 빛나는 갑옷도 검도, 투구를 챙기지 않은 모습도 신입 전사임을 그대로 드러내고 있었으니까.

마술의 소양이라도 있다면 모를까, 그렇지 않다면 하루를 무위하게 보낼 뿐이다.

포기하고서 스스로 누군가에게 말을 걸거나, 혹은 단독행을 결단하거나…….

어느 쪽이든 그는 스스로 행동을 일으킬 필요를 느끼게 될 것이다.

그리고 스스로 행동하지 않으면 모험가가 되어도 오래 살지는 못하리라.

한쪽 구석에 놓인 탁자에는 거친 사내들이 주사위를 던지면서 일희일비.

길바닥에서 노인이나 어린애가 놀고 있던 것과는 다른, 돈을 건 진검 승부다.

바로 옆의 벽에는 박살이 난 주사위가 마치 참수된 목처럼 못박혀 있었다.

아무래도 안에 납의 추를 넣어뒀던 모양이다. 본보기를 보인 것일까?

"하, 저것은 초짜의 **속임수**로구먼."

난로 근처 편안한 자리를 눈썰미 좋게 확보한 드워프 도사가 눈을 가늘게 뜨고 말했다.

"고수는 수은을 넣는 법이니라. 자유롭게 주사위 눈을 조종하는 게지."

그는 두꺼운 손바닥을 비비면서 눈앞에 놓인 요리의 냄새를 코에 한 가득 들이켰다.

식사하기 전에 서론일까? 아니면 우선 눈과 귀로 즐길 심산일까?

난로의 뜨거운 재 속에 묻어 만든 삶은 달걀에 노른자와 기름과 레몬의 소스를 부었다.

양배추를 듬뿍 넣고 베이컨을 크림과 함께 커다란 냄비에서 끓인 국물요리(오프에라).

메인 요리는 도미 젓갈과 내장을 섞어서 만든 죽.

그리고 이 또한 노른자와 기름과 레몬 소스를 듬뿍 뿌린, 거위의 훈제 고기.

더해서 입가심으로 벌꿀로 버무린 포도, 자두, 그리고 사과…….

드워프 도사의 시선이 즐거운 기색으로 탁상을 여행했다. 모두 맛있어 보인다.

"어쨌든지 연구를 해야 하느니라. 그런데 레아란 놈들은 그냥 주사위로 그런 짓을 해내는 법이지."

"그리고 교역의 신을 섬기는 자는 《럭(행운)》의 술법으로 주사위 눈을 바꾸는 법이라네."

리자드맨 승려가 코끝을 혀로 낼름 핥으며 말했다.

"뭐, 한줌이지. 숙명이나 우연이라 해도, **나온** 눈에는 더 이상 관여할 수 없음이니."

그의 시선은 산양유로 만든 치즈에 못박혀 있었고, 비늘 돋은 친구의 태도에 드워프 도사가 껄껄 웃었다.

"결정되어버린 눈을 바꾸는 것은, 그야말로 신들도 할 수 없는 일이니라."

치유사와 주술사, 성기사와 도적 넷이 축배를 들었다.

악마의 토벌과 모험의 성공을 기뻐하는 것이리라.

드워프 도사는 그쪽을 향해 잔을 들어 그 모험에 찬사를 보내며 한 잔 들이켰다.

"그러나, 그 대주교 선생도 참으로, 용케 이런 가게를 가르쳐주는구나."

"이전에는 모험가라 하지 않으셨는가."

리자드맨 승려가 무구의 상태를 점검하는 것처럼 치즈 덩어리를 들어 묵직하게 말했다.

"듣자니 그 무렵은 점주가 직접 수도에서 북방으로 나섰다고 하네마는."

"허어."

드워프 도사가 자신의 수염을 쓰다듬었다.

"그렇다면, 10년쯤 전이겠구먼."

"그렇다네."

리자드맨 승려는 천천히 고개를 끄덕였다. 기다란 목을 흔들며 옛날 추억을 더듬듯이.

—그런데, 이 녀석은 나이가 얼마쯤 되었던고.

외견으로 나이를 알기 어려운 것은 드워프도 어지간하지만 리자드맨도 비슷하다.

그렇다면, 10년 전의 전쟁도 알고 있는 것이 아닐꼬…….

문득 그때, 그 탁자에 누군가 말을 걸었다.

"이보우, 나리들, 어디서 오셨수?"

돌아보니 현악기를 손에 든 음유시인인지 악사풍의 남자가 생글생글 붙임성 있게 서 있었다.

리자드맨을 보고도 겁을 먹지 않는다. 리자드맨 승려는 기괴한 손놀림으로 합장을 했다.

"서쪽 변경일세."

"과연, 서쪽이라. 알았수, 알았어."

그리고 무언가 납득한 기색의 악사가, 주점의 소란 속으로 사라지더니…….

영원토록 그 이름 빛나리라
지고한 분께 사랑 받는　검의 처녀
여섯의 황금(黃金)　하나의 성녀(聖女)
정의(正義)의 천칭　무위(武威)의 검　그 손에 쥐고서
말을 가진 자 모두를　사랑하기 때문에

그 기도　신성한 기적을 이루고
마신을 치고자　여섯 황금이　함께 싸우니
지켜낸 뒤에는　법을 다스리는　비호자가 되리라
영원토록 그 이름 빛나리라
지고한 분께 사랑 받는　검의 처녀……

—술렁대는 소동을 넘어서, 장엄한 곡조가 현을 퉁기며 전해진다.

그것은 10년 전, 북방에서 불어 닥친 《죽음》의 폭풍과 싸운 수많은 모험가들의 이야기다.

수많은 숙련자가 북쪽의 성채에 모여, 미궁에 도전하고, 집어삼켜져 사라졌다.

끝에 이른 것은 불과 여섯 명. 여섯 영웅(올 스타즈) 따위로 부르는 자도 있는데…….

어찌됐든, 신화 전설이 아닌 역사상에 나타난 영걸이란 것은 변함이 없었다.

"과연. 저렇게 향리의 노래로 여행객에게서 돈을 받는 것이던가?"

좋은 생각을 하시는군. 리자드맨 승려가 중얼거리고, 언젠가 다가올 그를 위해서 경화를 꺼내 탁자에 놓았다.

"……그러니까, 그 싸움이 일단락되고서, 가게도 이쪽으로 돌아왔다는 것이구먼."

—그렇다면, 점주도 그 대주교님과 가까운 겐가?

드워프 도사는 한순간 흘끔 흥미롭게 그쪽을 본 다음, 꺼억. 술 냄새 나는 숨을 내쉬었다.

“그래서, 카미키리마루. 무엇을 고민하고 있느냐?”

“…….”

고블린 슬레이어는 금방 대답하지 않았다.

그는 국물 요리를 자기 그릇에 듬뿍 떠서 숟가락으로 그것을 휘저은 뒤 투구 틈으로 집어넣었다.

크림으로 끓인 양배추와 베이컨. 고블린 슬레이어는 고개를 갸웃거렸다.

집에서 먹는 것과 맛이 다르다.

“알 수 있는 건가.”

“그걸 모르겠느냐?”

드워프 도사가 흥 거칠게 콧김을 뿜으며 말하더니 포도주를 넘실거리도록 잔에 따랐다.

“파티를 짜고서 1년이 넘었느니라. 흄의 인생이 50년이라 하면, 그 중에서 50분의 1.”

이것은 상당한 숫자니라. 그렇게 말하고 다시 한 모금.

수염에 묻은 방울을 닦아내고 이번에는 거위의 다리살을 뜯어내 깨물었다.

벌컥, 벌컥. 술을 마시고 고기를 먹는 모습을 고블린 슬레이어는 가만히 보았다.

“……요즘 들어, 고블린 퇴치에 전념하지 못하고 있다.”

“해변의 모험, 호위— 중간에 요격전이 있기는 했네만. 분명히 그렇군.”

리자드맨 승려가 고개를 끄덕이고는 희색을 띠며 치즈에 손을 뻗었다.

드워프 도사가 웃으며 손을 흔들자 그는 그것을 잘라내지 않고 통째로 끌어안았다.

"진미로다."

커다란 턱을 벌려서 깨물고, 꼬리로 바닥을 두드리며 한 마디.

뼈를 빨아먹고, 손가락을 핥으며 입가의 수염을 닦아낸 드워프 도사도 다음 고기로 손을 뻗었다.

"즐거웠다."

두 사람의 움직임이 멈췄다.

드워프 도사와 리자드맨 승려는 서로의 식사를 내던지고는 무심코 마주 보았다.

마주 보고, 고개를 끄덕이고, 나란히 고개를 돌려 난로의 불빛에 비춰진 싸구려 철 투구를 보았다.

"그러나, 그때마다 고블린 놈들의 그림자가 어른거린다."

고블린 슬레이어는 낮은 목소리로 말하고, 포도주가 담긴 잔을 손에 집었다.

그는 단숨에 그것을 벌컥 들이켜더니, 역시 신음하듯 말을 꺼냈다.

"그렇다면, **그것**은 나의 사명이 아닐 거다."

"사명인게냐."

"그렇고말고."

고블린 슬레이어는 드워프 도사에게 고개를 끄덕였다.

"나는, 고블린 슬레이어다."

주점의 소동에 섞여서 따닥, 따닥, 난로의 불꽃이 날아오르는 소리가 커다랗게 울렸다.

그림에서 그들이 있는 부분만 잘라낸 것처럼 기묘한 정적이 그곳에 있었다.

연주는 어느샌가 변경 용사인 소귀 살해자의 설산 모험담으로 바뀌어 있었다.

"흐으음."

드워프 도사는 하얀 수염을 매만지고 천장을 노려보았다.

과연 몇 백 년 전부터 그곳에 있었을까? 술과 피와 연기가 스며든 검은 판자가 있었다.

거기에 스며든 무늬는 과연 바다일까 별일까? 어느 쪽이든 사람의 일생보다 긴 세월을 거쳤을 것이다.

잠시 지나, 드워프 도사는 마법의 비밀을 가르치는 것처럼 씨익 이를 드러내며 웃었다.

"검을 어찌 벼리는지 아느냐?"

"……아니."

고블린 슬레이어는 조금 생각하고 고개를 옆으로 저었다.

"모른다."

"오냐. 가르쳐주마."

드워프 도사가 작지만 거친 손을 펼쳐서, 짧은 손가락을 접으며 하나씩 세어 나갔다.

"열을 가한다. 두드린다. 식힌다. 그리고 다시 열을 가한다."

"……열을 가하고, 두드리고, 식히고, 그리고 다시 열을 가한다."

고블린 슬레이어가 앵무새처럼 중얼거렸다. 오냐. 드워프 도사가

팔짱을 끼었다.

“전부 해야 하느니라. 어느 것이 많아도, 적어도 안 된다.”

“수고가 많이 드시겠네.”

“그렇지?”

리자드맨 승려가 맞장구를 치자 드워프 도사가 신이 나서 만족스럽게 웃음을 지었다.

“무른 검은 유연하지만 치고받는 데는 약하도다. 단단한 검은 베기 좋지만 금방 부러지는 법. 좋은 검이란 무엇일꼬?”

그는 주문처럼 중얼중얼 그러나 잘 들리는 목소리로 속삭이고, 입술을 적시듯 술을 핥았다.

“베면 날이 빠진다. 갈면 칼날이 깎여나간다. 그리고 언젠가 역사의 이슬이 되는 법. 좋은 검이란 무엇이더냐?”

“…….”

고블린 슬레이어는 묵묵히 그것을 듣고 있었다.

어린애가 난로 곁에 앉아서 조부의 옛날이야기를 듣고 있는 것처럼도 보였다.

그래서 이어지는 말은, 놀랄 정도로 순순히 소리가 되어 울렸다.

“모르겠다.”

“그걸 알면 되겠느냐? 모르는 채 살아가는 것이 좋은 법이야.”

드워프 도사가 수염 난 얼굴 안쪽에서 눈을 가늘게 뜨고, 그 두껍고 짧은 손가락을 배 위에서 깍지끼었다.

“강철의 비밀은 깊고도 어려운 법이니라.”

또 다시 난로에서 커다란 소리를 내며 불꽃이 터졌다.

덜그럭 장작이 무너지는 소리가 나자 눈치 빠른 점원이 달려왔다. 부지깽이로 난로 속을 헤집고 물러나는 것을 리자드맨 승려는 가만히 바라보았다.

그리고 천천히 턱을 열어 목 안쪽에서부터 웃음소리를 냈다.

"후후, 술사 선생은 승려 같은 말씀을 하시는군."

"그러면, 진짜배기 승려는 뭐라고 하겠느냐? 응? 이 길 잃은 카미키리마루에게."

"흐흠. 어찌해야 할지, 참으로 어렵다네."

질문을 들은 리자드맨 승려는 눈알을 빙글 돌리고 쇠꼬챙이를 꺼냈다.

그것에 손톱으로 잘라낸 치즈 덩어리를 끼우더니, 참으로 느긋하게 난로에 내밀었다.

"온갖 사람에게 꼭 해야만 하는 일은, 그리 많지 않은 법일세."

빙글, 빙글. 쇠꼬챙이가 돌아간다. 아직 치즈는 단단하고, 형태를 유지하고 있었다.

"굳이 꼽자면 살아가는 것, 죽는 것, 그저 그뿐일세. 그리고 이것이 상당히 어려운 법이지."

천천히 구워져 가는 덩어리가 우선은 미약하게 단단해진다. 그러나 아직이다.

"세상의 짐승들마저도, 그 삶을 자기 생각대로 살아가는 것은 이룰 수 없는 법. 하물며 말을 가진 자라면."

이윽고, 걸쭉. 한계를 맞이한 치즈가 녹기 시작했다. 때가 됐다.

"고뇌도, 방황도, 모두 좋은 일일세. 그것이야말로 바로 살아가는 것이라고, 소승은 생각한다네."

리자드맨 승려는 훌쩍 쇠꼬챙이를 들어 올려, 열을 품은 그것을 커다란 턱으로 물어 뽑아냈다.

오오, 진미! 선조를 찬양하는 것과 같은 목소리. 눈웃음을 짓고 환희의 외침.

"흥."

드워프 도사는 거칠게 콧김을 뿜고서, 아까 뻗다 만 손을 다시 거위로 뻗었다.

"비슷한 말을 하는구나."

"따지고 보면, 이것이 **진실**에 가깝다는 것이 아니겠는가?"

고블린 슬레이어는 문득 옛날에 비슷한 말을 들은 기억을 떠올렸다.

두 손이 묶인 채, 차가운 빙하 — 문자 그대로의 의미다 — 에 떨어졌을 때 일이다.

『깊이 가라앉아라! 그리고 차라!』

레아 노옹이 번득이는 단검을 휘두르며 새된 소리로 소리쳤다.

『그러면 떠오른다! 반복해라! 아니면 죽는다!』

그 말이 맞았다.

그렇지 않다면 그는 여기에 없었다.

"……그런가."

그렇다면, 이것은 진실에 가까운 것이리라.

"그렇고말고."

리자드맨 승려가 고개를 끄덕였다.

"그런 것이니라."

드워프 도사가 응답했다.

"그렇, 군."

고블린 슬레이어는 그리 말하고, 양배추와 베이컨을 입으로 옮겼다.

나쁘지 않은 맛이었다.

§

그곳에는 정연하게 석판이 늘어서 있었다.

어째서인지 청소를 하고 또 해도 쌓이는 낙엽의 바닷속에 떠오른 섬들처럼.

붉고 노란 파도를 차면서, 길잡이에 적힌 숫자를 의지해서 나아가는 수밖에 없는 공간.

무덤이다.

지식신의 신관이 엄밀한 수비술(數秘術)에 따라서 정한 구역의 안쪽.

새로운— 이라지만 1년은 지난 묘비 앞에 여신관이 서 있었다.

새겨진 묘비명은 그립지만, 하루밖에 듣지 못한 이름.

정확하게 재어 잘라낸 바위는 다른 것과 똑같았지만, 어쩐지 그녀다웠다.

눈을 감고 뇌리에 그려보는 용모는 벌써 애매해져 가고 있었지만.

"……늦어졌어요."

여신관이 떨리는 목소리로 속삭이면서 지저분해지는 것도 상관않고 무릎을 꿇었다. 손을 살며시, 묘비명에 겹쳤다.

"……죄송해요."

그래도 그녀는, 그 여마술사는, 여신관에게 첫 동료였다.

『만약에』의 이야기다.

만약, 그때 고블린 퇴치가 아니라 쥐 퇴치를 받았다면 어떻게 됐을까?

다들 살아 있었을까? 그녀 자신도, 그와 그녀들도 함께 모험을 하고 있었을까?

친해졌을까? 좋아하는 것이나, 싫어하는 것이나, 취미나, 그런 것도 알 수 있었을까?

그러나 전부 잃고 말았다.

모든 것을 빼앗기고 말았다.

있을 수 있었던 기나긴 나날은 사라졌다. 대신 지금, 이 자리에 여신관이 있었다.

엘프 궁수, 드워프 도사, 리자드맨 승려, 그리고 그 사람과 함께 모험을 하는 자신이 있었다.

여신관은 이것을 행운이라고 생각할 수 없었다.

그러나 동시에, 이것을 불행이라고 생각할 수도 없었다.

행복과 불행은 불가분이 아니라 차에 넣은 우유처럼 뒤섞이는 것이란 걸 알았다.

"고블린, 퇴치하고 있어요. 아직."

여신관이 그렇게 말하고 입술 끝을 살며시 풀었다.

"당신에게 혼났던 것처럼, 흠칫거리면서 하고 있어요."

그랬다.

의욕이 있고 정신을 바짝 긴장시키고 있던 그녀에게 자신이 얼마나 굼뜨게 보였을까?

눈꼬리를 끌어올리고, 입가를 굳게 긴장시키며 외치는 모습이 문득 떠올랐다.

그녀는 그 밖에도 여러 가지 표정을 가지고 있었을 텐데, 결국 보지 못했다.

"동생 분도, 만났어요. ……제가 가르치는 입장이 돼버렸지만요."

화내지 말아주세요. 여신관이 중얼거렸다. 미숙하지만, 할 수 있는 건 다 가르쳤으니까요.

결국 여신관은 꽃도 과일도, 공양할 것을 아무것도 가져오지 않았다.

그녀가 무엇을 좋아하고 싫어하는지 알지 못했으니까.

적당히 골랐다가는 화낼 것 같은 사람이란 것만 알고 있었다.

그래서 여신관은 짧게 다시 한 번 「또 올게요」라고 한 뒤 가만히 일어섰다.

"……누구 묘야?"

엘프 궁수였다.

조금 떨어진 나무에 기대 팔짱을 끼고 있던 그녀가 기다란 귀를 살짝 흔들었다.

"옛날……."

여신관은 말하려다가, 입을 열고, 닫고, 다시 열어 말했다.

"동료요."

"그렇구나."

엘프 궁수가 말하더니 가벼운 발걸음으로 다가와서 물었다.

"어떤 사람이었어?"

"……어떤 사람, 이었을까요?"

여신관은 애매한 표정으로, 어쩐지 멍하게 말을 던졌다.

밤의 찬바람이 쏴아 불어서 나뭇잎을 쓸어 올리자, 그녀는 모자와 머리칼을 살며시 눌렀다.

"그런 걸 알게 될 틈도, 없었다 보니."

"그런 일도, 있는 법이야."

엘프 궁수는 차가운 바람이 볼을 스치자 기분 좋게 눈웃음을 지었다.

바람의 냄새를 맡는 것처럼 고개를 드니 하얗고 가는 목이 드러났다.

"인연이란 건 이상한 거니까. 짧거나, 길거나."

"……네."

"또 없어?"

여신관은 한순간 그 물음의 의미를 이해하지 못해서 고개를 갸웃거렸다.

"아뇨."

그리고 금방 짐작하고는 어쩐지 어색하게, 씁쓸하게 웃었다.

"한 분 있어요. 다만……."

"다만?"

"……아무래도, 만날 용기가 안 나서."

여신관의 목소리는 점점 줄어들어서, 부스럭거리는 메마른 잎이 스치는 소리에 섞여 사라졌다.

그러나 엘프의 기다란 귀에게 들리지 않는 소리는 없다. 엘프 궁수는 귀를 파르르 흔들었다.

"그렇게까지 신경 쓸 일은, 아닐 거라고 생각하는데."

딱히. 엘프 궁수가 중얼거렸다. 너 혼자 탓도 아닐 거고.

"……모두의 탓이라고도, 할 수 없어요."

"성실하구나."

난처하게 웃는 여신관에게, 엘프 궁수는 재미없다는 기색으로 콧방귀를 뀌었다.

그녀가 고블린 슬레이어 씨 고블린 슬레이어 씨 하면서 따르는 이유를 알 것 같았다.

그것이 좋은 일인지 나쁜 일인지는 알 수 없고, 알려고 생각하지도 않지만.

"……좋아, 그러면, 좀 나쁜 짓 하러 가자!"

손을 잡아끌었을 때 여신관이 갸우뚱하는 표정이 우스워서, 엘프 궁수는 까르르 웃었다.

§

"와, 아……."

수도에 온 뒤로 놀라기만 하는 여신관이지만, 그 정도로 본 적이 없는 것이 많았다.

개방감과 청량감을 아울러 갖춘 높은 천장과 널찍한 로비.

불빛을 들이는 천창에서 별들과 쌍둥이 달의 빛이 들어오고, 촛불의 불꽃도 있어서 실내는 무척 밝았다.

그곳에는 수많은 사람들이 낙낙한 복장으로 오고 가면서 제각각 편히 쉬고 있었다.

벤치에 앉아서 책을 펼친 사람이나, 묵직한 돌을 들고서 운동을 하는 사람, 마실 것의 잔을 들이켜는 사람…….

옆 테이블에서는 카드를 펼치고, 반면에 만연하는 흑사병과 승부에 나서는 사람들의 모습.

『스펠 재머』라는 문자가 늘어선, 본 적이 없는 갑옷 전사의 벽화를 바라보는 사람도 있었다.

구석 쪽에 극장의 이름과 날짜가 새겨져 있으니 연극의 선전일 거라 짐작할 수 있었다.

난로 같은 것은 보이지 않지만, 신기하게도 이렇게 넓은 방이 따끈따끈했다.

"벽 속에 따끈한 공기가 지나가는 관이 묻혀 있어요."

두리번거리며 여기저기 보고 있는 여신관을 보고서 직원이 키득, 웃으며 말해주었다.

청결한 하얀 천을 몸에 감아서 두른 그녀에게 여신관이 황급히 고개를 숙였다.

"죄, 죄송합니다. 신기해서……."

"욕탕이라고 들었는데, 목욕만 하는 게 아니구나, 여기."

여신관을 여기까지 이끌어온 엘프 궁수가 희한한 것을 보듯 기다란 귀를 흔들었다.

—완전히 마음에 든 모양이네요.

그 모습을 본 여신관이 키득 웃었다.

엘프는 찬물로 씻기만 하고, 일부러 김을 쐬거나 물을 덥혀서 몸을 담그는 것에는 익숙지 않았다.

이 나이 차이가 나는 친구도 그랬었는데, 언젠가 온천에 들어간 이후로 이렇다.

수도에 들어왔을 때부터 신경 쓰였던, 그 수도교가 이어지는 건물이 대욕탕이라고 했다.

묘지에서 풀이 죽어 있는 것보다는 훨씬 나을 거라는 생각은 아무래도 정답이었나 보다.

"네. 운동장은 개방되어 있고, 마사지, 가벼운 식사나 음료도 제공하고 있습니다."

"아, 돈은—."

낭비를 하면 안 되죠. 급히 묻는 여신관에게 직원이 생긋 웃었다.

"모두 입욕료에 포함되어 있어요. 부디, 편히 쉬세요."

수도란 곳은 굉장한 곳이다—. 여신관이 그런 감상을 품고서 고개를 끄덕거렸다.

동화 몇 닢을 지불하고서 새삼 둘러보니, 과연 분명히 지갑을 손에 든 사람은 적었다.

아아, 아니다. 예외가 하나 있었다.

그것은 거대한 물단지 같은 것인데, 남녀쌍면의 신상이 떠받치는 형태였다.

상에는 「욕조신에게 기부를」이라는 명판이 새겨져 있고, 저금통 같은 삽입구가 열려 있었다.

아이들이 꺅꺅 소란을 피우면서 화폐를 떨어뜨리자 물단지에서 저절로 물이 흘러넘쳤다.

"——굉장해!"

당연히 엘프 궁수가 달려들었다.

그녀는 기다란 귀를 쫑긋 세우고 눈빛을 반짝이더니, 숲 속을 누비는 것처럼 재빠르게 신상 앞으로 달렸다.

"있지, 이거, 어떻게 하는 거야?"

"뭐야. 누나는 그런 것도 몰라!"

아직 나이가 열 살도 안 되었을 소년이 2천년은 연상인 엘프를 향해서 말했다.

"돈을 떨어뜨리면, 안에서 뭔가 이렇게 돼서, 뚜껑이 열리고 물이 나오는 거야!"

"헤에……."

쓸데없이 재는, 설명이 못 되는 설명. 엘프 궁수는 이미 지갑의 끈을 풀고 있었다.

딸랑딸랑 코인이 미끄러져 들어가는 소리를 들으며, 여신관은 어깨의 힘을 풀었다.

방금 전까지 그녀의 작은 가슴에 있던 중압이 반쯤 풀려 있었다.

—사람은 같은 기분을 한 시간도 유지 못한다고 하지만요.

그런 것일까 하고 쓸쓸함 절반, 안도 절반.

모든 것은 이렇게 그녀를 끌고 다녀주는 동료가 있기 때문이리라.

"……후훗."

그래서 저절로 웃음을 흘리고 마음에 여유가 생겼다.

여신관은 엘프 궁수가 질릴 때까지 기다릴 셈으로 천천히 주위를 둘러보았다.

탈의장으로 이어지는 길, 화장실, 운동장— 목욕탕은 분명히 탈의장 안쪽이리라.

다른 사람들이 기다릴 테니 그다지 오래 놀고 있을 수는 없지만, 식사는 해버릴까?

목욕을 하고 나온 다음에, 적어도 뭔가 차가운 음료를 마시고 싶으니까…….

응. 턱에 하얀 손가락을 대고 생각하던 그녀는 문득 깨닫고 눈을 깜빡였다.

—누가 보고 있어?

가만히 찌르는 시선이 그녀를 향하고 있었다.

과거의 여신관, 1년 이상 전이었다면 눈치 못 챘을 무언가의 기척.

여신관은 물단지 앞에서 소리를 지르는 엘프 궁수 쪽으로 고개를 돌리며 눈만 살며시 움직였다.

—병사…… 일까요?

시선의 주인은 벤치에 앉아 있는 병사 같은 인물이었다.

근무를 마친 참일까? 약간 지저분하다. 욕탕에 온 이유는 짐작이 갔다.

—그런데, 무슨 짓을 했던가요……?

수도에 도착한 뒤, 혹은 욕탕에 들어온 뒤부터 병사가 탓할만한 일은 한 것이 없을 텐데.

그러나 여신관은 어쩐지 불편해져서 살며시 엘프 궁수 곁에 서서 팔꿈치를 당겼다.

"저기……."

"응? 잠깐만 기다려. 앞으로 한 번만 더……!"

"아뇨, 이제 그만 가야죠?"

여신관은 「못 말리겠네요」라는, 그에게 보내는 것과 비슷하지만 다른 마음으로 웃음을 지었다.

"목욕할 시간이랑…… 돈이 줄어들 거예요."

결국 두 사람이 탈의장에 간 것은 세 번 정도 물단지에서 물이 흘러나온 다음이었다.

양성구유의 욕조신이 여자의 얼굴을 향한 길을 나아가자 금방 여성용 탈의장이 나왔다.

작은 냉탕을 중심에 두고서, 좌우의 벽을 따라 좌석을 겸해 짐을 보관하는 단이 늘어서 있었다.

벌써 저녁 때라 꽤 많은 입욕객이 있고 제각각 의복을 벗고 있었다.

수도에는 역시 흄이 많지만, 그 밖에도 드워프나 레아도 있어서 딱히 사양할 것은 없는 모양이다.

신기하게도 — 아까 설명에 들은 따끈한 공기 덕에 — 따뜻하니까 감기 걸릴 걱정도 없었다.

"영차……."

여신관은 그녀들을 따라 비어 있는 바구니에 신관복을 개어서 넣었다.

가녀린 몸은 1년 이상에 걸친 모험가 생활로 근육이 붙기 시작했지만, 아직도 한참 가녀리다.

옆에서 엘프 궁수가 에잇, 하며 기세 좋게 옷을 벗더니 휙휙 바구니에 던져 넣었다.

"개어두지 않으면 주름이 질걸요?"

"괜찮아, 괜찮아아."

엘프 궁수는 신경 쓰지도 않고, 손과 기다란 귀를 흔들었다.

"아, 그러고 보니까. 향유는 가져왔어?"

"네. 전에 접수원 씨가 가르쳐줘서, 저기, 조금 비싼 걸로……."

이 정도 사치는 괜찮겠죠? 자신 없는 기색으로 말하자 엘프 궁수는 키득 웃었다.

"괜찮아 괜찮아. 딱히 화려하게 노는 것에 쓰는 것도 아니니까. 신도 신경 안 쓸 거야."

"……그쪽은 조금 더, 신경을 쓰시는 편이 좋을 것 같아요."

"우와, 잔소리다. 연상에 대한 경의가 없구나—."

"히약?! 잠깐, 아이참, 그만하세요……!"

엘프 궁수의 손가락이 여신관의 몸으로 뻗어서, 두 사람이 꺄꺄 작게 소리를 내면서 들떴다.

그때 엘프 특유의 날카로운 눈이 여신관의 바구니에 머물렀다.

"너, 그거 아직도 쓰고 있어?"

"네?"

그 말에 돌아보니 방금 전까지 그녀가 장비하고 있던 사슬 갑옷이다.

커다랗게 찢어진 부분을 수선한 탓에, 수리한 부분의 사슬 색이 조금 달라 얼룩이 졌다.

정성스레 기름을 발라 정비했기 때문에 한눈에도 소중히 쓰고 있다는 걸 알 수 있었다.

"아, 네. ……중요한 거니까요."

"에이. 무슨 전설의 장비 같은 것도 아닌데."

엘프 궁수가 눈을 게슴츠레 뜨자 여신관이 쑥스러운 기색으로 볼을 긁적였다.

—오르크볼그의 영향을 너무 받았어.

이 어린 — 엘프가 보기에는 — 소녀의 교육에 참으로 나쁜 것은 아닐까?

그렇게 생각한 그녀였지만 금세 미소를 지으며 기다란 귀를 흔들었다.

—이제 와서 말해봤자.

애당초 고블린 퇴치 자체가 교육에 안 좋다.

"왜 그러세요?"

"아니, 아무것도 아냐. 아무것도."

여신관을 향해서 훌쩍 손을 흔든 엘프 궁수는 문득 새로운 생각에 눈웃음을 지었다.

"아, 기왕 왔으니까 서로 등 밀어주자."

"네."

§

그리고 둘이서 살갑게 수다를 떨면서 몸을 씻고, 향유를 바르고,

씻어내고, 욕탕으로.

욕실도 따스한 공기로 따끈따끈하고, 커다란 온수 욕조 반대쪽에는 냉탕 욕조도 있었다.

더욱이 안쪽에는 더욱 공기를 뜨겁게 데운 사우나까지 붙어있었다.

"나 잠깐 다녀올게!"

엘프 궁수가 그곳으로 돌진해버린 탓에 지금은 여신관 혼자였다.

첨벙. 온수 안에 몸을 담그고, 팔다리를 뻗고, 물에 두둥실 흘러가는 것처럼 한숨을 쉬었다.

호오. 흘러나온 숨결은 김과 섞여서 돔 모양의 천개로 올라갔다.

—어쩐지, 이대로 잠들어 버려도 좋을 것 같아요…….

조금 뜨끈한 물이 몸에 깊숙하게 파고들어서 그대로 녹아내릴 것만 같았다.

하얗고 가는 팔을 의미도 없이 뻗어보니, 조금이지만 근육이 붙은 걸 알 수 있었다.

그리고 하얀 피부보다도 더욱 하얀 상처 자국이 약간 흩어져서 그어져 있는 것도 보였다.

경험이란 것은 눈으로 보기 쉬운 것이 아니지만, 이것은 분명히 그녀가 키워온 것이었다.

생각해 보면 — 그야 물론, 가끔 휴일이 있긴 했지만 — 2년 동안 바쁘게 달려 다녔다.

첫 모험, 첫 동료, 고블린의 소굴, 죽어가는 동료, 그리고 그 사람.

그녀의 가슴 안에서 아직 정리되지 못한 감정이 빙글빙글 소용돌이치며 가라앉았다.

—그렇지만.

여신관은 문득 엘프 궁수가 뛰어 들어간 사우나 쪽을 보고 눈웃음을 지었다.

찰박. 온수를 얼굴에 끼얹고 모조리 다 닦아낸다.

—정말로, 감사해야겠어요.

"……저기."

"히약?!"

그렇게 생각하고 있는데, 문득 옆에서 목소리가 들리자 여신관이 물을 튀겼다.

무심코 몸을 감싸 가슴을 가리며 돌아보자 눈을 동그랗게 뜬 소녀가 있었다.

어깨 길이에서 다듬은 금발에, 파란 눈동자, 나이는 열다섯— 아니 열여섯쯤.

그러나, 여신관은 눈을 깜빡였다.

뭔가 묘한 위화감이 있다. —그것은, 눈앞에 선 그녀도 마찬가지인가 보다.

그리고 곤혹스레 흔들리는 그녀의 눈동자를 보고, 여신관이 「앗」 소리를 냈다.

평소에는 신전의 물거울로만 볼 수 있는 얼굴이 분명히 그곳에 비치고 있었다.

머리칼은 상대방이 더 윤기가 있다. 피부는 깨끗하고, 살집도 좋았다. 키도 크다.

그러나…….

―닮았다.

그렇다. 상대방이 모든 면에서 고상한 것은 한눈에 알 수 있었다. 그러나 닮았다.

여신관은 어쩐지 창피해져서 물속에 다시 앉았다. 자신의 상위호환 같았다.

“무슨, 일인가요?”

“당신, 모험가지?”

상대가 서 있으니 당연한 거지만, 위에서 내려오는 말은 단정적이었다.

네. 여신관이 고개를 끄덕이자 「역시나」라면서 자신만만하게 고개를 끄덕이고 그 자리에 앉았다.

첨벙. 가슴팍에서 물이 튀어 오르자 그것을 본 여신관이 조금 고개를 숙였다. 신은 불공평해.

“있지, 직업은?”

“지모신님을 섬기고 있어요.”

“성직자(프리스트)구나…….”

나쁘지 않아. 뭔가 중얼거리는 그녀에게 여신관이 의문스레 고개를 갸웃거렸다.

“저기, 만약 파티 참가자를 찾고 계신 거라면, 저는 동료가 있어서요…….”

“어?”

그녀는 의문스레 말하더니 「아아, 아니야. 그런 게 아니고」라고 대답했다.

—무슨 일일까요?

상대의 의도를 알 수 없다는 것은 염려와 공포를 불러일으킨다.

설마하니 이 자리에서 무슨 해를 끼치는 일이야 없겠지만, 쇳조각 하나 지니지 못한 몸이었다.

여신관은 가슴을 가리며 살짝 몸을 긴장시켰다. 딱히 불길한 기척은, 안 느껴지지만…….

"있지. 참고삼아서 묻는 건데, 장비는 뭘 쓰고 있어? 등급은?"

"그게, 강철인데요. ……장비 말인가요?"

여신관은 새삼스레, 거리낌없이 — 라고 해야 할 것이다 — 거리를 좁히는 그녀를 보았다.

그녀 자신도 강건한 전사하고는 거리가 멀지만, 상대방 또한 단련한 것 같지는 않았다.

마술사— 아니, 성직자일까? 모험가 지망자?

그렇게 생각하자 그게 가장 적절한 것 같았다.

—……말리는 편이 좋을까요?

만약 그렇다면. 뇌리에 과거 자신이 경험한 일들이 스쳤다.

그렇지만, 그 다음에 이어지는 일도 모두 「모험」으로 얻은 것이다.

부정할 수 없는 일이고, 그것을 부정해선 안 된다고 생각한다.

그래서 결국, 여신관은 입술에 손가락 끝을 대고 생각한 다음에 애매하게 웃기만 했다.

"저는 신관직의 법의와 석장에, 그리고 사슬 갑옷이네요."

"후응."

그녀가 콧소리를 냈다.

“그건 무슨, 법력이 담긴 거야? 축복받은 거야?”

“아뇨, 그냥…… 정말로 그냥 석장과, 사슬 갑옷이에요.”

그래도 그에게서 조언을 받아 여신관이 처음으로 산 장비였다.

생각해 보면 그 지하수로의 싸움에서도 이 사슬 갑옷 덕분에 목숨을 건졌다.

살며시 어깨를 손바닥으로 쓰다듬는 여신관을 보고서 그녀는 「하긴, 제8위면 그 정도겠네」라고 중얼거렸다.

그게 또 버릇없는 말투라서, 여신관이 입술을 삐죽거렸다.

“안 되나요?”

“어? 뭐가?”

그러나 그녀가 고개를 갸웃거리며 영문을 모르겠다는 표정을 지으니, 여신관은 다음 말을 이을 수가 없었다.

그러는 동안 그녀는 좌악 온수를 튀기며 일어섰다.

“응, 고마워. 참고가 됐어.”

“아, 네에…….”

—뭐라고 말을 해야 할까요……?

그것은 노파심 같은 참견일까? 아니면 신이 그녀에게 내린 계시(핸드아웃)일까?

문득 뇌리를 스친 불안과 초조함이 가슴 속에 경종을 울렸다.

그녀를 이대로 보내면 안 된다. 뭔가 전달해야 한다.

—하지만, 무엇을?

신들이든, 그들이 던지는 주사위든, 거기까지는 가르쳐줄 리 없었다.

여신관은 침을 꿀꺽 삼키고, 어째선지 떨리는 목소리를 짜내어 말했다.

"……저기, 모험가가 될 거라면 준비는— 장비 구입이라든가, 단단히 하는 게 좋아요."

"어?"

여전히 무슨 말을 하는 건지 모르겠다는 표정. 그녀는 잠시 생각하고서 고개를 끄덕였다.

"그렇네, 장비 구입은— 중요하겠어."

물을 걷어차듯 욕조에서 나간 그녀가 재빨리 걸어가 버렸다.

여신관은 그녀의 엉덩이를 배웅하고, 입가까지 물에 잠겼다. 부글부글 거품이 떠올라 터졌다.

그때, 엘프 궁수가 새빨개진 얼굴에 손을 파닥파닥 흔들어 부채질을 하면서 돌아왔다.

"후야아……. 와아, 살짝 더위 먹은 것 같아. 안쪽은 굉장해."

엘프 특유의 기다란 귀를 쫑긋쫑긋 움직이면서, 그녀는 지금 옆을 지나친 여성을 흘끔 보았다.

"지금 그 사람, 누구야?"

"글쎄요……."

모르겠어요. 여신관은 그렇게 말하는 수밖에 없었다. 그 말밖에 못 했다.

엘프 궁수는 조금 의문스러운 기색이었지만, 「아무렴 어때」라고 마음 편하게 말하더니 첨버덩 온수에 들어왔다.

"그래서, 어떡할까? 안쪽에 가볼래? 나는 이쪽에서 조금 쉴래."

"아뇨……."

여신관은 조금 생각하고서 천천히 고개를 좌우로 흔들었다.

"……이제 그만 나가요."

§

탈의장으로 돌아오자, 따스한 공기가 있는데도 불구하고 싸하니 시원한 느낌이 들었다. 신기한 일이다.

타월로 몸을 닦고, 또 한 번 향유를 발라 땀을 말린 다음에 옷을 입으러 갔다.

"목욕할 줄 알았으면 새 옷 같은 걸 가져올걸 그랬어요."

"어쩔 수 없어. 아까 생각났는걸. 돌아가서 갈아입으면 되지."

타박타박 맨발이 돌바닥에 닿으며 내는 소리를 울리면서 나란히 걸어, 갔는데—.

"어라?"

여신관이 무심코 소리를 내면서 눈을 비볐다. 그녀의 탈의 바구니가 없었다.

엘프 궁수의 사냥꾼 복장이 대충 담긴 바구니 옆이니까, 장소는 틀림없을 텐데.

"이상하네. 누가 옮겼나?"

"어, 하지만, 분명히 여기에……."

대신에 들어 있는 건 병사의 것으로 보이는 지저분하고 땀내새 나는 의복.

아무리 그래도 누가 착각해서 두고 가지는 않았을 테니, 그녀는 허둥지둥 주위를 찾아 다녔다.

"어라…… 어라?"

그러나, 찾을 수 없었다.

목소리가 점점 높아지고 눈꼬리에 눈물이 번졌다. 무너질 것 같은 바닥을 걷는 것처럼.

"진정해. 분명히 여기에 둔 거지?"

"네……."

"누가 착각해서 가져간 것도 아닐 테고……."

신관의 의복에 석장, 모자에 사슬 갑옷. 착각할만한 것이 아니었다.

어쩌지. 어쩌지. 여신관은 당장에라도 울 것 같은 표정으로 의미도 없이 여기저기 바구니를 살폈다.

"무슨 일이시죠?"

보다 못한 하얀 옷차림의 직원이 허둥지둥 달려왔다.

여신관은 뭘 어떻게 말해야 할까 몰라 입을 열었지만, 말이 잘 나오지 않았다.

"저, 저기, 제, 제 옷이……!"

"네?"

"얘 옷이 보이질 않아."

의문스런 표정을 한 직원에게 엘프 궁수가 말했다.

"지모신의 신관인데 말야. 누가 착각해서 가져갈 일은 없을 것 같은데……."

"……잠시만 기다려 주세요. 문지기에게 확인을 하겠습니다."

직원이 재빨리 짧게 응답하고, 왔을 때보다 빠르게 물러갔다.

기다리는 동안에도 안절부절 창백한 표정으로 우두커니 선 여신관의 손을 엘프 궁수가 쥐어 주었다.

"괜찮아. 금방 찾을 수 있을 거야."

"네. 저기, 하지만…… 그래도……."

실제로 직원은 금방 돌아왔다.

"실례합니다."

그러나 말하는 표정이 심각하기만 했다.

"……방금 전에, 지모신의 법의를 입은 분이 나갔다고 해요. 어쩌면……."

"도둑맞았어?!"

엘프 궁수가 무심코 목소리를 흘리자 여신관의 뇌리에 퍼뜩 번득이는 것이 있었다.

"죄, 죄송해요……!"

그녀는 엘프 궁수의 손을 뿌리치고, 달려드는 것처럼 병사의 의복을 휘저었다.

탈의장의 병사. 욕조에서 말을 건 여성. 그리고 **장비 구입**.

예상대로였다고 해야 할까? 과연 그곳에, 그것이 있었다.

그녀가 지갑으로 애용하는 가죽 주머니.

그 위에 놓인― 반짝반짝 빛나는, 훌륭하게 연마된 보석 몇 개.

한눈에도 알 수 있는 상질의 물품이다. 그것이 의미하는 바는 아마도 틀림없으리라.

옷의, 대금이다.

"아, 우, 저, 저. ……저의, ……윽."

모자도, 법의도 괜찮다. 인식표의 재발행도 괜찮다. 석장도 애착이 있는 물건이지만, 그나마 괜찮다.

귀중품은 여관에 두고 왔다. 갈아입을 옷도 여관에 있다. 그러니 그것은, 그나마 괜찮다.

그러나── 사슬 갑옷이 없다.

세 번째인지 네 번째인지의 모험에 나설 때, 보수를 모아서 처음 스스로 산 방어구가 없었다.

오우거와의 전투에서도 입고 있었다. 지하수로에서도, 눈 덮인 산, 시험, 밀림에서도 그랬다.

목숨을 구했다. 수리해서, 손질해서, 소중하고 소중하게 다뤘다.

그 이유는 단 하나였다.

"처, 처음으로, 칭찬…… 받은, 건데……."

그것을 잃었다는 사실이, 여신관을 완전히 때려눕혔다.

그녀는 일어설 힘을 송두리째 빼앗겨, 힘이 빠져 흐늘흐늘 돌바닥에 주저앉았다.

"저, 제가, 저의……. 빼앗, 겼어…… 윽!"

"……미안. 오자고 말하지 말걸 그랬어."

어린아이처럼 울음을 터뜨리고 딸꾹질을 하는 그녀 옆에서 엘프 궁수가 낮게 신음했다.

여신관이 「우우」 하는, 말이 아닌 소리를 흘리며 아니라고 고개를 옆으로 저었다.

엘프 궁수는 살며시 웅크리고 앉아서, 소중하고 소중한― 2천 년

만에 처음으로 얻은 동료의 등을 쓰다듬었다.

"……꼭, 되찾자."

§

광원이라곤 불이 붙은 촛대밖에 없는 어슴푸레한 방에 금속이 마찰하는 소리가 단속적으로 울렸다.

소리의 근원은 창가에 놓인 침대. 그 위에 앉은 볼품없는 장비의 남자였다.

고블린 슬레이어는 손에 든 검의 칼날을, 간다기보다 깎아내는 식으로 숫돌을 대고 있었다.

애당초 양산품이라서— 아니, 명검이라도 이 남자는 똑같이 다룰 것이다.

잠시 검을 갈아내던 손을 멈추고, 그 어중간한 길이의 칼날을 촛불의 빛에 비추었다.

모험가의 무용담을 약간 들은 자들은 잘난 듯이 「검이란 때리는 것이다」라고 하지만, 그건 틀렸다.

가죽을 찢고, 근육을 베고, 뼈를 꺾기 위한 칼날이다. 아니라면 왜 검이란 무기가 만들어졌을까?

단순히 기사들이 휘두르는 중후한 양손검이 벤다, 찌른다, 두들긴다, 때린다의 용도를 겸하는 것뿐이다.

그것은 검과 창, 망치와 곡괭이가 합쳐진 만능무기인 것이다.

그러나 지금 고블린 슬레이어가 손에 든 검은 그렇지 않다.

고블린의 목을 찌르고, 심장을 파헤치고, 목을 날려버리기 위한 무기다. 그 이상도 이하도 아니다.

"…………."

여신관이 훌쩍훌쩍 울면서 돌아온 것은 약 1시간 전이었다.

난처함을 거두지 못하고 기다란 귀를 늘어뜨린 엘프 궁수가 필사적으로 위로했지만, 도무지 소용없었다.

덤으로 의복은 신관복이 아니라, 어울리지도 않고 사이즈도 안 맞는 지저분한 병사의 장비.

무슨 일인가 물었더니 엘프 궁수가 미안한 기색으로 「도둑맞았어」라고 했다.

여기는 변경 도시나 물의 도시와는 다르다. 나라에서 가장 커다란 도읍이다. 사람도 많고, 괘씸한 자도 많다.

리자드맨 승려는 분노를 드러내며 유황의 숨결을 내뿜듯 콧김을 뿜었고, 드워프 도사의 표정도 안 좋다.

"내일, 성에 가서 말해보자꾸나."

여신관은 이 말에도 대답하지 않고 고개를 살짝 세로로 흔들기만 했다.

고블린 슬레이어는 자리에서 일어나, 방으로 돌아와 이렇게 지내고 있었다.

아무 말도 하지 않았다.

애당초, 뭐라고 하면 좋단 말인가?

"…………."

고블린 슬레이어는 손을 멈추고 검을 불꽃에 비추었다. 칼날을 손끝으로 훑어보고 고개를 끄덕였다.

고블린 슬레이어는 검을 칼집에 넣고, 이어서 만(卍)자 형태를 한 남양의 투척 나이프를 꺼냈다.

"곁에, 있어 주지 않으시는 건가요?"

문득 들린 목소리는 요염하면서도, 어쩐지 삐친 어린애처럼 뾰족했다.

"그래."

소리도 없이 문으로 미끄러져 들어온 여자에게, 고블린 슬레이어는 철 투구를 돌리지도 않았다.

"그런가요."

검의 처녀는 입술을 삐죽거리더니 매끄럽게 몸을 흔들며 침대 옆으로 왔다.

그리고 부드러운 살집을 일그러뜨리며, 마치 남자의 발치에 무릎을 꿇는 것처럼 앉았다.

"울고 있는 여자애는, 위로해주길 바라는 법이랍니다?"

"그런가?"

"그렇답니다."

꼬물꼬물. 검의 처녀가 말하더니, 숙이고 있던 시선을 자기 손으로 떨구면서 허벅지를 비볐다.

"…………저도, 그러니까요."

"그런가."

고블린 슬레이어는 난잡하게 철컥철컥 소리를 내면서 투척 나이프의 비틀린 칼날을 깎아냈다.

흉흉한 무기를 묵묵히 가는 그의 손을, 검의 처녀는 보이지 않는 눈으로 가만히 보았다.

뺨을 부풀리고 있던 그녀는 어째선지 점점 볼이 느슨해지고 입술이 신음하는 것처럼 벌어졌다.

양초의 불꽃이 형태를 바꿀 때마다, 검의 처녀의 얼굴에 철 투구의 그림자가 춤을 추며 흔들렸다.

"여자애를 울리면 안 되는 거랍니다……."

"알고 있다."

고블린 슬레이어의 말은 대단히 난폭하고 무뚝뚝하여, 검의 처녀가 한순간 놀랄 정도였다.

안대가 없었다면 눈을 흡뜨고 있었을 그녀를 무시하고 그는 숫돌을 칼날에 철컥, 대었다.

"옛날에, 그렇게 배웠다."

"……그러, 셨나요."

무슨 말을 해야 좋을지 검의 처녀는 알 수 없었다.

"책을, 가져왔답니다."

그래서 그녀는 순순히 자신의 목적 — 명분 — 을 이야기하기로 했다.

안고 있던 마신 신앙이나 문양에 관한 서적을 살며시 탁상 위에 쌓아 올렸다.

"서고를 안내하기에는, 시간이 이미 늦어버렸으니까요……."

"그런가."

대답은 짧고, 그뿐이었다.

검의 처녀는 잠시 서 있다가, 이윽고 짧게 아쉬운 콧소리를 냈다.

그리고 빙글 돌아서서 방을 나서려고 했을 때—.

"물건은, 없어지는 법이다."

고블린 슬레이어가 낮은 목소리로 중얼거렸다.

"네."

평소부터 그다지 큰 소리로 말하지 않는 남자의 말이다. 검의 처녀도 조용히 응답했다.

"어렸을 때, 어른이 되면 아버지의 단검을 받기로 약속을 했다."

작업하던 손길을 멈추고, 고블린 슬레이어는 칼날을 불빛에 비추며 손가락으로 훑었다.

"독수리 머리 장식 손잡이가 달린, 좋은 단검이었다고 생각한다."

고블린 슬레이어는 숫돌을 내던졌다. 데굴. 돌이 묵직한 소리를 내면서 바닥을 굴러갔다.

"지금 어디 있는지, 나는 모른다."

그리고 투척 나이프를 가방으로 던져 넣고, 그는 입을 꾹 닫았다.

"그랬었나요."

검의 처녀는 미약하게 바뀐 표정을 철 투구 그림자에 감추고 중얼거렸다.

그녀는 하얗고 아름다운 형태의 손가락으로, 살며시 고블린 슬레이어의 허벅지를 매만졌다.

그리고 그대로, 나긋하게 사랑스런 사람을 만지는 태도로 그의 허벅지를 살짝 쓰다듬었다.

"내일, 저는 성으로 갑니다. 국왕폐하와, 회의가 있어요."

처음에 말씀 드렸었죠. 키득, 검의 처녀의 미모에서 어린 소녀 같은 미소가 흘렀다.

"폐하와는 옛날부터 아는 사이니까요. ……그때, 조금 이야기를 해볼게요."

고블린 슬레이어는 천천히 철 투구를 돌렸다. 처음으로 검의 처녀에게 철 투구가 향했다.

"……."

그는 말을 찾는데 고생을 한 모양인지, 잠시 지나서야 간신히…….

"그런가."

그리고 또 입을 다문 다음에 다시 작게 중얼거렸다.

"부탁하지."

검의 처녀의 표정에 활짝 꽃이 피었다.

"네, 맡겨 주세요."

검의 처녀가 탱탱한 입술에 한 가득 웃음을 짓고 서둘러 물러갔다.

지팡이 대신 천칭검으로 한 번 바닥을 두드리자, 칼코등이 부분에 매달린 천칭이 찰랑 소리를 내며 울렸다.

"있는 힘껏, 맡은 바 힘을 다하겠습니다. ……그러면 되는 걸까요?"

교태를 부리듯, 달콤한 속삭임. 고블린 슬레이어는 「그래」 하고 고개를 끄덕였다.

"미안하지만, 부탁하지."

"――!"

검의 처녀는 그 뒤로 아무 대답도 없이, 마치 날아오를 것 같은 발걸음으로 걷기 시작했다.

조용히 소리도 없이 문을 열고 밖으로 나가서, 틈으로 살며시 고개를 내밀었다.

"저, 저기……."

"…………."

"안녕히 주무시어요. ……좋은 꿈을."

"그래."

고블린 슬레이어가 고개를 끄덕였다.

"너도."

한창 나이의 소녀처럼 장밋빛으로 물든 볼을 남기고, 문이 닫혔다.

문을 등진 검의 처녀가 얼굴을 누르며 그 자리에 주저앉아버렸다—라는 것은 요만큼도 몰랐다.

고블린 슬레이어는 방금 바닥에 던진 숫돌을 주워서 손으로 만지작거렸다.

그는 묵묵히 나머지 단검을 숫돌로 갈고, 도구를 점검하고, 가방의 내용물을 정리했다.

그리고 검의 처녀가 가져다 준 서적을 열고 가방에서 꺼낸 고블린의 가죽과 비교했다.

기이한 문양이었다. 안료로 그려진 붉은「손」처럼 보였다. 그러나 기록은 없었다.

그는 고블린 같은 좀도둑이라고 생각했다. 어쩌면 고블린일지도 모른다고 생각했다.

—어찌됐든, 대비는 해둬야 한다.

그는 결론을 내리고, 새벽까지 장비를 정비하고 창가에서 아침 해가 보일 무렵에 잠깐 졸았다.

여기는 목장이 아니다. 순찰을 돌 필요는 없다. 그러나 고블린이 나타나면 죽일 셈이었다.

고블린이 없는 장소 따위 세상 어디에도 없다는 것을, 그는 잘 알고 있었다.

무엇보다도, 그러리라고 약속을 했다.

막간 「후회는 앞서지 않는다는 이야기」

Goblin Slayer
He does not let anyone roll the dice.

——성공했네.

지모신의 신관복 — 가슴이 답답하다 — 을 입은 소녀는 밤의 어둠 속에서 키득키득 웃었다.

모자에 석장, 옷 안에는 싸구려 사슬 갑옷. 이거면 어엿한 성직자로 보일 것이다.

건너편에서 랜턴을 손에 든 통행인이 오자, 그녀는 새침한 표정으로 풍만한 가슴을 폈다.

어이쿠 하는 표정을 지은 상대가 감사하는 표정으로 고개를 숙이며 지나가자 소녀는 다시 웃었다.

참으로 유쾌하기까지 했다.

사람들이 숭상하는 건 신관의 의상이지, 신관이 아닐 거라고 생각했다.

그런 의미에서는 오빠의 눈을 속이고 병사의 의상을 빼돌린 것이 정답이었다.

지저분한 병사의 차림을 하기만 해도, 다소 펑퍼짐해도 아무도 전혀 깨닫지 못했으니까.

옷에 밴 땀 냄새는 좀 봐달라고 하고 싶었고, 지하를 지나느라 지저분해진 것은 질색했지만.

—목욕도 해서 말끔해졌으니까 만만세야.

"……그건 그렇고, 이거, 갑갑하네."

소녀는 그렇게 말하고, 신관복의 목깃을 당겼다.

옷차림도 그랬지만, 사슬 갑옷이 가슴을 조여서 숨쉬기가 어려우니 큰일이다.

—그 애도, 이런 싸구려 같은 건 안 입으면 좋을 텐데…….

무심코 그런 생각이 들어버렸다. 모험가는 역시 힘든 거겠지.

"…………미안한 짓을 했네."

가만 보니 사슬 갑옷에도 수선하고 고친 흔적이 보였다. 오래 써온 것이리라.

황급히 채온 탓에 깨닫지 못했는데, 분명히 소중한 장비 중 하나였음이 틀림없다.

애용하던 것을 잃는 것에 대해서는, 소녀도 그것이 괴로운 일이라는 것 정도는 잘 알고 있었다.

언젠가 꼭 돌려줄 셈이긴 하지만, 소녀는 방금 전까지 웃고 있던 표정이 휘릭 바뀌어서 울적한 표정을 지었다.

딱히— 그렇다, 딱히. 그 자신과 많이 닮은 소녀에게 폐를 끼치고자 생각한 것은 아니다.

여러모로 변명 거리도 있었다. 모험가를 위해, 세상을 위해, 사람을 위해, 자신을 위해.

모험가의 실태를 자신의 눈으로 똑똑히 보고, 이해하고, 오빠에게 전하고, 앞으로 활용한다.

그렇지만 자신이 그녀의 물건을 훔쳤다는 한 점에 있어, 사실은 변하지 않는다.

"……전부 끝나면, 꼭 사과하고 돌려줘야겠어."

응. 소녀는 단단히 고개를 끄덕였다. 그걸 위해서라도 일을 잘 해야 한다.

그리고 실패했을 때를 위해서 사죄의 마음을 담아 대금을 듬뿍 놓고 왔다.

물론 실패할 생각은 요만큼도 없긴 하지만— 세상 모든 일은 주사위 눈에 따른 거니까.

—하다못해, 그 애가 이것 대신에 훨씬 좋은 장비를 얻을 수 있으면 좋을 텐데.

"그러면……. 시간이 벌써 이렇게 됐으니까 문은 닫았겠지."

소녀는 흥미로운 기색으로 주위를 두리번거렸다.

매일 보았던, 그러나 창 너머로 보이는 것밖에 몰랐던 경치. 그녀는 그 안에 있었다.

그렇게 생각하자 신기하게도 기뻐져서 그녀의 발걸음이 자연스레 가벼워졌다.

가는 곳은, 전부터 「모험가가 된다면 여기부터!」라고 정했던 가게였다.

『황금의 기사 정』.

그것은 이미 전설적인 이름이며, 수도에서도 수위를 다투는 오래된 가게이며, 다시 말해서 「모험가의 주점」이다.

길드란 조직이 생기기 전부터 있던 장소로 향하자 그녀는 가슴이 벅찬 것을 억누르기 어려웠다.

끼이이 삐걱대는 문을 밀어서 열고 안으로 들어서니 밤도 깊은데 소란이 밀려왔다.

한눈에 알아볼 수 있는 거친 자들의 시선이 그녀에게 향하고, 그녀는 흠칫 몸을 긴장시켰다.

그러나 그것도 한순간이다.

척 보기에도 신참 모험가가 혼자서 어슬렁거리며 들어오는 일 따위 드물지도 않다.

금방 눈길이 흩어졌으니 안심이다. 몸가짐을 재빨리 정돈하고 겁먹지 않도록 앞을 향해 걸었다.

구석 쪽 원탁에 엎드려 있던 소년이 퍼뜩 고개를 들었지만, 일 없으니까 가볍게 무시.

"저기, 여관의 방은 비어 있나요?"

"어엉?"

목소리가 좀 높아졌다. 카운터 안쪽에 있던 주인이 찌릿 노려보았다.

주인은 소녀를 빤히 쳐다본 다음, 낮은 한숨과 함께 말을 뱉었다.

"로열 스위트, 스위트, 이코노미, 간이침대, 그리고……."

"마구간으로!"

무심코 목소리가 커져 버렸다. 가게 안의 시선이 또 모여들자 소녀가 고개를 숙였다.

"……뒤쪽에 있다. 멋대로 자라."

"고, 고맙습니다."

꾸벅 가볍게 고개를 숙이고, 그녀는 재빨리 가게 밖으로 나왔다.

얼굴이 엄청 뜨거웠다.

모험가라고 하면 마구간이다. 좋지 않은가? 동경했던 일이니까.

무엇보다도 무료란 것이 좋다. 수도에서 보석을 너무 뿌려대면 오빠한테 발견될지도 모른다.

"어쨌든지, 오늘 하룻밤만 넘기면……."

수단이 있다. 문 밖으로 나갈 수 있다. 가능하다. 가능할, 것이다.

소녀는 가게 뒤편으로 가서 주위를 힐끔거리며 어두운 곳에서 옷을 벗었다.

답답한 신관복과 사슬 갑옷을 적당히 내던지고, 석장과 보석 주머니를 끌어안은 채 지푸라기 더미 안에 몸을 뉘었다.

마구간은 냄새가 심하고 지푸라기가 따끔따끔 찔러서 도저히 잠들기 어려웠다.

그것은, 보지도 못한 우는 표정이 계속 뇌리에 번지고 있는 탓일지도 몰랐지만.

제5장 『무대 뒤의 배우들(마스터 씬)』

"자, 그러면 영봉에 떨어졌다는 하늘의 화석(火石)에 대한 보고를 할 수 있겠나?"

피로에 찌들어 있으면 옥좌도 괴롭다. 그리고 왕의 의자는 권위의 증거지, 편히 쉬기 위한 것이 아니었다.

—다음에 의자를 마련할 때는 좌판을 푹신하도록 해야겠군.

그러나 그런 생각을 일절 겉으로 드러내지 않고, 젊은 국왕은 당당한 태도를 무너뜨리지 않았다.

순회 궁정에서 돌아와 하룻밤 지나고 이른 아침부터 시작된 어전 회의.

돌로 만든 커다란 홀에는 역사 깊은 직물(태피스트리)이 장식되어 있고, 창에서는 가을의 햇살이 들어온다.

색유리를 통과한 빛이 비추는 아름다운 석재를 연마한 원탁에는 나라의 중진들이 모여 있었다.

늙은 대신, 붉은 머리의 추기경, 갈색 피부의 궁정 마술사, 은 갑주의 근위 기사, 금 등급의 모험가.

그 밖에도 명문 귀족, 마술사, 학자, 종교인, 상인— 다양하다.

이 나라의 왕이라면, 왕이 되었을 때부터 알고 있어야 한다.

건국 이래로— 유사 이래로, 몇 번이고 찾아온 재앙, 혼돈의 소용돌이, 마왕.

그 때마다 이 원탁에는 드워프의 왕, 엘프의 왕, 레아나 수인의 수장이 모여서 군사 회의를 했다.

모험가나 자유기사도 있었고, 정체 모를 마술사나 현자가 있었던 적도 있다.

이래서야 상석이고 뭐고 없다며 웃은 드워프 왕이 특별히 원탁을 마련한 것이 수백 년 전의 일이다.

그리고 집단을 그저 한 종류의 사람들로만 운영할 수 없다는 것은 한 번이라도 모험에 나서보면 누구나 알 수 있다.

—아니, 모르는 자가 죽는 것뿐이군.

볼이 느슨해진 것을 깨달았는지, 옛날부터 익숙한 근위병이 씨익 입가를 비트는 것이 보였다.

"좋다. 그러면 순서대로 발언을 하거라."

국왕이 웃음을 죽이면서 표정을 찌푸리고 말하자, 우선 거한의 궁정 마술사가 일어섰다.

"점성술사들은, 반상에 문득 굴러 떨어진 흉성(凶星)이라고 하였습니다."

"허어, 문득이라."

"예. 서원이나 고문서를 뒤져보았습니다만, 아직은 해당되는 예언을 발견하지 못했습니다."

갈색 피부인 그의 말에 국왕은 깊게 고개를 끄덕이고, 앉아도 좋다고 너그럽게 손을 흔들었다.

"그러면, 《숙명》이 아닌 《우연》에 의한 것인가……?"

옥좌의 팔걸이에 팔을 올리고 턱을 괴며 사고에 빠졌다. 하나씩 확인을 하는 게 좋으리라.

“영봉의 상태는 어떻지? 하늘의 화석의 영향을 알고 싶다.”

“여전히, 영봉 따위 오를만한 곳이 못될 거요, 폐하.”

회의 참가자 중에서도 한층 눈에 띄는 남자가 응답했다.

남자는 무기는 안 가져왔지만 뿔이 달린 투구를 탁자에 올려놓고, 상당히 길이 든 사슬 갑옷을 입고 있었다.

검은 털이 풍성하며, 목에 금의 인식표를 건 남자— 이 자리에 한 명밖에 없는 수인이다.

그는 개 모양의 얼굴을 기분 틀어진 것처럼 찡그리면서, 원탁에 놓인 다과를 거리낌 없이 입에 던져 넣었다.

“안에 동굴이라도 있으면 이야기가 다르겠지만. 외벽을 등반하는 건 좀 어렵지.”

근위병이 물이 흐르는 것 같은 동작으로 한 손을 들었다.

단련되고 균형 잡힌 체구, 전장에서는 백은의 갑주로 지키고 있었다.

국왕이 고개를 끄덕이자, 그— 근위를 맡은 장군이 머리칼을 손으로 빗듯 쓸어 올리면서 진언했다.

“각하, 영봉으로 군을 보내기는 어렵다.”

“역시 그런가?”

“그래. 대군을 보낼 수 있는 장소가 아니야. 귀족 도련님들 중에 낙오자가 얼마나 나올지 모르지.”

평민 출신 장군은 당연하다는 어조로 말했다. 그는 왕후귀족의 체력을 가볍게 보고 있었다.

—그리고 그것은 사실이기도 하지.

국왕은 역시 오래 곁에 둔 이 남자가 지금 신하로서 곁에 있는 것을 듬직하게 생각하며 고개를 끄덕였다.

영봉은 이 나라에서도 가장 높고 험준하게 우뚝 선 산이었다.

산이라고 하는 것이 빠짐없이 그런 것처럼, 영봉은 당연히 말을 가진 자의 영역이 아니다.

군을 보내면 사망자가 얼마나 나올지 알 수가 없었다.

"다만 영봉에서 무언가 나왔을 때, 맨 먼저 맞설 수 있도록 포위하는 건 가능하지."

그러나 근위 장군은 말을 이었다. 긍지 높은, 실력이 뒷받침하는 확고한 말이었다.

"괴물 놈들 단 한 마리라도, 우리가 아는 영역(노운 월드)으로 들이지 않겠다."

그것이야말로 군의 사명이라고, 장군이 말했다.

모험가가 표적을 향해 똑바로 날아가는 화살이라면, 군대는 모든 것을 막는 방패였다.

군대로는 마신왕의 거성까지 도달할 수 없으며, 도달한다고 해도 당해낼 수 없다.

병사가 입은 장비는 대장장이가 하염없이 만들어내는 양산의 무기와 방어구뿐이다.

쌓아 올린 경험은 나날이 노력한 것뿐. 그걸로는 승산이 없었다.

그러나, 마신의 군세에 맞서는 것은 가능하다.

밀려드는 괴물에게 진형을 갖추고 단단히 땅을 디디며 창을 세워 앞길을 막는 것은 가능하다.

그리고 그것은 모험가에겐 결코 불가능한 일이다.

"소수의 단독행이라면, 그나마 승산이 있을지도 모르지."

그것을 잘 아는 금 등급 모험가는 팔짱을 끼고서 작은 체구를 의자 위에서 고치며 말했다.

"조심하는 편이 좋을 거요. 일단은 산자락까지 정찰을 갔었는데, 도무지 정체 모를 기척이 흘러나왔으니."

"정체 모를, 이라고?"

붉은 머리 추기경이 흥미로운 기색으로 묻자, 금 등급 모험가는 짐짓 어렵다는 표정을 지었다.

"몬스터 매뉴얼에 실리지 않은 종류일지도 모르겠군."

"과연……."

국왕이 한숨을 쉬었다. 요즘 들어, 작년의 마신과 싸운 뒤로도 소동이 이어지고 있었다.

마신, 사교도, 거인에 기타 등등. 정말이지, 평화로운 세상은 여전히 멀다.

"그렇다면, 이 일에는 **그녀**가 나서게 되겠군."

중얼거리자 반대하는 자가 없다. 일동은 서로를 마주보고 고개를 끄덕였다.

조커를 내야 할 때는 내야지. 적어도 그녀가 거부하지 않는다면.

—**그 소녀**가 선량한 아이라 다행이야.

국왕은 진심으로 생각했다.

아직 젊은 소녀, 여동생과 큰 차이도 없는 나이의 소녀에게 무거운 짐을 지우고 싶지 않다.

그러나 만물에는 빠짐없이 정해진 역할(롤)이 있었다.

그것은 힘을 다해야 하는 일이다. 그가 국왕이란 것과 마찬가지로.

궤변을 늘어놓으며 내팽개치는 나약한 자는 되고 싶지 않았다.

“좋다. 만약 무슨 지원을 요구하면 가능한 한 응하도록 살펴 주거라.”

“알겠습니다.”

나이 든 노인— 대신이 공손하면서도 갑갑해 보이게 상체를 굽히며 응답했다.

사소한 건 그에게 맡기면 된다. 국왕은 그렇게 생각한다.

왕에게 필요한 것은 즉단즉결과 방침이다. 지식이나 사소한 조정은 가신이나 다른 자들에게 맡기면 된다.

—방심하고 있으면 꼭두각시가 되어 버리겠지만.

“내가 자리를 비운 사이, 시정은 어떻지?”

“수도에 사교도가 잠복하는 것은, 변함이 없습니다만…….”

붉은 머리 추기경이 응답했다. 고문으로서 수도를 맡고 있는 그의 말은 흔들림이 없었다.

“폐하께서 순회를 하는 동안, 수도 남쪽에 각지신이라는 수상한 종교가 유행을 하더이다.”

“그것을 믿지 않는 자는 무시무시한 저주를 받는다 했던가?”

“그 정체가 무엇인가, 알아야 함이지요.”

“손을 써야 하겠군.”

젊은 국왕은 그것을 듣고 입가에 사나운 미소를 지었다.

그것을 본 붉은 머리 추기경이 「폐하」라며 지친 어조로 중얼거렸다.

“알고 있다.”

국왕은 한 마디로 대답하더니, 준비된 자료에 눈길을 주었다.

"각지신이란 것은 지혜의 신과는 다른 것이오?"

갈색 피부의 궁정 마술사가 의문을 제기했다. 추기경은 신중하게 고개를 끄덕였다.

"지식신은 스스로 어둠 속을 걸어 학문의 불빛을 세우는 자를 보살피십니다."

"각지신은 다르단 것인가?"

"길이고 무엇이고 알 바가 아님이라. 돌연히, 지식이라는 불꽃을 내던집니다."

"……그것은 비슷하지만 확실히 다르군."

궁정 마술사는 깊은 숨을 내쉬었다. 사신(邪神)이라 불리는 것도 이해가 된다.

국왕은 두 사람의 대화를 신중하게 고려하며, 이어서 의문을 입에 담았다.

"그러면, 우리들의 눈이 닿지 않는 범위는 어떤가—?"

"지금 현재는, 세상의 질서가 흐트러지는 기색이 없답니다."

이어지는 물음에 응답한 것은 이 자리에 어울리지 않을 정도로 아름다운 여인이었다.

육감적인 신체, 탐스러운 가슴을 하얀 옷으로 감싸고, 손에는 천칭검, 두 눈을 띠로 가린 여인.

"지난 싸움으로 난민, 고아, 노숙인은 늘어났습니다만, 직업을 찾기에 어려운 시절은 아니니까요."

지고신을 섬기는 대주교, 검의 처녀. 그녀는 노래하는 것처럼 말을 읊조리며 생글생글 웃었다.

"일손은 아무리 많아도 부족한걸요."

—그녀의 기척은 상당히 바뀌었다.

10여년 넘게 알고 지낸 국왕은 문득 그렇게 생각하는 일이 늘었다.

지금도 옛날에도 변함없이, 그녀는 남자라면 뛰어들고 싶은 아름다운 능선을 그리고 있었다.

그렇지만 과거에는 당장이라도 떨어질 것처럼 여문 모란 같은 아름다움이었다.

지금은, 다르다.

그저 흐드러진 꽃처럼 눈부신 모습과 표정. 좋은 일이다. 국왕은 벗으로서 그렇게 생각했다.

그러나 그 미모가 살며시 흐려졌다.

"아아, 다만……."

난처한 듯 눈썹을 내리고, 그녀의 몸이 살짝 기울어졌다.

"뭐지? 말하라."

그러면, 송구합니다만. 검의 처녀가 몰래 웃었다.

"저의 소중한 벗이, 욕장에서 신관복과 소중한 사슬 갑옷을 도둑맞았답니다. 바로 어제."

"……뭣이?"

"그 좀도둑이, 아무래도 병사 차림을 하고 있었다 하여……."

국왕은 의문스레 한쪽 눈썹을 끌어올렸다.

사소한 일이긴 하지만, 마음에 담아둘 일이다. 병사 차림을 한 좀도둑은 간과할 수 없다.

그러나 검의 처녀는 그가 더욱 의문을 말하기 전에 화제를 훌쩍 바꿔버렸다.

"어쨌거나, 고블린을 멸해야 한다고 생각한답니다."

오히려 상쾌할 정도의 미소와 함께, 이걸로 끝이라는 듯 한 마디.

회의 멤버가 「또 시작이군」이라고 말하고픈 시선을 나누었다. 늘 있는 일이다.

국왕은 뭐라 말하고픈 표정을 애써 감추고, 헛기침을 한 번.

—어쨌거나, 조사하지 않을 수는 없겠군.

"알았다, 조사를 해보지. ……그러면 다음, 모험가의 훈련소는 어찌 되고 있지?"

"…………."

여상인— 훈련소 관련 사안을 홀로 이끌고 있는 인물이 눈을 깜빡였다.

이 자리에 있는 자들 중에서 가장 젊은 인물에게 주위의 시선이 서슴없이 쏟아진다.

그녀는 문득 검의 처녀 쪽을 본 다음, 깊게 인사를 하고 입을 열었다.

"……네, 보고서를 준비했습니다. 보아주십시오."

그녀는 나이가 젊지만, 태도는 묘하게 차분함이 있고 젊은이에게 있을 법한 이상론이 거의 없었다.

그렇다고 비뚤어진 비관주의자인 것도 아니며, 현실적이고 견실한 방침을 취하고 있었다.

목소리에 억양이 없고, 표정도 그다지 변하지 않는 탓에 어른스럽게 보이는 것일까?

그 고지식한 성격은 보고서의 고지식한 서식과 문자로도 짐작할 수 있었다.

어느 귀족의 딸로, 병을 고치기 위한 요양을 마친 뒤에 집안의 자산을 밑천으로 장사를 시작했다고 하는데…….

지난 몇 개월 사이에 무대로 올라선 그녀가 그 전까지 어떤 경험을 쌓은 것일지.

——세상에는 제법 많은 재원이 있는 모양이야.

국왕은 팔걸이에 체중을 실으며, 서류로 감춘 입가에 미약하게나마 미소를 지었다.

왕후귀족은 그리 쉽사리 감정을 남에게 보여서 좋을 것이 없다. 그리 행동해야 한다.

"……시설 자체는, 몇 개의 도시, 길드에서 완성을 향해 나아가고 있습니다. 다만……."

여상인이 뭐라 말하기 어려운 기색으로 말을 끊더니, 이어지는 말을 공중에서 찾았다.

"……역시 『모험가가 되었는데 일단 공부를 한다』라는 것을, 받아들이기 어려운 모양입니다."

"그럴 법도 하군."

국왕이 묵직하게 고개를 끄덕였다.

"나 또한 옛날 모험가였을 무렵, 등록하는 것에 이름을 적는 것마저 귀찮다 생각하는 자들을 많이 보았다."

그런 자들은 금방 주점에서 불평을 해대고, 얼마 안가 모험가가 아니게 된다.

그리고 자신에게 기량이 있었다면, 태생이 좋았다면— 이런 식으로 말한다.

우스꽝스런 것은 그들 곁에는 다른 새내기 모험가도 있다는 것이다.

미숙하지만 감정업이나 짐꾼으로 하루 벌어서, 어떻게든 기량을 높이려 노력하는 자들.

그것을 눈앞에서 보면서도「쓸데없는 노력을 한다」라며 비웃는 모습이라니.

"의식 개혁은 필요하겠지만, 하루아침에 되지는 않겠지. 교육은 장기적으로 해야 한다."

"……네. 그래서 훈련 중에는 식사를 제공하여 끼니가 목적인 자를 부르고자 합니다."

"식사의 공급— 급식이라고 해야겠군."

먹을 것이 없는 농가의 3남, 도망쳐온 소작인 등이 모험가가 되는 일도 드물지 않다.

그리고 모험가라는 꿈을 품은 자도 의식주의 확보에서는 벗어날 수 없었다.

일단은 당장의 식사만이라도 확보하고자 생각하여—. 교육을 받아준다면 만만세다.

"방침은 좋지만, 예산은 충분한가?"

그러나, 문제는 방법이 아니다. 그것을 실현하기 위한 비용이다.

국왕의 날카로운 목소리에 여상인이 울적한 기색으로 미약하게 눈썹을 찌푸렸다.

"……어려운 일입니다."

그녀의 대답은 단적이었다.

"……솔직히 이익을 생각하면 적자입니다. 수업료를 받아서는 의미가 없으니까요."

"부정한 불량배들을 공짜로 먹이기 위해, 양수(揚水)와도 같이 돈을 쏟아 부을 국고는 없다만?"

국왕이 말하며 어깨를 으쓱거렸다. 무한의 밀이나 금맥이 솟는 토지가 있다면 이야기가 달라지지만.

—차라리 적당한 용이라도 토벌을 하러 갈까.

"폐하."

귓가에서 문득, 작고 날카로운 목소리. 붉은 머리 추기경이 떫은 표정을 짓고 있었다. 에이잇.

여상인은 두 사람의 대화를 깨닫지 못했는지 진지한 표정으로 말을 이었다.

"……네. 그래서 하수도의 쥐나 벌레 퇴치를, 훈련소에 위탁할 수 없을까 합니다."

현재 그것들은 도시나 나라에서 모험가에게 의뢰한다. —즉 세금으로 운영되는 부분이다.

다시 말해서 훈련소를 경유하기만 해도, 사실상 모험가에게 지불되는 형태가 되는 것은 변함이 없다.

"……그러니까, 실전입문(튜토리얼)이라는 것입니다."

국왕은 살짝 눈을 크게 떴다. 여상인의 입술에 어쩐지 자신 있는 미소가 보였기 때문이다.

수면 위를 지나는 바람이 일으키는 파도, 미약한 파문처럼 주시하지 않으면 깨닫지 못했을 것.

그 표정은 나이에 걸맞은 것 이상으로 어쩐지 앳되어서 귀엽기마저 했다.

"차라리 고블린 퇴치를 시키면 어떤가?"

그러나 그것은, 대신의 거리낌 없는 투석으로 한순간에 사라져버렸다.

악의는 없으리라. 그러나 웃음을 지은 대신은 좋은 생각이라며 고개를 끄덕였다.

"그러면, 대주교 님의 염려도 해결—."

그 말이 끊어진 것은, 검의 처녀의 보이지 않는 시선이 그에게 박혔기 때문이다.

뿐만 아니라, 도움을 청하듯 바라본 여상인마저도 얼음장 같은 차가운 눈으로 보고 있었다.

"……할, 수 있지, 않을까, 하여."

점점 작아지는 소리로 중얼중얼 속삭이며 의기소침해지는 대신.

국왕은 쓴웃음을 죽이면서도「됐다」라며 손을 흔들었다.

"나쁘지는 않지만, 도시의 하수도로 충분하다면 그거면 된다. 진행하거라."

"……감사하옵니다."

여상인이 깊숙하게 고개를 숙인 때였다.

문득 허둥지둥 회의실 밖에서 황급한 발소리, 제지하는 소리가 울리고 세차게 문이 열렸다.

"무슨 일이더냐? 회의 중이다!"

"크, 큰일입니다. 크, 큰일입니다, 폐하! 정말 송구합니다, 정말로 부디……!"

경비를 맡은 병사들이 막고 있는데도 뛰어 들어온 것은 낯이 익은 인물이었다.

분명히 여동생이 곁에 두는 여관이었다. 여동생이 좋아해서 자매처럼 사이가 좋았다.

그런 그녀가 안면이 창백해져서— 더욱이 옆에 남자 한 명을 대동하고 있었다.

너덜너덜하고, 방금 전까지 전장에 나섰던 것처럼 처참한 꼴이다.

"그것이— 와, 왕매(王妹) 전하가!"

제1왕녀가 고블린에게 유괴됐다는 급보는 국왕이 의자에서 벌떡 일어서기에 충분한 것이었다.

§

그 소녀가 그 앞에 나타난 것은 동틀 무렵 마차에 짐을 싣고 있는 와중이었다.

"저기, 죄송합니다—."

귀엽고, 콧소리가 섞인 목소리. 무슨 일인가 돌아보니 그녀가 있었다.

사이즈가 안 맞는 신관복을 입고, 손에는 석장을 든 지모신의 신관.

방금 일어난 건지 잠을 못 잔 건지, 눈이 빨갛게 충혈 됐고 몇 번이나 눈을 깜빡거리고 있었다.

모자에서 엿보이는 머리칼 여기저기에 지푸라기가 보이자, 행상인이 흐뭇한 눈웃음을 지었다.

—새내기 모험자인가?

"네, 무슨 일인가요? 모험가 아가씨."

"잠깐 도시 밖에 가고 싶은데요. 태워주실 수 있을까요?"

소녀는 그렇게 말하고 행상인의 사촌 여동생의 이름을 입에 담았다. 왕궁에서 근무하는 어엿한 아이다.

그녀의 소개라면 괜찮겠지. 행상인이 고개를 끄덕였다.

"좋고말고. 다만 북쪽으로 가는 길이야. 그래서는 춥지 않겠어요?"

"괜찮아요—. 저도 북쪽으로 가고 싶었어요."

소녀는 까르르 웃더니, 행상인에게 말도 없이 마차 짐칸으로 파고들었다.

움직임은 활기가 가득하지만 몸을 움직이는 건 익숙지 못한 건지, 보고 있자니 걱정이 되는 움직임이었다.

짐과 짐 사이에 답답한 기색으로 자리를 잡은 그녀는「아」하면서 생각난 것처럼 소리를 냈다.

"아, 이거 답례예요."

그녀가 말하며 꺼낸 것은 자그마한 홍옥이었다. 행상인은 눈이 뒤집힐뻔했다.

요즘에는 가짜 돈도 많이 돌고, 가장자리를 깎아내서 **절약**하는 작자들도 적지 않았다.

그에 비해서 보석이라면 분명히 가장 신용할 수 있는 것일지도 모르지만…….

—정말로 새내기 모험가인가?

처음 의문을 품은 것은 그때였다고 한다.

아무래도 절약, 검약, 청빈을 기조로 삼는 지모신을 섬기는 자의 지불로 생각되지 않은 것이다.

그러나, 의심을 해도 소용이 없다.

행상인은 짐을 다 싣고서 마부석에 타더니, 새겨진 바퀴자국을 따라 마차를 몰았다.

수도는 잠들지 않는 도시다.

옅게 우유를 흘린 것 같은 아침 안개 속에서 새벽의 빛이 바늘처럼 찌르고 들어온다.

동이 틀 때까지 마시던 취객들이 비틀비틀 걷고, 물통을 끌어안은 노예가 바삐 달려간다.

주인보다 일찍 일어난 사용인들이 집의 창을 열고, 새벽의 공기를 들이고 있었다.

각 가정에서 올라가는 연기는 취사—가 아니었다. 제단에서 각자 믿는 신에게 공물을 바치는 것이다.

문을 열고 개점 준비를 하는 상점 앞을 지나서, 마차는 얼마 안 가 북문에 도착했다.

교외에는 투기장이나 경기장이 몇 개 있어서 오늘 개최되는 행사가 기록된 깃발이 걸려 있었다.

그것을 바라보는 것처럼 늘어선 사람들의 줄은 검문소의 통행을 기다리는 것일까?

개문 시간을 기다리고 있었는지, 문이 열린 직후인데도 꽤 많은 사람이 순서를 기다리고 있었다.

"야아, 제법 붐비네요."

행상인은 한 손을 눈 위로 들어 해를 가리고, 행렬을 한번 살피더니 말의 속도를 늦추었다.

"잠깐 기다려야겠어요, 모험가 아가씨."

"에에~."

불만스런 목소리가 들리기에 어깨 너머로 돌아보니, 그녀는 볼이 빵빵 부풀어 있었다.

"우우웅…… 못 말리겠네."

토라진 목소리에 쓴웃음을 지으며, 줄이 줄어들기를 잠시 기다렸다.

모험가나 행상인, 순례자나 여행객이 문을 출입하는 모습은 실로 활기가 넘쳐서 좋다.

등 뒤에는 도시의 길거리, 여기저기서 취사의 연기가 피어오르고 사람들이 밖으로 나오기 시작했다.

도시가 눈을 뜬 것이다. 행상인은 그것을 눈부시게 보고, 이윽고 순서가 찾아와 마차를 앞으로 몰았다.

"이야, 병사 양반. 안녕하세요!"

"여어. 열심이구만. 짐이랑 행선지는?"

"네, 모직물입니다. 영봉 쪽으로 가요."

"그래."

낯익은 병사가 말하는 것에 맞춰, 행상인이 통행패를 내밀었다.

여기를 매일 같이 다니는 것이다. 서로 수속은 익숙했다.

“아아, 그쪽에 하늘의 화석이 떨어졌다는 소문이 있어. 조심해.”
“네에, 고맙습니다! 아, 맞다.”
평소처럼 마차를 몰려다가 행상인이 황급히 고삐를 끌었다.
“오늘은 뒤에 손님이 있어요.”
“어허.”
병사가 심술궂게 웃었다.
“노예 매매 같은 건 아니겠지?”
농담을 한다.
행상인이 어깨를 으쓱거리는 동안, 병사가 짐칸에 앉아 있는 소녀의 모습을 발견했다.
“신분증을 보여라.”
“네에.”
그녀는 주섬주섬 옷의 옷깃을 뒤지더니, 목에 사슬로 이어진 인식표를 끄집어냈다.
“강철 등급, 금발, 파란 눈, 열다섯…… 아니 열여섯이군. 지모신의 신관이라. 모험을 가니?”
“네.”
소녀가 한껏 가슴을 펴고 응답했다.
“영봉의 이변을 조사하러 가요.”
병사가 철모 아래서 어떤 표정을 지었는지 행상인은 알 수 없었다.
“그러니. 열심히 해라”
그는 다만 기가 막힌 듯 말을 걸고는 마차를 가볍게 두드렸다.
“좋아, 가도 돼.”

"고맙습니다."

그렇게 마차를 가도로 몰면서 행상인은 이정표를 의지하여 산자락 쪽으로 말머리를 돌렸다.

역시 영봉에 화석이 떨어졌다는 소문이 정말인지, 그쪽으로 가는 여행자는 적었다.

소리라고는 바람이 산들거리는 것과 말발굽 소리, 차륜이 덜커덕거리며 도는 소리, 그리고 새 소리.

동쪽을 보면 지평선 너머에서 오른 태양이 빛나고, 가을의 상쾌한 아침 공기가 마음 편하다.

사람이 많으면 분위기가 깨진다. 행상인은 가슴에 한 가득 그 공기를 들이쉬고 내쉬었다.

"이야, 날씨가 좋네요."

"정말이네, 바깥은 기분이 좋아."

그렇게 말하자 짐칸의 소녀가 고양이처럼 몸을 뻗으며 눈웃음을 지었다.

지나가는 바람의 감촉을 즐기고 있는지 행상인은 유쾌하게 웃었다.

"모험가 아가씨는 마치 죄수 같은 말을 하네요."

"비슷한 걸지도 몰라."

그녀가 작게 중얼거렸다.

"감옥도, 신전도. ……성도."

분명히 그럴지도. 행상인은 고개를 끄덕였다. 여동생 말을 들어보면, 공주님이 참 답답한 심정으로 생활한다고 했다.

"뭐, 어딜 가든 편한 장소란 곳은 없어요."

"그럴까? 나는, 그렇게는—."

그때였다.

행상인은 문득, 건너편 수풀이 움직인 것 같았다. 소녀가 「생각 안 해」라고 하고 있었다.

—기분 탓인가?

그는 반사적으로 허리를 깊게 낮추며 검의 자루를 붙잡고 주위를 재빨리 둘러보았다.

물론 맞서려는 생각 따위는 안 한다. 도망치기 위해서도 무기가 필요하다.

"……? 왜 그래?"

"아뇨, 뭔가—."

움직인 것 같았다고 말하는 것보다 빠르게 늑대의 울음소리가 울리고, 행상인은 반사적으로 고삐를 당겼다.

"GORRBG!!"

"GRROB! GRROOBOR!!"

"——?! 고블린?!"

들개나 늑대라면 그나마 낫다. 그러나 틀렸다. 늑대를 타고서 조잡한 창을 휘두르는 고블린이었다.

고블린 라이더의 무리— 그런 것이 나오다니. 서쪽 이야기가 아니었던가?!

"윽! 머리 숙여주세요!"

"꺄, 앗?!"

행상인은 소녀의 비명을 무시하고 말머리를 돌리더니, 단숨에 가

속했다.

충실한 말은 한 번 길게 울더니 똑바로 수도를 향해 달렸다.

여유는 없다.

소녀의 모습을 봤기 때문인지 고블린 놈들의 얼굴에 추악한 웃음이 떠올랐다.

“GGBBGRBBG!!”

“GBOOR! GBBGROB!”

고블린 놈들이 낄낄 웃으면서 앞길을 막고 포위를 좁혔다.

적당히 던진 창이 휭 날아서 머리 위를 넘거나 가도에 박혔다.

소녀에게 창이 박혀도, 놈들은 전혀 신경 쓰지 않으리라.

—우연히 맞기(크리티컬)라도 하면, 죽는다……!

행상인은 손에 쥔 검을 뽑았다. 칼날이 아침 해를 받아서 번뜩 빛났다.

지금까지 한 번도 쓴 적이 없는 그것을, 그는 역수로 고쳐 쥐었다.

“싸, 싸우는 거구나! 좋아, 도울게!”

소녀가 석장을 꼴사납게 겨누면서 소리를 질렀다. 터무니없는 소리. 행상인이 외쳤다.

“도망치는 거예요!”

그는 고삐를 문 채 뛰어 마부석에서 말 등으로 올라탔다. 말의 속도는 느려지지 않았다. 착한 녀석.

“짐차를 분리할 겁니다! 얼른 이리로!”

“짐을 버리고서?! 안 돼, 싸울게!!”

고블린이잖아! 행상인은 그녀의 외침을 듣지도 않았다.

소녀는 크게 흔들리는 짐차 위에서 다리를 부들부들 떨면서도 서 있었다.

그때 창이 휭 울면서 날아와 짐 상자에 박히자 「힉!」 하며 비명을 질렀다.

"어쨌거나 짐차는 분리합니다! 이쪽으로!"

"읏……! 알았어…… 알았어!"

정말이지, 꼴사나운 모습이다.

소녀는 고블린 놈들에게 엉덩이를 보인 채 히이이이 신음하며 짐차 위를 기어갔다.

그 모습을 본 고블린 놈들이 낄낄 웃는 것이 괜히 더 괴로울 것이리라.

행상인이 돌아본 소녀는 눈에 눈물을 지은 채 얼굴이 새빨개져서 입술을 깨물고 있었다.

―그러나 그녀는 여기까지 왔다.

행상인이 한 손의 검을 고정 끈에 대고서 고삐를 입에 물더니, 왼손을 등 뒤로 뻗었다.

"자, 얼른, 이쪽으로!"

"그, 그래. 지금, 갈―― 앗?!"

덜컹 마차가 돌을 밟고 튀었다.

운이 나빴던(펌블) 것이 아니다.

체술에 제대로 된 소양이 없는 그녀에게 난이도가 높았을 뿐이리라.

한손을 뻗은 자세 그대로 입을 쩍 벌린 그녀는 금방 이해할 수 없었다.

그 작은 몸이 재미있을 정도로 간단하게 불안정한 마차 위에서 튀어올라 훌쩍, 공중으로 날아올랐다.

떨어진다.

털썩 소리가 나고, 그녀는 엉덩이부터 땅에 떨어져서 데굴데굴 굴러버렸다.

"아, 으, 아, 파아……!"

행상인은 등 뒤를 돌아보고 주저하다가, 고삐를 강하게 깨물었다. 검을 들어 올려 고정끈에 내리쳤다.

한 번으로는 안 된다. 두 번, 세 번 만에 겨우 가죽 고정끈이 끊어지고 말이 뛰쳐나갔다.

"GOOBRR!!"

"GROBOG!"

"히익, 꺅?!"

비명이 들렸다.

말을 몰면서, 그래도 행상인이 돌아본 것은 그의 양심 덕이었다.

엉덩방아를 찧어 흙투성이가 된 소녀 주위를 발길을 멈춘 고블린 라이더가 겹겹이 둘러싸고 있었다.

이윽고 한 마리가 늑대에서 뛰어내려, 창을 손에 들고 가지고 노는 것처럼 천천히 그녀에게 다가갔다.

소녀는 어린애가 막대기를 휘두르는 것처럼 석장을 붕붕 휘둘렀다.

"잠깐?! 그만, 그만둬…… 내가, 누군줄— 아흑?!"

호되게 소녀의 얼굴을 때리는 것이 보였다.

둔탁한 소리가 나고, 붉은 것이 튀었다. 그녀의 단정한 콧대가 일그러진 것을 알 수 있었다.

축 늘어진 그녀의 머리칼을 고블린이 낚아채더니 뭔가를 이마에 대려고 했다.

——손, 인가?

"GOOBOBOB!"

"GROB! GGBORBG!"

그것은, 무언가 말라 죽은 나무의 뿌리나 생물의 손처럼 보였다.

싫어, 싫어. 힘없이 고개를 젓는 그녀의 이마에 그것을 억지로 짓눌렀다.

곧장 그 손의 손톱 끝에서 빛이 파앗 빛나는 것이 보였지만, 그 이상의 여유는 없었다.

행상인은 더 이상 돌아보지 않고 필사적으로 수도를 향해 말을 달렸다.

그것 말고, 달리 어떻게 그녀를 구할 수 있단 말인가?

돌진할까? 검을 휘두르면서? 그러면 그가 죽고 그녀가 납치된 것을 아무도 모르게 된다.

행상인은 겁쟁이였고, 죽는 것이 두려웠다. 그러나 그 때문에 도망친 것은 아니었다.

그러나 수도에 도착한 그는 도망친 것을 다소 후회했다.

아니, 애당초 그 소녀를 마차에 태운 것 자체를 후회했다.

문에 도착한 그를, 혈색이 바뀌어 달려온 사촌 여동생이 기다리고 있었으니까.

§

이야기를 다 듣고, 국왕은 깊숙하게 옥좌에 앉았다. 단숨에 몇 년은 늙은 것 같았다.

"폐하, 당장에 구원을—!"

황급히 말하던 문관 한 사람에게 국왕은 오히려 조롱하는 어조로 되물었다.

"내 여동생이 성을 빠져나가, 신관에게서 도둑질을 하고, 고블린에게 납치를 당했으니, 군을 보내란 말인가?"

우. 말문이 막혀버린 것을 보니 문관도 상황을 이해는 하고 있으리라.

국왕은 두통과 피로를 견디는 것처럼 강하게 미간을 눌렀다.

"나를 핏줄이 소중하다 하여 국군을 고블린 놈들에게 보내는, 그런 무능자로 만들지 말라."

그렇다. —고작해야, 고블린이다.

그것은 언제나 변함이 없다. 고블린 퇴치는 사소한 일이다.

세상을 내려다보면 잘 알 수 있었다. 개인에게는 큰 재난이리라. 그러나, 그뿐이다.

북쪽의 산맥 너머에는 괴물과 야만족이 우글거리고, 남방도 혼돈에 빠져 있다.

다른 나라들이 호시탐탐 침략의 기회를 노리며 간첩과 밀정이 오가는 방심할 수 없는 정세다.

사교도가 숨어 있고, 호상들은 자기 이익을 위해 수단을 가리지 않으며, 도시의 그늘 속을 달리는 자도 많다.

따라서, 고작해야 고블린.

그 사실만은 절대로 변하지 않는다.

"……그러나 폐하."

"알고 있다."

붉은 머리 추기경이 조심스레 말하자 국왕이 손을 흔들었다.

"그러나 이 정도 추문을 병사들에게 드러내면, 소문이 순식간에 다른 나라에도 퍼질 것이다. 이 나라의 존망이 걸리게 되지."

명예와 명성이란 것은, 어쭙잖은 방벽보다도 나라를 지키는데 뛰어난 힘을 가졌다.

위대하며 강력한 나라라고 생각되면 될수록, 타국의 침략이 줄어든다.

또한 그렇지 않으면 백성들이 세금을 내려고 하지도 않으리라.

"고블린이 손을 댔다면 아내 삼으려는 왕후귀족도 없을 테니까."

근위 장군이 낮은 목소리로 중얼거렸다. 대주교— 검의 처녀와 여상인에게서 날카로운 시선.

그러나 그는 그것을 신경 쓰지도 않고, 사나운 생김새에 용맹한 웃음을 지었다.

"나는 달라. 신경 안 쓰지."

국왕은 깊게 숨을 내쉬었다.

"……신용할 수 있는 모험가. 그것밖에 없겠군."

"그렇겠지."

개 수인 금 등급 모험가가 깊게 고개를 끄덕였다.

그럴 때를 위해서 금 등급이 있는 것이다.

지금이야말로 국가 규모이며 군대를 움직일 수 없는 때, 그러나 우수하며 입이 무거운 요원이 필요한 때다.

국왕에게 응답하여 고개를 끄덕인 금 등급 모험가는 짧은 팔을 뻗어 원탁 위에 지도를 펼쳤다.

"문제는 놈들이 어디 있는가 하는 거요."

짧은 손가락으로 지도를 두드렸다.

"어디서 습격을 당했다고?"

"북쪽입니다. 영봉으로 가는……."

행상인의 손가락이 불분명한 기억을 더듬어 지도를 가리켰다.

"……중간의, 이 부근."

추기경, 궁정 마술사, 동석하고 있던 서원의 연구자들이 모두 얼굴을 마주보았다.

"……하늘의 화석과, 역시 무슨 관계가?"

"알 수 없어. 그러나…… 아니, 그래도……."

내밀한 속삭임이 잔파도처럼 실내에 퍼졌다.

세상의 위기란 것은 언제 무엇이 계기가 되어 일어날지 모른다.

영봉에 하늘에서 돌이 떨어진 것으로, 또다시 세상에 재앙이 일어나려는 것일까?

이 왕매 전하의 행동과 결말은, 설마하니 혼돈이 싹트는 것 아닌가…….

그러나 그런 분위기를 신경 쓰는 기색도 없이, 금 등급 모험가와 근위 장군이 말을 나누었다.

"이 근처라면 고블린의 소굴이 될 법한 곳이 있던가?"

"모르겠군. ……애당초 놈들은 어디든지 눌러앉아 사니까."

두 사람은 진지한 표정으로 지도를 노려보며, 재빨리 머릿속으로 사고를 회전시켰다.

"그, 그리고 늑대가…… 늑대를 타고 있어서……."

"그건 아까 들었다. 고블린 라이더 자체는 아무래도 좋아. 어쨌든지 놈들의 소굴을—."

찾을 필요가 있다. 금 등급 모험가가 행상인에게 말하려고 했을 때였다.

"**죽음의 미궁**."

그것이, 수면에 던진 돌멩이였다.

홀이 찬물을 끼얹은 것처럼 조용해지고, 침묵이 파문처럼 퍼졌다.

원탁에 앉은 자들은 서로의 얼굴을 마주보고, 덤으로 한 점을 향해 시선을 쏟았다.

그녀는 일절 긴장이 느껴지지 않는 미소를 지은 채, 몸을 의자에 맡기고 있었다.

마치 잠자리에서 남편을 기다리며 쉬고 있는 것 같은 자세다. 불경한 생각이 떠오른 자도 있으리라.

"……신탁(핸드아웃)이라도 내렸나?"

국왕이 묻자, 검의 처녀가 조용히 고개를 끄덕였다.

"굳이 따지자면 계시(인스피레이션)랍니다."

북쪽 끝자락, 영봉 가까운 곳에 있는 미궁— 가장 깊은 미궁, 죽음의 미궁.

"오랜만에, 그리운 이름을 들었군."

그것은 10여년 전, 수많은 모험가와 마신의 싸움터가 된 땅이기도 했다.

미궁에는 뚜껑을 닫는 것처럼 도시가 세워졌고, 오랜 기간 탐색을 하게 되었다.

그리고 지하 10층 가장 안쪽에서 기다리는 마신.

그 마신의 목을 치고자 했던 수많은 자들이 돌아오지 못했다.

추기경과 근위 장군이 표정을 찌푸리고, 금 등급 모험가가 마른침을 꿀꺽 삼켰다.

영혼마저도 간단히 소실된다는 마굴에, 지금 도전할 기개가 있는 자는 적었다.

결코 돌아오지 못하는 난공불락의 미궁(던전)은 아직도 공포의 상징인 것이다.

"북방에 있으며, 고블린이 자리 잡을 곳이라면, 그 미궁밖에 없을 것입니다……."

속삭이듯 고하는 검의 처녀의 목소리가 떨리는 것을 깨달은 자가 있을까?

안대 아래쪽 눈동자가 겁을 먹고 흔들리는 것을, 간파한 자가 있을까?

미궁, 고블린, 납치된 여자, 기다리는 운명.

치아가 떨리는 것을 억누르고자 그녀가 입술을 깨문 것을, 이해한 자는…….

"입이 무겁고, 우수하며, 신용할 수 있는, 그리고 가장 깊은 미궁에 들어갈 수 있는 모험가, 라고 하면.”

느긋하게까지 들리는 목소리가 나이 든 대신에게서 날아왔다.

아까 받은 시선에 앙갚음을 하려는 것은 아니겠지만, 그는 자못 명안이라는 듯 지팡이를 휘둘렀다.

“이름 높은 영웅, 검의 처녀께 출진을 바라는 것은 어떨지?”

검의 처녀가, 천칭검을 쥔 손에 꾹 힘을 넣었다.

오오, 누군가가 감탄의 소리를 냈다. 그것은 좋다고 고개를 끄덕이며 소리를 냈다.

금 등급 모험자 중에서도 그녀의 존재는 격이 다르다.

그녀는 과거 미궁의 가장 안쪽에 도전하여 마신을 치고 귀환한 모험가 중 한 명이었다.

그 여섯 영웅의 일원이라면 안심할 수 있다.

누가 뭐래도 상대는 **고작해야 고블린**이니까!

“아…….”

뭔가 말하고자 입을 연 그녀— 검의 처녀의 입에서는 말이 나오지 않았다.

목이 스읍 숨을 들이쉰 채, 내뱉지 못하는 것이다.

뭘 말하고자 했을까? 검의 처녀는 떨릴 것 같은 어깨를 풍만한 가슴과 함께 끌어안았다.

갈 수 없다. 무섭다. 죄송합니다. —그런 말은 할 수 없다.

살려주세요. —말할 수 있을 리 없다.

그녀는 이 나라에서 가장 뛰어난 성직자(프리스티스)였다.

고블린을 두려워할 리가, 없는 것이다.

“**그 아이**에게 부탁할 수도 없고 말이다…….”

국왕이 진지한 표정으로 생각을 하고 있었다. 검의 처녀는 시간이 없다는 걸 깨달았다.

앞으로 불과 몇 초. 고작 그 뒤에 국왕의 입이 다시 열릴 것이 틀림없다.

처음 말은 이거다. 「어떻겠는가? 대주교」 그는 아무것도 이해하지 못한다.

그리고 이렇게 이어진다. 「맡아주지 않겠나?」 그것은 사형 선고와 마찬가지다.

검의 처녀는 겁을 먹고, 힘이 빠진 어린 소녀가 그러는 것처럼 의자 위에서 엉덩이를 뒤로 밀었다.

그러나 등받이가 있고, 그녀의 입장이 있고, 주위의 시선이 있고, 도망칠 수는 없었다.

“어떻겠는가? 대주교.”

처형인의 검이 올라가고—.

“……저기.”

—낮고 작은, 그렇지만 전혀 사양 않는 날카로운 목소리가 그것을 받아냈다.

“아……?”

믿을 수가 없다. 몸을 긴장시킨 검의 처녀가 숨겨진 눈동자를 그쪽으로 보냈다.

겁먹지 않고 손을 든 것은, 어느샌가 홀에서 자취를 감추었다가 돌아온 여상인이었다.

"불손하다."

나이든 대신이 말했지만, 국왕은 「됐다」라며 손을 흔들어 막았다.

국왕은 그녀가 마음에 들었다. ―아니, 그녀가 다음에 무슨 말을 하려는지 신경 쓰였다.

"무엇인가?"

"……대주교님의 동행자가, 방에 들여보내달라고 하십니다."

"지금은 회의 중이다."

"……은 등급의 모험가입니다."

대신이 더욱이 뭐라고 투덜거렸지만, 여상인은 역시 단칼에 물렸다.

그리고 그녀는 국왕의 대답을 기다리지도 않고 망설임 없이 옆방으로 이어지는 문을 열었다.

문 옆에서 대기하고 있던 작은 은발의 시녀가 체념한 것처럼 고개를 옆으로 젓고 있었다.

"이야기는 들었다."

땅속 깊은 곳에서 솟는 바람처럼 낮고 차가운, 무기질적인 목소리였다.

성큼성큼, 거리낌 없는 발소리가 울렸다.

목소리의 주인 옆에는 엘프 탐색자로 보이는 아가씨가 자신만만하게 기다란 귀를 흔들고 있었다.

반대쪽에는 아직 앳된 기색이 남은 소녀가, 뭔가 내려놓은 듯 못 말리겠다는 듯 미소를 지었다.

등 뒤에는 반쯤 기가 막힌다는 기색으로 어깨를 으쓱거리는 드워프 마술사. 그리고 유쾌한 태도의 리자드맨 거한.

특이한 집단이다. 잡다한 장비로 몸을 감싼, 익숙한, 어디든지 있는 파티다.

그러나, 모든 사람이 그 모험가의 모습에 눈을 의심했다.

지저분한 가죽 갑옷에 싸구려 철 투구. 허리에는 어중간한 길이의 장검을 차고, 팔에는 작은 원형 방패를 고정했다.

새내기 모험가라도 좀 더 나은 장비를 쓸 것이다.

그렇지만 목에 걸린 인식표는 의심할 여지가 없는 은 등급, 제3위, 재야에서 가장 우수하다는 증거.

"역시 고블린인가."

검의 처녀는 무심코 일어섰다. 손에서 천칭검이 흘러 떨어졌다. 그것마저 깨닫지 못했다.

네. 여상인이— 과거에는 모험가였던 영애 검사가 조용히 응답했다.

짧게 자른 머리는 어깨까지 자라났다. 그것을 떨쳐낸 그녀는 검의 처녀에게 눈짓을 했다.

"내가 가지. 어디인가. 수는?"

검의 처녀는, 당장이라도 무너질 것처럼 고개를 끄덕였다.

몇 번이고— 몇 번이고. 반복해서.

막간 「누구의 이야기에서 마스터 씬이었는가 하는 이야기」

Goblin Slayer
He does not let anyone roll the dice.

"폐하아! 나 왔어어!!"

콰당. 세차게 문이 열리고, 질풍이 홀에 들어왔다.

바람은 검은색이었다. 그것은 길게 나부끼는 흑발 소녀의 형태였다.

10대 중반, 새내기 모험가로 봐도 좋을 나이지만— 그렇지 않다는 것을 한눈에 알 수 있었다.

입고 있는 갑옷은 움직이기 쉬운 것에 중점을 두고 있지만, 마술의 수호가 걸려 있었다.

하물며 허리에 찬 중후한 검은 얼핏 봐도 범상치 않은 명품이 틀림없었다.

"……어라?"

그 소녀는 홀의 중앙에 뛰어들더니 고개를 갸우뚱하면서 좌우에 시선을 돌렸다.

이미 회의가 끝났는지, 원탁에 앉아 있는 높은 사람들의 모습이 드문드문하다.

금 등급 모험가가 어쩐지 어색한 표정을 짓고 있는 것이 신기하다면 신기했다.

그리고 추기경이 쓴웃음을 지으며 자리에서 일어나 고개를 숙이는 것이 보였다. 다음 순간.

“아야아아?!”

지팡이로 머리를 꽁 두드리자, 지옥의 업화마저 태연하게 헤쳐 나온 소녀가 비명을 질렀다.

“불경.”

기다란 로브를 입은 현자가 마술이 얼마나 부여됐는지도 알 수 없는 지팡이를 들고 탄식했다.

소녀가 눈에 눈물을 지으면서 노려보는 걸 무시하고, 현자는 무릎을 짚으며 국왕에게 신하의 예를 취했다.

“체엣.”

괜히 멋만 부려. 소녀는 입술을 삐죽거리며 혀를 찼다.

“딱히 괜찮잖아. 나랑 폐하 사이인데히야응?!”

이번에는 엉덩이를 찰싹 두드려 맞았다. 죽음에 이르는 중력에도 견뎌냈던 소녀가 비명을 질렀다.

“너도 폐하도 우리도 입장이란 게 있다. 똑바로 해라, 똑바로.”

소녀를 뛰어오르게 만든 것은 의젓하고 차분한 울림의 목소리를 내는 키가 큰 여검사였다.

해내무쌍(海內無雙)으로 이름 높은 그녀는, 가늘지만 무시무시한 근력을 가진 손바닥을 내저었다.

“용사가 그래서 창피하지도 않니? 응?”

“……시집 못 가는 게 더 창피한데.”

“나보다 강한 남자가 없는 게 나쁜 거다.”

태연한 기색의 검성을 원망스레 바라보는데, 시야 끝에서 현자가 지팡이를 들어 올리는 게 보였다.

용사는 황급히 차렷하더니 힘차게 머리를 꾸벅 숙였다. 머리칼이 유성의 꼬리처럼 튀어 올랐다.

"부르셔서 왔습니다, 폐하!"

"……그래. 수고가 많다."

흐뭇한 것을 보듯 눈웃음을 짓던 국왕이 너그럽게 한 손을 들어 관대함을 보였다.

애당초 열다섯에 고아원을 뛰쳐나와 용사가 된 소녀에게 귀족 같은 예절을 바라지는 않는다.

그저 「상대에게 경의를 표한다」는 것만 할 수 있으면, 그거면 된다고 넘어가야 하리라.

용사는 「실례합니다」 하고서 원탁의 의자에 오도카니 앉았다.

이어서 검성과 현자가 가볍게 인사를 하고 그녀 옆에 앉았다.

용사는 두 명의 동료 사이에 끼어서 「혼나지 않을까?」 하는 기색으로 표정을 살핀 다음에 입을 열었다.

"하지만, 무슨 일인데요? 회의는 안 나와도 된다고 들었는데요……."

"아니."

국왕이 웃으며 고개를 옆으로 저었다.

"별난 은 등급 모험가에게 의뢰를 했다."

아아, 그래서. 검성은 금 등급 모험가의 표정이 납득이 된 듯 고개를 끄덕였다.

금 등급 모험가가 주저한 일을, 은 등급 모험가가 받아가 버린 거겠지.

모험가라고 해도 잘하는 것과 서투른 일이 있는 것은 드물지 않은 일이지만, 왕명이라면 어색하기도 할 것이다.

"……우리가 움직이지 않아도 되는 안건?"

현자가 평소와 다름없는, 그러나 동료들이 듣기에는 대단히 진지한 것임을 알 수 있는 목소리로 물었다.

"관련이 있는지는 알 수 없다."

국왕이 말했다.

"따라서 다른 일을 부탁하고 싶구나."

"물론, 뭐든지 말해줘, 폐하!"

너무나도 쉽사리 말하는 용사에게 대신이 쓴웃음을 섞으며 「욘석아」라고 중얼거렸다.

그렇지만 크게 탓하는 것은 아니다. 실정이야 그렇다 치고 손녀딸처럼 어린 소녀다.

"북쪽의 영봉에 하늘에서 화석이 떨어졌다. 무언가 불순한 기척이 풍기는구나."

"조사해서, 나쁜 녀석이 있으면 해치우면 되는 거지! 좋아, 나한테 맡겨!"

용사는 얄팍한 가슴을 힘차게 턱, 두드리고 자신만만하게 받아들였다.

국왕은 그 말을 듣고 미약하게 표정을 풀며 숨을 내쉬었다. 이걸로 이제 괜찮다.

그녀가 맡기라고 했으면, 그것은 이미 절대적인 것이다.

"부탁한다. 준비금 따위를 마련해주겠다. 금화 50닢에 검 한 자루로 끝내진 않으마."

"에이, 그런 건 괜찮아. 나도 필요 없—어엉?!"

"감사히 받겠습니다."

뭔가 말하려던 용사가 엉덩이를 누르며 의자 위로 뛰어올랐다. 검성이 깊숙하게 고개를 숙였다.

엉덩이를 꼬집힌 용사는 완전히 토라져서 의자 등받이에 기댔다.

"체엣. 뭔데뭔데. 괜찮잖아. 없어도 어떻게든 되니까……."

"이런 건 받아두는 게 예의."

현자는 조용하고 시원스런 목소리로 말하더니 국왕에게 예를 표하고 입을 열었다.

"그밖에 필요한 것이 있을 경우에는?"

"추기경과, 그리고 장군에게 말하거라. 잘 들어주도록 말을 해뒀다."

"감사합니다."

"뭘, 감사할 건 없어."

입을 다물고 있던 근위 장군이 호쾌하게 이를 드러내며 웃었다.

"나도 모험가였을 무렵이라면 동행할 수 있었겠다만. 이쪽 대장이 움직이지 말라고 시끄러워서 못 당하겠다."

"나도 주위에서 같은 말을 듣고 있다. 당당하게 멋대로 움직이면 내 입장은 어떻겠는가?"

그렇잖은가? 국왕이 동의를 구했지만 추기경은 「그렇잖은가? 가 아닙니다」라며 한숨을 쉬었다.

"『그렇지. 용 퇴치라도 하면 국고가 윤택해지지 않을까?』 같은 말씀은 하지 말아주세요."

"말려도 소용없지 않을까."

조용히 말에 끼어든 것은 계속 문 옆에서 대기하고 있던 몸집이 작은 은발의 시녀였다.

그녀는 감정을 엿보기 힘든 낮고 차가운 목소리에 어쩐지 따스함을 담으며 어깨를 으쓱거렸다.

"어째선지는 모르지만, 이 나라에서 제일 높은 사람이고."

"그렇고말고, 내가 제일 높은 사람이지."

쓰잘데없는— 부담감 없는 일동의 대화.

"……."

현자는 그 미모에 희미하게— 아주 약간 알 수 있을 정도로 웃음을 지었다.

그것은 그녀와 소중한 동료 두 사람의 관계와 닮았지만, 같은 것은 아닌 이 세상에 하나뿐인 인연이었다.

그런 것을 눈앞에서 볼 수 있는 것은 흐뭇하기도 하고 기쁜 일이기도 했다.

현자는 작게 다시 한 번 인사를 한 다음, 금방 추기경과 자세한 사항을 의논했다.

검성은 전투에 연관이 있어 보이는 부분에만 끼어들고, 용사는 전혀 이야기를 안 들었다.

그녀는 퍼뜩 뭔가 깨달은 표정을 짓더니, 금 등급 개 수인 쪽으로 달려갔다.

"아저씨, 아저씨! 요전 이야기 계속 들려줘!"

"요, 요전?"

그는 털 안쪽의 눈을 깜빡거렸다.

“아아, 대괴조랑 1대 1로 싸운 거 말이냐?”

“그래그래. 전에 들었을 때 중간에 마신의 무리가 왔었잖아. 마지막까지 듣고 싶어!”

오냐 알았다. 개 수인은 허리에 찬 술병에서 술을 마시고, 옛날이야기의 입을 열었다.

그쪽을 흘끔 본 현자와 검성의 시선은 따스하며, 「못 말리겠는 애네」란 기색이다.

—이거면 된다.

국왕은 그 모든 것을 바라보며 생각했다.

용사란 그저 무력만 가진 게 아니다. 그녀의 강함은 그저 무용만이 아님이다.

이 소녀가 모두에게 사랑 받는 것은 저도 모르게 불화의 싹을 뽑아내는 마음씨 덕이다.

—그것이야말로 분명히 세상을 구하는 것이겠지.

과거에는 그도 모험가였지만, 머리 위에 왕관이 올라가고 말았다.

옛 동료를 모아서, 지도를 둘러싸고 모험의 계획을 세우고 싶다는 생각은 절실하다.

아니, 차라리 그랬다면 자기 손으로 여동생을 구하러 여행을 떠났으리라.

고블린의 위협, 데몬의 부활, 사령술사, 하늘의 화석, 모든 것을 이 손으로…….

—그러나, 그것은 이룰 수 없는 일이다.

문득 국왕은 의자의 팔걸이에 손가락이 파고든 것을 깨닫고 힘을 풀었다.

지금 그는 왕이었다. 그저 질서이자 선인 군주(로드)였던 무렵과는 다르다.

이끌어야 할 것은 여섯 명의 파티가 아니라, 이 흙의 국가였다.

도전해야 할 것은 어슴푸레한 미궁이 아니라, 광대한 세상의 반상이다.

—그러한 입장이 되어서야 비로소, 이런 생각을 하게 되다니.

국왕은 문득, 홀에서 이어지는 문으로 눈길을 돌렸다.

그 너머로 검의 처녀, 여상인과 함께 여행을 떠난 모험가들을 생각했다.

나라에 대해, 수도에 대해, 세상에 대해서는 나와 그녀가 맡는다.

—그러니 내 동생을, 부디, 부탁한다.

제 6 장 『왕녀의 수난』

“……오랜만입니다.”

빠른 걸음으로 복도를 걸으며, 영애 검사가 수줍은 기색으로 웃었다.

국왕에게 모험 의뢰를 받은 파티는 의논하는 시간도 아끼며 출발을 서두르고 있었다.

고블린 슬레이어는 발 빠르게 성큼성큼 나아가고, 리자드맨 승려는 큼직한 걸음.

엘프 궁수야 그렇다 치고, 뒤따라가는 여신관과 드워프 도사는 반쯤 달리지 않을 수 없었다.

“정말로…….”

여신관이 서두르면서도 눈웃음을 지었다.

어젯밤 사건 이후로 대단히 경직됐던 마음이 약간 느슨해지는 것 같았다.

“건강해 보여서, 참 다행이에요. 그 뒤로는……?”

“……계속, 이런 느낌입니다.”

영애 검사는 많은 말은 하지 않았다.

과거처럼 모험가의 차림이 아니라, 예복을 단정하게 입은 모습.

잘라냈던 머리칼이 조금 자랐고, 눈동자는 빛나며 볼은 장밋빛이다.

—충실하게 생활하고 있네요.

그렇게 생각하자, 여신관은 눈가가 촉촉해지는 걸 느끼고 황급히 눈을 깜빡였다.

"하지만, 어째서 저희가 와 있는 걸……?"

"……제 구출 의뢰를 낸 것이 어느 분이었다고 생각하시나요?"

표정이 희박한 영애 검사의 얼굴에 아주 약간 장난스런 미소가 떠올랐다.

"아."

듣고 보니 여신관도 짚이는 데가 있었다.

검의 처녀, 그녀가 아는 모험가, 사슬 갑옷을 장비하고 있는 신관— 과연, 그렇구나.

그녀가 재치를 발휘해서 일행을 부른 것도 잘 알 수 있었다.

"……괜찮은가요?"

이어서 물어보자 여신관은 잠시 생각했다. 어느 걸 묻는 걸까?

그 뒤로 또 1년 가까이 고블린 퇴치를 하고 있는 것을 걱정해주는 걸까?

그와 이렇게 함께 지내는 — 모험가로서 — 것일까?

아니면 소중한 사슬 갑옷을 도둑맞아버린 것일까?

혹은 그 때문에 지금은 방어구가 없는 것일까?

신관복은 빌려 입었지만— 익숙한 무게가 없으니 안심이 되지 않는다.

"아마도……."

결국 여신관은 애매하게 웃었다.

"……괜찮을 거라고, 생각해요."

“그런데, 어떡할 거야?”

엘프 궁수가 춤추듯 걸으며, 빙글 돌아보고 말했다.

“상대가 해 뜨자마자 나갔으니까, 지금부터 뒤쫓아가도 벌써 늦지 않을까……?”

“……말을 준비했습니다. 파발마를.”

“그것만으로는 따라잡기 어려울 거야.”

엘프 궁수가 검지로 공중에 빙글, 원을 그렸다.

“아무리 상대가, 그러니까, 고블린 라이더였지? 개라고 해도 속도를 얕볼 수 없으니까.”

“그러면, 내가 술법을 쓰면 될 게다.”

드워프 도사가 헐떡거리고 열심히 달리며, 촉매가 든 가방을 끌어안았다.

“절약해서 나쁠 거야 없지만, 써야 할 곳이니라.”

“부탁한다.”

“오냐.”

고블린 슬레이어의 대답은 짧고 단적이라서 드워프 도사가 고개를 끄덕였다.

술법은 전투에서 귀중한 전력이지만, 애당초 따라잡지 못하면 전투가 못 된다.

반대로 가장 깊숙한 미궁에 도전하게 된다면— 어느 쪽이든 하룻밤은 쉰 다음이 되리라.

어중간한 상태에서 미궁에 들어서면, 기다리는 것은 죽음보다 두려운 운명뿐이다.

“그건 그렇고 이거야, 용의 후예로서 기쁠 따름일세.”

그럼에도, 리자드맨 승려는 기분 좋은 기색으로 눈을 돌렸다.

“소귀 살해자 선생과 함께 고블린 퇴치를 하고, 더욱이 가장 깊숙한 미궁에 도전할 줄이야.”

리자드맨 승려는 진정 기쁜 기색으로 걸으면서 꼬리로 바닥을 때렸다.

“그리고 소귀 살해자 선생도, 어쩐지 생생한 기색일세.”

“그런가.”

망설임 없이 똑바로, 그는 성큼성큼 걸었다.

그 등을 보고, 여신관은 엘프 궁수, 영애 검사와 눈짓을 나누며 쓴웃음을 지었다.

—무섭지 않다, 라고 말하면 거짓말이죠.

가장 깊숙한 미궁. 10년 전의 싸움에서 마신의 왕이 거성으로 삼은 무시무시한 장소다.

본래는 연병장 같은 것이었던지라 지하 10층까지 있는 것은 알고 있었다.

그러나 구조가 치명적으로 변경되었고, 더욱이 무한처럼 괴물 놈들이 솟아나왔다.

만약 괴물 놈들이 재화를 가지지 않았고, 그것을 목적으로 모험가가 모이지 않았다면…….

—분명 세상은 멸망했음이 틀림없다.

여신관은 얄궂은 일이라고 생각했다.

세상을 구하기 위해 내세운 것은, 결국은 대의명분이 아니라 욕망이었던 것이다.

지위, 명성, 부, 무훈, 재화. 그것 자체는 결코 꺼릴 것이 아니다.

1년 이상 전, 모험가가 되기로 결심했을 때 신전에서 신관장이 가르쳐 주었다.

욕망이란 그저 바라는 것. 살고자 하는 의지. 그러니 그것은 좋은 것이다.

그러나. 동시에 그녀는 또 하나를 배웠다.

자신의 장비를 갖추기 위해서 강도마냥 다른 모험가의 장비를 빼앗는 모험가.

성스러운 갑옷이나 요도를 바라며, 마신에게 도전하지 않고 지저 깊숙한 곳을 배회하는 존재로 타락한 모험가.

그러한 자를 조심해야 한다. 그러한 자가 되어선 안 된다.

실제로 소중한 것을 도둑맞고 거기에 보석을 던져두고 가자, 그렇다는 걸 깨달았다.

그 병사의 모습을 한 아가씨, 공주 전하는 여신관을 생각해주는 것 같으면서도 안 그랬다. 자기 생각뿐이다.

그것을 고블린과 같은 존재다— 라고 생각해 버리는 건 그의 영향을 다소 지나치게 받은 걸까?

"……말하기는 싫지만. 그래도, 괜찮아?"

엘프 궁수가 그녀에게 살짝 속삭였다. 그녀의 말은 옳게 들렸다.

나한테 그렇게 심한 짓을 했다. 어찌 되든 알 게 뭐야.

그런 까맣고 가라앉은 마음이 전혀 없다고— 여신관은 도저히 말할 수 없었다.

—하지만.

여신관은 양손을 꼭 쥐고서 그 마음에 잠재우듯 지모신의 이름을 속삭였다.

"그렇다고 어떤 꼴을 당해도 되는 건 아니니까요."

—그렇고말고. 누군가가 심한 일을 당하기를 바라면서, 그것을 기뻐하다니.

그 편이, 훨씬 더 고블린이 아닌가? 그렇게 되어서는 안 된다.

구하자.

돌려받자.

화내고, 야단치고, 반성을 시키자.

그걸로 끝나면, 얼마나 좋을까?

"……응."

엘프 궁수가 기다란 귀를 파르르 흔들면서 고개를 끄덕였다.

"그럼 좋아. 가자!"

"네."

여신관은 총총히 고블린 슬레이어의 등을 따르면서 눈을 감고 지모신에게 기도했다.

뜻대로 하소서.

§

"기다려 주세요."

파티가 마구간에서 각자의 말을 고르고 있을 때 들린 말이었다.

파발마—라는 것은 결국 군마니까, 경주마처럼 당장에 부러질 듯 다리가 가늘지 않았다.

듬직한 체구의 말이 도합 세 필.

리자드맨 승려가 거한이니 한 마리에 혼자 타고, 엘프 궁수가 고삐를 쥔 곳에 드워프 도사.

그리고 마지막 한 마리에 타려던 고블린 슬레이어가 안장에 손을 댄 채 돌아보았다.

"뭔가."

"벌써 가버리신 줄, 알았답니다."

격한 고통을 억누르듯 풍만한 가슴에 손을 대고, 숨을 헐떡이며 달려온 검의 처녀.

입구에 선 그녀가 호흡을 진정시킬 때까지 몇 초.

그녀는 상기된 뺨에서 호오, 한숨을 흘리고 정숙하게 고개를 숙였다.

"우선, 그…… 이번 일은, 정말 감사합니다."

"인사는 됐다."

고블린 슬레이어는 딱 잘라 말하고 철 투구를 좌우로 흔들었다.

"내가 할 일이다."

"……네."

검의 처녀는 녹아내릴 것처럼 고개를 끄덕였다.

"조사한 것을 정리했다. 나는 알 수 없는 부분도 많다."

그러면서 그가 맡긴 것은 난잡하게 적힌 메모였다.

그녀는 그것을 소중히 끌어안으며 받았다.

그리고 그대로 땀이 맺힌 피부에 달라붙어, 살짝 비쳐 보이는 얇은 옷 안에 손을 넣었다.

공손하게 꺼내서 바치는 것은 몇 장의 양피지를 겹친 두루마리였다.

"이것은, 제가 기억하고 있는 범위지만…… 미궁의 지도, 4층까지랍니다."

"4층?"

고블린 슬레이어는 받은 두루마리를 펼치지도 않고 리자드맨 승려에게 건넸다.

말 위의 그는 긴 손톱으로 재주 좋게 양피지를 집어서 스르륵 펼치고 훑어보았다.

새겨진 방안에, 급하게 그렸지만 정중한 필치로 모눈이 메워져 있었다.

"허어."

감탄으로 흘러나온 소리였다.

"잘 그린 지도로군."

"옛날에, 지도 담당(맵퍼)이었으니까요……."

"최하층까지가 아닌가?"

"4층에는 마력과 독기가 휘몰아치는, 그 미궁의 심장이 있습니다."

쑥스러운 기색으로 볼을 물들인 검의 처녀의 표정이 한순간 스윽 사라졌다.

"그리고 만약 4층보다 아래로 내려간다면……."

그녀는 보이지 않는 눈동자로 일동을 내려다보았다.

"……여러분은, 돌아오지 못할 테니까요."

여신관이 무심코 엘프 궁수와 얼굴을 마주보았다.

그녀는 — 아마도 여신관도 마찬가지로 — 표정이 굳어지며 어깨를 으쓱거리더니 기다란 귀를 늘어뜨렸다.

“오싹하는데.”

“……뭐, 수백 수천이 도전해서, 아래까지 내려갔다가 돌아온 자가 그리 많지가 않은 게다.”

엘프 궁수 앞에 자리를 잡은 드워프 도사가 응답했다. 그는 팔짱을 끼고 하얀 수염을 매만졌다.

“나도 백부한테, 무시무시한 소문을 자주 들었느니라.”

“그리고, 지하 4층 아래로는 갈 수가 없어요.”

말하면서, 검의 처녀는 방금 전까지 누르고 있던 가슴팍으로 손을 미끄러뜨렸다.

“이것이, 없으니까요…….”

그녀의 가슴을 장식하던 장식끈이 스르륵 풀렸다.

그 순간에 희미한 마력이 엷은 인광을 뿜는 것을 보고 여신관의 눈이 커졌다.

소문에 들은 지식과, 동경과, 그리고 여러 가지가 뒤섞여서 생각한 것이지만.

혹시 마신의 왕이 가지고 있었다는 힘의 근원…….

“……수호 부적(아뮬렛)인가요?!”

“그런 어마어마한 것은 아니랍니다.”

천진하다고 할 수 있는 소녀를 검의 처녀가 자애롭게 제지하고, 파란 끈을 그 손에 쥐었다.

“그저 파란 장식끈. 지하 깊숙한 곳으로 나아가기 위한, 열쇠가 되는 것이랍니다.”

그리고 그녀는 그것을 자신의 손과 함께 고블린 슬레이어의 손바닥에 겹쳐서 놓았다.

“부디, 무사히 돌아오시기를 기다리고 있겠습니다.”

고블린 슬레이어는 금방 대답하지 않았다. 가죽 장갑 위에 놓인 손이 떨리고 있었다.

“알았다.”

그는 한순간 뒤에 말하고, 장식끈을 움켜쥐었다.

“그럴 셈이다.”

고블린 슬레이어는 장식끈을 가방에 넣고 안장에 손을 대더니 훌쩍 말에 올라탔다.

그리고 여신관에게 손을 내밀었다.

“타라.”

“아, 네!”

여신관이 황급히 그의 손을 잡자 생각보다 강한 힘으로 붙잡힌 채 쭉 끌어올려졌다.

둥실 떠오르는 부유감 다음에, 몸집이 작은 그녀는 그의 앞에 쏙 자리를 잡았다.

“와, 아, 아…….”

등자도 없어서 불안정한 몸을 유지하려고 한손으로 갈기를 쥐자 뒤에서 등을 지탱해주었다.

사슬 갑옷이 없는 신관복 탓인지 투박한 가죽 갑옷의 감촉이 선명하게 느껴졌다.

"떨어지지 않게 조심해라."

"아, 네! 조심할게요……."

가볍게 엉덩이를 움직여 자리를 잡으면서, 이런 상황인데도 목소리가 들뜨는 자신이 어쩐지 창피했다.

고블린 슬레이어는 고개 숙인 그녀의 모습을 신경 쓰지 않고 철 투구를 빙글 돌렸다.

"간다."

리자드맨 승려가 소리를 한 번 내지르고 말의 옆구리에 박차를 가했다.

군마가 위세 좋게 울더니 드높이 발굽 소리를 내면서 돌바닥을 달리기 시작했다.

뒤늦게 엘프 궁수가 「좋았어!」라며 말을 차자 말이 앞 다리를 드높이 들었다.

"어, 어이, 이것아, 모루야! 뭘 하는 게냐……?!"

"와왓?! 야, 진정해…… 간다!"

미끄러져 떨어질뻔한 드워프 도사가 당황하는 뒤에서, 엘프 궁수는 말의 목을 가볍게 손으로 쓰다듬었다.

짐승과 마음이 통하는 것도 엘프의 기술이다. 군마는 곧장 순순해지더니 고삐가 이끄는 쪽으로 달려 나갔다.

마지막으로 고블린 슬레이어가 철 투구를 돌려 검의 처녀와 그 옆에 선 영애 검사를 보았다.

그는 딱 한 번 고개를 끄덕이고, 말없이 고삐를 휘둘렀다.

달리기 시작한 말의 기세에 모자를 누른 여신관이 「히약!」 소리를 냈다.

그러나 그것도 잠시. 울리는 발굽 소리가 그것을 지우고 순식간에 모험가들이 여행을 떠났다.

문에는 이미 국왕이 연락을 해뒀으리라. 그들은 멈추지 않고 달려갈 것이 틀림없었다.

"……모험에."

말발굽이 피워 올린 흙먼지 사이를 눈부신 듯 바라보며 배웅한 영애 검사가 조용히 속삭였다.

"……모험에, 또 가고 싶다고 생각하시나요?"

"어떤, 걸까요."

검의 처녀의 대답은 애매했다.

그녀는 땅에 짚은 천칭검에 기대는 것처럼 서서 고민스런 한숨을 내쉬었다.

"제가 재기한 것은, 동료와 함께 모험에 도전했으니까. 였습니다만……."

뒤덮여 가려진 시선이 저 너머를 보았다. 북방. 과거에 모험을 했던 무대. 미궁. 그가 가는 곳.

그렇지만 분명히, 정말로 바라보는 것은 과거의 기억이었다.

첫 모험에서 고블린에게 기습을 받았다.

동료들과 만난 것은 그 다음 일이다.

그렇기에, 그 역겨운 체험은 결코 사라지지 않고 두 눈에 새겨져 있었다.

그 어슴푸레한 미궁 한가운데— 열심히 일어서서 계속 걸어갔지만.
"……무시무시한 것에 도전할 용기는, 이미 사라져버렸답니다."
문득 손이 떨렸다. 아니, 처음부터 떨고 있었다. 회의장에서 고블린 이야기를 들었을 때부터.
—아니군요.
고블린이 습격한다는 가도를 지나, 수도에 가야 하게 되었을 때부터 계속 그랬다.
멈춘 것은, 분명히 그가 곁에서 지켜줬을 때뿐이리라.
"저는, 약한 여자랍니다."
가만히 속삭인 말을, 영애 검사는 자신이 한 물음의 대답으로 받아들였다.
그녀는 문득 하늘을 올려다보았다. 파랗고, 하얀 구름이 떠오른, 태양이 비추는 아침의 하늘.
이 하늘 아래 고블린이 있다. 언제든지 있다. 어디든지 있다.
"……무서운 건, 무서운 거죠."
그래서 순순히 말할 수 있었다. 검의 처녀가 어린 소녀처럼 고개를 갸웃거렸다.
"극복해야 한다고, 생각하지 않나요?"
"그렇게 생각할 때도, 없지는 않지만요."
검의 처녀의 물음에 영애 검사가 희미하게 입가에 웃음을 지었다.
"……지금은 마주보는 것만해도, 벅차니까요."
자, 가죠. 검의 처녀에게 말하고 영애 검사가 발길을 돌렸다.
성내에선 분명히 영봉에 떨어졌다는 하늘의 화석, 사교도에 대한 대책을 짜고 있었다.

해야 할 일, 해야만 하는 일은 수없이 많다. 멈춰서 있을 여유는 없었다.

그것은 검의 처녀도 이해하고 있어서 그녀 또한 살며시 걷기 시작했다.

그렇지만 입구에서 성 안으로 들어가는 찰나, 검의 처녀는 문득 발길을 멈추고 돌아보았다.

안대로 가려진— 지켜지는 눈동자는 세상을 내다볼 수는 없었다.

그의 검은 그림자 같은 윤곽은 따스한 햇살 너머로 사라져버렸다.

잔영을 좇는 것처럼, 검의 처녀는 손에 든 메모에 눈길을 주었다.

살며시 만져보니 그가 적은 잉크를 손가락으로 느낄 수 있었다. 말을 읽을 수 있었다.

검의 처녀는 매달리듯 그 감촉을 더듬으며 숨을 내쉬었다.

"고블린 따위, 사라져 버리면 좋을 텐데."

§

지상에 살아가는 것 중에서 가장 오래 걸을 수 있는 것은 흄이다.

그러나 속도와 마력(馬力) — 문자 그대로 — 이란 점에서는 역시 말이 웃돌 것이다.

다섯 모험가를 태운 세 필의 말은 문을 빠져 나가 가도를 달리고, 북쪽으로 북쪽으로 바람처럼 나아간다.

그렇다, 바람이다. 색에 물든 바람. 아무리 말이라도 범상한 속도가 아니었다.

“《바람의(실프) 처녀야, 처녀들아. 입맞춤을 다오. 우리들의 말에 행운이 내리기를》.”

해답은 드워프 도사가 쓴 《테일윈드》의 술법이었다.

불러들인 바람의 정령들이 말들을 감싸고 빠르게, 빠르게 등을 밀고 있었다.

“과연. 이거라면 고블린 놈들이 먼저 가도 따라잡을 수 있는 거구나.”

표정은 진지함 자체. 엘프 궁수가 쫑긋쫑긋 기다란 귀를 흔들어 소리를 들으며 웃었다.

“바다 때는 눈치 못 챘는데, 드워프가 바람도 다루는 건 좀 뜻밖이야.”

“그야 특기라곤 못하느니라.”

엘프의 찬사를 듣는 것에 기뻐해야 할지, 엘프가 말의 고삐를 쥐었음에 한탄해야 할지.

고민 끝에 무뚝뚝하게 찌푸린 표정을 지은 드워프 도사가 띄엄띄엄 말했다.

“그러나, 땅의 것을 불과 물과 바람으로 단련하여 철로 만드는 게다. 4대 정령의 소양 정도는 있어야지.”

“어쨌든지, 미궁으로 들어가기 전에 따라잡을 수 있다면 좋은 일일세.”

리자드맨 승려가 위태로울 것 없이 고삐를 쥐고 말을 몰면서 눈에 힘을 주고 멀리 보았다.

기다란 꼬리를 후방으로 흘리며 자세를 유지하는 모습이 제법 봐줄만했다.

"물론, 미궁에도 도전하고 싶기야 하네만. 이거야 고민스럽군."

—마차를 몰 줄 아는 건 알고 있었지만…….

흘끔 곁눈질로 그 모습을 보고 여신관이 내심 뜻밖이라고 생각했다.

기승 기능은 전쟁에 나서는 자의 소양— 이라는 걸까요?

"음……."

그녀의 등 뒤— 머리 위에서 낮은 목소리. 고블린 슬레이어가 뭔가 깨달은 것이다.

여신관이 황급히 전방으로 눈길을 돌리자 그곳에 부서진 짐마차가 굴러다니고 있었다.

고블린 슬레이어가 말을 멈추는 것에 맞춰 파티가 그 자리에 일단 정지.

말 위에서 현장을 보아 하니— 고블린은 늘 그러듯 약탈을 한 모양이다.

짐 따위는 전부 뒤졌고, 부서졌고, 주위에는 찢겨진 의복 자락이 흩어져 있었다.

그것이 자신의 의복인 것을 깨달은 여신관이 몸을 꼬옥 긴장시켰다.

—우…….

뭐라고 말해야 할까? 현기증 비슷했다.

만약. 그때.

처음 발을 디딘 동굴에서, 그가 와주지 않았다면——.

"보아하니 그 자리에서 범하지는 않은 듯, 하네만."

그러나, 그뿐이다. 리자드맨 승려가 의문스레 중얼거린 것처럼 다툼의 흔적밖에 없었다.

그것을 알아 버리는 자신에게 조금 질색하면서, 여신관도 현장을 보았다.

—사슬 갑옷은, 없네요.

그녀는 조금 낙담하면서도, 동시에 어떤 것을 깨닫고 눈빛을 반짝였다.

"앗!"

무심코 소리를 낸 것도 무리가 아니다.

고블린 슬레이어의 앞에서 몸을 비틀어 말에서 내리고, 종종 걸음으로 달려갔다.

"무슨 일인가."

고블린 슬레이어가 말을 걸자 여신관이 대답 대신 주워 든 것을 보였다. 내동댕이쳐진 석장이었다.

지모신을 섬기는 자가 휘두르는 석장— 그녀의, 석장.

"그렇다면, 정답이네."

다행이라고 해주는 엘프 궁수에게 「네」라며 여신관이 고개를 끄덕였다.

"하지만…… 핏자국, 거의 없어요."

응. 여신관은 입술에 검지를 대면서 생각했다. 시체도 없다. 결론은 한가지뿐이다.

"아마, 곧장 잡아간 게 아닐지……."

"……분명히, 주구(呪具) 같은 것을 가져다 댔다고 했었지."

엘프 궁수가 질색하면서 기다란 귀를 늘어뜨리고 말했다.

과거에 다크 엘프가 자신만만하게 휘두르던 메마른 팔이 떠오른 것이다.

“그렇다면, 산 제물?”

“그럴 게다.”

엘프 궁수의 추측에 드워프 도사가 수염을 매만지고 생각하면서 동의했다.

“공주를 납치했다면, 신부, 몸값, 산 제물이 정석이니라.”

“문제는 공주를 노린 건지, 우연히 공주가 습격당했는지다.”

고블린 슬레이어는 현장을 보고 리자드맨 승려에게 철 투구를 돌렸다.

“어떻게 보나?”

“어쩌다가 공주가 가출을 하여, 어쩌다가 가도를 통해 북쪽으로 가고, 어쩌다가 그것을 습격하여 산 제물로 삼는다.”

리자드맨 승려가 손가락을 꼽아 세면서 기다란 목을 흔들흔들 좌우로 흔들었다.

“있을 수 없을 걸세.”

“그렇겠지.”

고블린 슬레이어가 그에 응답했다.

“공주 전하를 노렸다면, 계획이 너무 엉성하군.”

“그럼, 더 이상 여기서 시간을 쓸 필요는 없잖아.”

엘프 궁수가 고삐를 휘둘러 말의 옆구리를 차고, 가도를 다시 달리면서 외쳤다.

"가자! 얼른 안 가면 못 따라잡을 거야!"

여신관이 황급히 고블린 슬레이어의 말에 매달리자 그가 휙 끌어올렸다.

추적을 재개했다.

그러나 말은 《테일윈드》를 받아 피로를 막을 수 있어도, 말 위에서 흔들리는 기수들은 그렇지 못했다.

아침 무렵부터 가도를 달려온 피로는 생각 이상으로 몸을 괴롭혔다.

체력이 자랑인 드워프 도사와 리자드맨 승려는 그나마 낫다. 전사인 고블린 슬레이어도 문제없다.

그러나 가녀린 엘프 궁수와 여신관의 얼굴이 서서히 굳어지기 시작했다.

이제 막 떠올랐을 태양은 이미 하늘 높이 떠 있고, 초가을의 늦더위가 슬금슬금 그들을 덮친다.

하아. 한숨을 내쉰 여신관이 안장 위에서 흔들리는 몸을 지탱하며 물주머니를 끌어당겼다.

한 모금. 목을 울리며 꿀꺽 마시고 가만히 등 뒤에 있는 그의 철 투구를 올려다보았다.

"한 모금 하시겠어요……?"

"아니."

고블린 슬레이어는 정면으로 철 투구를 고정한 채 낮게 말했다.

"됐다."

"그럼, 가요."

여신관은 작은 소리로 대답하고, 다시 한 모금 입술을 적신 다음 물주머니 마개를 닫았다.
"소귀 살해자 선생."
그것을 곁눈질로 바라보던 리자드맨 승려가 짧게 말했다.
"너무 빨리 달려서는 오래 못 간다네."
"휴식인가."
"라고, 제안을 하겠네만."
고블린 슬레이어는 그에 대답하지 않고, 여신관이 「아직 괜찮아요」라고 말하는 것도 무시했다.
그는 전방을 가만히 노려보더니 철 투구를 엘프 궁수에게 돌렸다.
"어떤가. 아직 안 들리나."
"아직……."
그녀는 표정을 찌푸리면서 기다란 귀를 흔들었다.
"……잠깐 기다려."
슥 고개를 든 엘프 궁수가 눈을 가늘게 떴다. 기다란 귀가 잘게 흔들렸다.
"바람…… 늑대 울음소리……."
"고블린인가."
스읍. 엘프 궁수가 코를 울렸다.
"썩은 고기 같은 냄새도 나!"
"역시 고블린인가."
고블린 슬레이어가 확신을 담아 말하는 것과 함께 말의 옆구리에 박차를 넣었다.
군마가 새된 소리로 울자 「히약!」 하는 여신관의 비명을 남기고 빠르게 달려 나갔다.

그것을 본 드워프 도사가 어이쿠야 말하는 것처럼 이마를 두드리고 하늘을 우러러 보았다.

"정말이지, 고블린만 보면 펄펄 나는구나! 길쭉귀 처녀, 고삐 내놓거라!"

"맡길게!"

엘프 궁수는 주저 없이 고삐를 놓고 등의 대궁을 손에 집었다.

그것은 마상에서 — 하물며 둘이 타면서 — 다루기에는 다소 이상으로 지나치게 커다란 무기였다.

그러나 그녀는 등자를 디디고 위태로울 것 없이 훌쩍 일어서더니 등의 화살통에서 화살을 뽑았다.

꾸욱 화살 세 대를 메기고 대궁을 당기는 모습은 조각상처럼 그림이 되었다.

기다란 귀를 잘게 흔들면서 기척만으로 조준을 맞추고, 당긴 화살을 순식간에 3연사.

휘잉 커다랗게 활 같은 궤도를 그린 그것은 문자 그대로 효시(嚆矢)가 되었다.

"GOROBGR?!"

"GBB?!"

늑대의 비명이 이어지고, 고블린의 탁한 외침이 두 번 울려 퍼졌다.

선두를 돌진하는 고블린 슬레이어의 눈에도 그 모습이 이제야 눈에 들어오기 시작했다.

고블린 놈들에게 한낮은 이른바 한밤중이다.

햇살이 강하니까 가도 옆의 나무 그늘에서 휴식, 낮잠이라도 자고 있었으리라.

동료와 늑대가 화살을 맞자 황급히 일어나는 고블린. 수는 대략 5기.

잡다한 의장과 장비는 평소와 같지만, 역시 온몸에 기묘한 문신을 하고 있었다.

"GOROBG! GOORO!!!"

"GROBOGORO!!"

잠에 취한 동료를 걷어차고, 짓밟고, 앞 다투어 늑대로 달려간다.

마시다 만 술을 내던지고 떠들어대던 흔적 그대로, 제대로 입지도 못한 꼴이다.

"저것은, 아무리 봐도 본대가 아니구먼."

곧장 도주를 꾀하는 고블린 놈들을 노려보고, 고삐를 맡은 드워프 도사가 넌더리를 내며 말했다.

"약탈에 열중하다가 선두에서 뒤처진 모양이로다."

"그게 뭐야."

엘프 궁수가 질색하며 소리쳤다.

"바보 같잖아."

"결과적으로 고블린 놈들은 시간을 번다."

마음에 안 든다. 고블린 슬레이어는 낮은 목소리로 신음했다.

고블린이 동료를 위해서 버림말이 된다는 기특한 생각을 가지는 일은 없다.

그러나 선두를 가는 고블린 놈들은 뒤처진 얼간이들이 그렇게 될 것을 바라고 있다.

왜냐하면 자신은 그런 바보 같은 짓을 안 한다고 믿기 때문이다.

만약 상대의 입장이 되는 것을 상상할 수 있는 놈이 있어도, 자신은 헤쳐나갈 수 있다고 확신한다.

고블린이란 그런 놈들이다.

"그러나 몰살시킨다."

고블린 슬레이어는 담담하게 결단했다. 해야 할 일은 아무것도 변하지 않는다.

"추격전. 상대는 도주 중. 수는 다섯. 함정의 기척 없음. 해치운다."

"알겠네!"

리자드맨 승려는 선조에게서 대대로 이어 받은 사나운 웃음을 지었다.

"놈들의 수급을 공덕으로 바꾸어 주리다!"

고삐를 손목에 감은 리자드맨 승려가 양손을 짝 마주쳤다.

"《영도룡(伶盜龍)의 갈고리인 날개여. 찢어발기고, 하늘을 날아, 사냥을 이루라》!"

손바닥 사이에 끼어 있던 송곳니가 순식간에 부글부글 끓어오르듯 부풀어 오르더니 송곳니칼이 연마되었다.

"소귀 살해자 선생, 탐색자 선생, 지원을!"

"그래."

고블린 슬레이어 또한 철 투구를 작게 세로로 흔들고 거침없이 고삐를 놓았다.

"부탁한다."

"왓!"

여신관은 허둥지둥 고삐를 받았지만, 어떻게 해야 좋을지 알 수 없었다.

—승마 같은 거 해본 적 없는데요?!

생각해보면 이것이 첫 체험이다. 어째서 내 처음은 꼭 이런 식일까?

여신관은 무심코 울 것 같았다. 등 뒤를 돌아보며 묻는 목소리가 울먹거리지 않으면 좋을 텐데.

“고, 고블린 슬레이어 씨! 저기, 어떡하면……?!”

“고삐를 쥐고서, 앞을 봐라.”

대답은 무자비할 정도로 간결했다.

고블린 슬레이어는 가방에서 슬링과 자갈을 꺼내더니 짧게 말을 이었다.

“금방 끝난다.”

그 말이 맞았다.

고블린 슬레이어는 엘프 궁수가 다음 화살을 메기는 사이에 슬링을 휘둘렀다.

슬링이 고블린 슬레이어의 옆에서 세로로 회전하더니 바람을 가르며 휭, 돌이 날아갔다.

필사적인 형상으로 고삐를 쥐고 있던 여신관은 그 투척 방법을 보고 눈이 커졌다.

—저렇게 하면, 말의 목이 방해가 안 되네요.

지금은 도저히 배울 여유가 없으니까, 나중에 자세히 물어 봐야지. 작은 가슴 속에 담아두었다.

“GBBBOROGB?!”

고블린 한 마리가 머리에 자갈을 맞아 굴러 떨어지고, 목이 기이한 방향으로 꺾여 죽었다.

남은 수는 넷. 아니—.

“엿, 차……!”

엘프 궁수가 노려서 일사.

곡예와도 닮은 그 사격은 늑대의 발치에서 튀어올라 목줄기를 꿰뚫었다.

“GOORBGRGOB?!”

캐앵. 비명을 지른 늑대에서 고블린이 또 한 마리 떨어졌다.

고블린 슬레이어의 기마는 그 두개골을 무자비하게 짓밟아 부수고 뇌수를 흩어놓았다.

나머지 셋.

“흐흥.”

소리를 내면서 빈약한 가슴을 내미는 모양새는 엘프 궁수가 고블린 슬레이어랑 괜히 경쟁하느라 그렇다.

“뭘 잘난 체를 하고 있느냐?”

드워프 도사가 투덜거리지만 그녀의 기다란 귀는 자기 멋대로 흘려들었다.

그리고 이만큼 수가 줄어들면 이미 충분했다.

“이이이이이이이야아아앗!!”

리자드맨 승려는 한 차례 외치면서 뛰어들었다. 커다란 턱으로 고삐를 깨물고, 양손에 송곳니칼을 두 자루 쥐고 있었다.

전투민족인 리자드맨 앞에서— 등을 돌리고 도망치는 고블린 따위 상대가 될 리 없었다.

오른쪽으로 왼쪽으로 종횡무진 칼날을 휘두르자 순식간에 둘, 셋 수급이 날았다.

피이이. 지저분한 피보라가 피리소리를 내면서 뿜어져 나오는 것을 머리부터 뒤집어쓰고, 리자드맨 승려가 숨을 내쉬었다.

무시무시한 용의 후예가 노려보았으니 버텨낼 리 없으리라.

살아남은 늑대들도 비명을 지르며 꼬리를 말고 가도에서 야산으로 도망쳤다.

"늑대 놈들을 뒤쫓아야 하겠는가?"

"고블린이 아니다."

전투와 피의 흥분이 가득한 물음에 고블린 슬레이어는 짧게 응답했다.

"놈들의 문신을 봤나?"

"똑똑히 봤네."

리자드맨 승려가 기다란 목을 흔들었다.

"지난 번 고블린 놈들과 같은 문양이었다네."

"그래."

고개를 끄덕인 고블린 슬레이어는 조용히 여신관에게 말했다.

"이제 됐다."

"앗, 네……."

그는 여신관에게 손을 뻗어 고삐를 건네받아 단단히 쥐었다.

《테일윈드》를 받고 있어도, 이 전투에서 말들이 더욱 빠르게 달려야 했다.

입가에 슬쩍 거품이 나온 것을 보고 여신관이 걱정스레 목을 쓰다듬어줬다.

"고블린 슬레이어 씨, 이제, 그다지……."

"……알고 있다."

속도를 늦추어 주면서, 고블린 슬레이어가 역겹다는 기색으로 대답했다.

여신관이 자신의 죄가 아닌 것을 알면서도 몸이 굳어졌다.

중간에 말을 바꿔 탈 수 없다면 앞으로 추적은 속도를 늦출 수밖에 없으리라.

북쪽으로 눈길을 돌리자, 멀리 저 너머에 햇살을 받으면서도 검디검게 우뚝 선 영봉이 보였다.

꼭대기는 구름에 가려져 있고…… 사람이 갈 법한 장소가 아니란 생각이 든다.

그곳에 이르는 길 위에, 심연에 이르는 나락이 입을 벌리고 모험가를 기다린다.

납치된 공주도. 그리고 고블린 놈들도.

"……내일, 이 될 것 같네요."

가장 깊숙한 미궁은, 아직 멀었다.

제7장 『마(魔)가 잉태되는 고통』

—마치, 피 웅덩이 같아.

그것이 여신관이 본 첫인상이었다.

하늘을 찌르는 산의 정상에서 피 같은 붉은색이 지붕을 타고 떨어진 그 아래.

메말라서 들러붙은 피처럼 검디검은 윤곽의 성채가 번진 것처럼 펼쳐지고 있었다.

과거의 왕이 쌓아 올린 근위병의 훈련장. 모험가들이 모인 성채 도시.

지금은 옛날이야기다.

마신의 왕이 토벌되고, 모험가들은 미궁에서 떠났다.

타오르는 아침놀에 비춰진 저 도시는 이미 그저 빈 껍데기, 잔해, 폐허에 지나지 않는다.

—그럴, 텐데요.

멀리 저 너머에서 흘러오는 음산한 기척에 여신관이 살며시 몸을 떨었다.

흘끔 돌아보니, 듬직해야 할 엘프 궁수가 표정이 굳어진 채 기다란 귀를 흔들고 있었다.

가장 깊은 미궁, 끝자락의 심연, 죽음의 미궁(던전 오브 더 데드).

과거에 마신의 왕이 숨어들어 죽음과 병을 뿌린 깊숙한 구멍.

그 주검이 아직도 모험가들을 씹어 삼키고자 이빨을 드러낸 것 같았다.

아무리 성채를 테두리처럼 둘러서 막아 놓아도 막을 수 있는 것이 아니리라.

"발자국이 있다."

고블린 슬레이어의 담담한 목소리에 여신관이 퍼뜩 정신을 차렸다.

그는 평소와 같은 기색으로 웅크리더니 땅을 손가락으로 살폈다.

"늑대와, 고블린이다. 틀림없겠지."

"그러나, 탐색을 하려면 수고가 들 것이니라."

드워프 도사가 수염 난 얼굴 안쪽에서 눈을 가늘게 뜨고 이마에 손바닥을 올리며 성채를 노려보았다.

그는 문득 트림이 나올 것 같아 서둘러 허리의 술병 마개를 뽑아 벌컥 들이켰다.

결론적으로, 결국 그들은 강행군을 선택했다.

쉴 틈도 아끼면서 밤을 새서 계속 달린 것이다.

말은 물론이고, 모험가들 사이에도 피로의 기색이 짙었다.

몇 시간 만에 하마한 그들은 광야에 자란 나무에 말의 고삐를 묶었다.

여신관은 말들이 힘든 기색으로 풀을 뜯는 모습을 흘끔 보았다.

—모험가 여러분들이 말을 안 쓸만하네요.

식사에 물, 동굴에 들어가기 전에는 이렇게 그들을 진정시킬 장소도 필요해진다.

자유기사를 칭하는 사람들 대부분이 걸어 다니는 것도 이해가 되었다.

—성기사(팔라딘) 분들은, 어떤 걸까요?

피로로 멍한 머리는 괜한 사고를 하기 시작했다.

이래선 안 된다. 여신관은 뺨을 찰싹 두드리고 「그렇네요」라고 말을 이었다.

"지하 4층까지라고 해도, 저 성채도 있으니까요……."

"수고는 안 든다."

고블린 슬레이어가 일어서서 양손의 흙을 털어내며 말했다.

"놈들은 고블린이다. 놈들은 제놈들이 영리하다고 믿어 의심치 않지."

"그것은?"

리자드맨 승려가 물었다. 그는 눈부신 기색으로 햇살을 쐬면서 온몸을 데우는 중이었다.

점점 다가오는 겨울밤의 공기는 리자드맨의 몸을 굳어지게 만들기에 충분하고 남았다.

"가장 높은 곳이나, 가장 깊숙한 곳에 있는 놈이 가장 잘났다고 생각할 게 뻔하다."

고블린 슬레이어는 가방을 뒤져서 가죽 천과 원반 형태의 수정 2개를 꺼냈다.

그는 가죽을 원통처럼 말더니, 수정을 양 끝에 밀어 넣듯 끼워서 끈으로 묶어 고정했다.

"그게 뭐야?"

당연히 엘프 궁수가 기다란 귀를 파르르 흔들며 호기심에 반짝이는 눈동자로 들여다보았다.

“망원경이다.”

그것을 투구의 면갑에 대고서 도시 쪽을 보는 그에게 「나도 빌려줘」라며 손을 뻗었다.

고블린 슬레이어가 말없이 내민 그것을 그녀가 눈에 삭 가져다 댔다.

“……과연.”

그리고 신음하듯 한 마디. 기다란 귀가 축 늘어지는 것도 무리가 아니다.

『우리릍의 도ㅜ/』

도시 입구에 내건 간판에는 어린애가 쓴 게 그나마 나을 것 같은, 피로 휘갈긴 문자가 춤추고 있었다.

아마도 미궁 감시를 하고 있었을 것으로 보이는 병사의 머리가 하나, 둘, 그 주변을 장식하고 있었다.

고블린이 강한 것이 아니다.

좁은 성채 안에서 수십 마리가 덮치면 동굴에서 둘러싸인 것과 다름없는 것뿐이다.

“『우리들의 도시』겠네. ……그래서, 어떡할 거야?”

으헤에. 표정을 찌푸리면서 망원경을 던져 건넨 엘프 궁수에게 고블린 슬레이어가 짧게 신음했다.

“흠.”

그는 끈을 풀어 가죽을 열고, 안에 수정을 넣어 감싸더니 가방 안으로 집어넣었다.

"생각하고 있다."

"화공? 수공? 연기? 아니면 또 폭발?"

"아니."

고블린 슬레이어는 고개를 옆으로 저었다.

"그건 생각하지 않았다."

그게 뭐야. 엘프 궁수가 허리에 손을 대고 거칠게 콧김을 뿜자 드워프 도사가 기가 막힌 표정을 지었다.

"어떻게 보나?"

"어디 보세나……."

리자드맨 승려는 일광욕을 마친 다음 짐승처럼 몸을 부르르 떨었다.

기다란 목을 치켜들고 성채를 보던 그는 천천히 고개를 좌우로 저었다.

"농성이란 것은 주로 원군이 있을 경우나, 없을 경우에만 하는 법일세."

"저, 그러니까……?"

—그건 언제나 한다는 것 아닌가요?

의미를 이해 못해서 난처한 기색으로 눈썹을 찌푸리는 여신관에게 리자드맨 승려가 눈알을 빙글 돌렸다.

"원군이 올 것을 알고 기다리기 위한 방책. 또 하나는, 이미 손 쓸 도리가 없을 때."

적의 병참이 떨어지는 것을 노리는 수도 있긴 하네만. 혼잣말을 한 리자드맨 승려는 꼬리를 흔들었다.

"어쨌거나, 고블린 놈들이 그것을 알 것 같지는 않다네……."

"그렇지."

엘프 궁수가 고개를 끄덕였다. 얕보는 건 아니지만.

"고블린이니까."

"……그러나."

입을 열고서도 주저하는 리자드맨 승려의 얼굴을 여신관이 아래쪽에서 들여다보았다.

고블린 슬레이어 정도는 아니지만, 이 커다란 리자드맨의 표정도 알기 어렵다.

"뭔가 있는 건가요?"

"땅속 깊숙한 곳에서 증원이 솟아나오지 않는다고 장담할 수 없을 걸세."

아까 느낀 것과 같은 한기가 또 다시 여신관을 덮쳤다. 그녀는 석장을 꼭 쥐었다.

뭔가 잘못된 것이 아닐까? 그런 생각도 한순간 스쳤다. 그녀는 강철 등급인데.

"……역시, 불을 놓을까?"

이번에는 어쩔 수 없어. 그렇게 말하는 기색의 엘프 궁수에게 고블린 슬레이어는 단언했다.

"아니."

폐허이며, 이미 주민도 없고, 무너져가고 있어도.

"저건 도시니까."

유적이나 미궁, 동굴하고는 다르다.

고블린 슬레이어가 그렇게 결론을 내리자 엘프 궁수가 뭐라 말하기 어려운 표정을 지었다.

"애초에, 급히 지은 것이라도 돌로 만든 도시가 아니더냐."

길쭉귀 놈들은 건축을 모르는구나. 드워프 도사가 기가 막힌 기색으로 말했다.

그가 양손의 엄지와 검지로 틀을 만들어, 멀리 성채를 바라보며 어림을 했다.

"도시 안에 숨은 고블린 놈들을 일망타진할 수도 있겠지만, 지금 가진 기름으로는 무리니라."

"술법은?"

무심코 물어본 엘프 궁수는 착각하지 말라며 기다란 귀를 휙휙 흔들었다.

"아니, 그야 드워프가 공격 술법을 별로 안 익힌 건 알고 있지만."

"익혔더라도, 미궁에 들어가면서 다 쓰는 것은 피하고 싶느니라."

"숨어들어야겠군."

다시 말해서, 정공법밖에 없다. 고블린 슬레이어의 말에 일동이 나란히 고개를 끄덕였다.

"그러니까 미궁에 들어가서, 공주님을 구해내고, 고블린을 해치우는 거구나."

엘프 궁수가 검지를 척 세우고 공중에 원을 빙글 그리며 고개를 끄덕였다.

"간단하잖아. 해주겠어."

리자드맨 승려가 기괴한 손놀림으로 합장을 한 다음 곱씹어가며 말했다.

"잡화점에 가서, 랜턴을 사고, 대사(大蛇)를 해치우는 것처럼 말일세."

"그게 뭐야?"

"어떠한 모험이라도, 짧게 정리하면 이 정도……라는 속담이라네."

흐응. 엘프 궁수는 이해를 한 듯 만 듯한 기색으로 맞장구를 쳤다.

그녀는 이미 대궁에 거미줄의 현을 다시 걸고, 몇 번 당겨서 상태를 확인하고 있었다.

빈 활을 쏘면 활이 상하니까 피하는 것이 엘프의 방식이었다.

마찬가지로 드워프 도사가 **무기**인 촉매 가방을 점검하고 지긋지긋하단 기색으로 말했다.

"매번 그렇다만, 정말이지 귀찮구나."

"그렇지도 않다."

고블린 슬레이어가 자신의 가죽 장갑, 방어구, 검을 재빨리 점검하면서 대답했다.

"해야 할 일을 잘 알고 있다. 편하다."

"……그야 뭐, 카미키리마루는 이래야 하는 법이다."

드워프 도사가 등을 철썩 두드리자 고블린 슬레이어는 고개를 갸웃거렸다.

"……후훗."

여신관이 그 광경에 살짝 볼을 풀고서 웃었다.

장비나 무언가를 점검할 필요가 별로 없는 여신관은 석장에 매달려 지모신에게 기도를 바칠 뿐이다.

모험이 무사하기를. 납치된 공주 전하가 무사하기를. 아무도 다치지 않고, 구원이 있는 결말이기를.

—교역신이나, 행운신의 기적이었다면…….

단 한 번의 불운을 행운으로 역전시키는 가호를 얻을 수 있을지도 모르지만, 없는 걸 졸라봤자 소용없다.

그리고 무엇보다도 지모신님에 대해서 불손한 짓이다. 여신관은 고개를 붕붕 흔들었다.

역시 하룻밤 제대로 쉬지 못한 탓인지 아무래도 기도에 집중하기 어려웠다.

"그리고, 다음은 고블린이 도망치지 않을까 하는 거지만요……."

여신관이「응」하며 입술에 검지를 대고 생각했다.

아침 해를 받으며 둔해진 머리도 조금 눈을 뜨는 모양이다.

다시 말해서 고블린이 모험가의 침입, 미궁에 돌입한 것을 감지할 가능성.

고블린이 정기 연락을 취해서 지하의 일을 감지하고 지상으로 알린다면…….

"……그런 성실한 고블린은, 없으니까요."

"그런 거다."

고블린 슬레이어가 가방을 뒤지는 걸 보고서 여신관이 그보다 빠르게 움직였다.

미리 가방 속에서 꺼내 준비해둔 장비를 사삭, 그에게 내밀기 위해서.

"갈고리 밧줄, 이죠!"

모험에 나설 때는 잊지 말 것— 모험가 세트는 그야말로 그런 것이다.

§

3회전해서 던진 갈고리가 성벽을 단단히 붙잡고, 늘어진 밧줄 옆으로 리자드맨 승려가 손발톱을 박으며 기어 올라갔다.

스르륵 소리도 없이 벽을 등반하는 모습은 과연 리자드맨이다. 등에 업힌 드워프 도사는 숨을 내쉬었다.

"정말이지. 비늘 친구야. 때로는 네 손톱이 부러워지는구나."

"선조인 원숭이에 머물러 있을 수도 없지 않은가?"

성벽 위에 선 두 사람은 몸을 깊게 숙이고 좌우를 둘러보았다.

문제없다. 외벽 쪽으로 늘어뜨린 꼬리를 휘둘러 신호하자 고블린 슬레이어가 고개를 끄덕였다.

"올라간다."

"아, 그러면 내가 첫 번째!"

말하자마자 엘프 궁수가 밧줄에 달려들었다.

그녀는 스르륵 소리도 없이, 애당초 벽에 발도 디디지 않고 가볍게 밧줄을 타고 올라갔다.

좌우로 몸을 틀어서 엉덩이를 흔들며 순식간에 성벽 위에 올랐다.

과연 나무 위 생활에 뛰어난 엘프는 다르다, 라고 해야 할지…….

"비늘 친구가 한 말이 맞을 수도 있겠구나."

"음. 어쩐지 바보 취급당한 것 같아."

엘프 궁수는 입술을 삐죽거리며 어깨에 걸어둔 대궁을 손에 집었다.

느슨하게 화살을 메기고 아래쪽— 고블린 슬레이어 쪽을 내려다보며 한 손을 들었다.

고블린 슬레이어는 검을 뽑고, 원형 방패를 들며 허리를 낮추고 벽을 등졌다.

"가라."

"갈게요……."

긴장한 표정으로 여신관이 밧줄을 손에 잡았다.

후위직인 여신관을 마지막 한 사람으로 남겨둘 생각 따윈 하지 않는다.

위에서 엘프 궁수, 아래를 고블린 슬레이어가 지키면서 등반한다.

때와 경우에 따라 다르지만, 백병전을 주로 하는 고블린 슬레이어가 지상을 담당하는 것은 이치에 맞았다.

그렇지만, 그런 일을 할 사람이 아니라는 건 알고 있어도 신경 쓰여 버리는 일은 있다.

"……보지 말아주세요?"

"위까지 신경 쓸 수가 없다."

"그렇겠죠."

짧고 무뚝뚝한 대답에 여신관은 애매하게 말하고 밧줄에 매달렸다.

석장을 등에 돌리고「영차」소리를 내면서 벽을 디디고 열심히 올라갔다.

막상 등반을 시작하니 아래쪽을 신경 쓸 여유는 없었다.

아침 해를 받자 땀이 스며 나오고 손이 떨린다. 얼굴은 새빨갛고 숨이 막혔다.

“자, 앞으로 한 번 더!”

“네, 에……윽!”

부들부들 떨리는 몸을 필사적으로 지탱하면서, 간신히 손을 뻗어 엘프 궁수의 손을 쥐었다.

가늘고 유연한 엘프의 손에 딱히 대단한 힘은 없지만, 붙잡아주면 안도감이 다르다.

마지막 몇 걸음을 다 올라서고서, 여신관이 성벽 위에 엎드리는 것처럼 무릎을 짚었다.

“좋아, 좋아. 잘했어! 아, 물 마실래?”

“고, 고맙습, 니다…….”

헉, 헉. 내밀어준 물주머니의 내용물을 마셔서 가빠진 호흡을 정돈했다.

꿀꺽, 꿀꺽. 한 모금 두 모금. 여신관이 안도의 숨을 내쉬고 물주머니를 돌려주었다.

—고블린 슬레이어 씨는……?

“아아, 소귀 살해자 선생이라면 걱정 없다네.”

리자드맨 승려가 파충류 같은 시야로 좌우를 경계하며 혀로 코끝을 낼름 핥았다.

그 말에 성벽에서 아래를 내려다보니, 과연 고블린 슬레이어가 묵묵히 밧줄을 오르는 모습이 보였다.

엘프 궁수처럼 숙달된 움직임이 아니라, 외벽을 단단히 디디는 투박한 등반이다.

잠시 지나 성벽을 올라온 그는 재빨리 갈고리 밧줄을 풀어내고 정돈해서 여신관에게 내밀었다.

"아, 고맙습니다."

여신관은 받아 든 갈고리 밧줄을 가방 안에 넣으면서 문득 떠오른 의문을 그대로 입에 담았다.

"하지만, 고블린 슬레이어 씨. 등반은 어디서 배우셨어요?"

고블린 퇴치에는 그다지 쓸 일이 없는 기술이라고 생각하는데.

"선생님에게 훈련을 받은 곳이 눈 덮인 산이었다."

여신관의 물음에 그가 가르쳐 주었다.

"밧줄 없이 올라간 적도 있다."

고블린 슬레이어는 태연히 말했다.

"탑을."

엘프 궁수가 「설마 그럴까 싶지만」이라고 하며 고블린 슬레이어를 힐끔 보았다.

"……안쪽을 오른 거겠지?"

"바깥이다."

엘프가 대책이 없다는 태도로 얼굴을 가리고 하늘을 우러러 보았다. 태양은 아무 대답도 없었다.

"……그건 또 무슨 근육에서 나온 생각이야."

"적어도 나와 또 한 명은 달랐다."

나머지 한 명은 어떨지 모른다만, 그는 재빨리 장비 점검을 마쳤다.

"어떻게 보나?"

"우선 내려갈까 아닐까부터 생각해야겠다네."

"음."

리자드맨 승려의 말에 고블린 슬레이어가 낮게 신음했다.

"일부러 아래쪽으로 나아가줄 필요는 없다고 생각한다만."

"고블린의 보초는 근면하던가?"

"그런 녀석이 있을 리 없지."

"그렇다면, 성벽 위에 그런 놈은 없다 생각하고……."

과연. 리자드맨 승려가 고개를 끄덕이고 지도를 꺼내 펼쳤다. 검의 처녀가 맡긴 것이다.

양피지에 적힌 동글동글한 필치를 그의 날카로운 손톱이 꼼꼼하게 훑었다.

"성벽을 빙 돌아, 도시 변두리에서 강하. 미궁으로 들어가도록 하세나."

"뭐, 도시 안을 슬금슬금 나아가거나, 쉴 틈이 없느니라."

드워프 도사가 정신을 차리고 잠을 깨려는 듯, 술을 벌컥 들이켜고 수염에 묻은 방울을 닦았다.

"……여기까지 《테일윈드》의 술법 한 번이라고 생각하면, 소모는 가벼운 편이구먼."

"이번에는 중간에 돌아갈 수 없으니까요. 미궁 안에서 쉬어도……."

—분명히, 기도나 술법을 행사하느라 깎여나간 정신력을 회복시키지는 못한다.

"그러니까, 있는 것을 있는 만큼. 이네요."

"그렇지만, 주문은 쓰지 마라. 되도록."

"절약할게요."

여신관이 석장을 가슴팍에 꼭 끌어안으며 끄덕끄덕, 진지한 표정으로 말했다.

기적을 어디에 쓸 지는 맡긴다, 라는 것이다.

신뢰받고 있는 것을 알게 되면 그것만으로 심장이 뛰고 가슴이 춤을 추었다.

―물론, 미궁까지 기적을 쓸 기회는 없겠지만요.

§

"GOROBG?!"

한밤중, 꾸벅꾸벅 졸던 고블린은 무슨 일이 일어났는지 알 수 없었다.

스르륵 목에 미끄러져 들어온 차가운 감촉. 그것이 다음 순간에 불타오르고, 물에 빠진 것처럼 숨쉬기 힘들어졌다.

부글부글 목에서 거품을 뿜어내던 고블린은 목을 찔린 것도 깨닫기 전에 죽었다.

문자 그대로 숨통이 끊어진 고블린의 시체를, 고블린 슬레이어가 외벽 쪽으로 차서 떨어뜨렸다.

"이걸로 다섯."

"생각보다 수가 적네."

깨어나 있는 보초를 세 마리 정도 처리한 엘프 궁수가 어깨를 으쓱거렸다.

화살도 절약해야 한다. 근육에 파고든 화살촉을 당겨서 뽑았다.

그 다음은 동료를 본받으라. 고블린 슬레이어와 똑같이 시체를 걷어차서 떨어뜨렸다.

"……익숙해졌네."

―오르크볼그한테 옮은 걸까?

알게 된지 얼마 안 됐을 무렵에는 이런 동작에도「우헤에」하고 생각했는데.

뭐, 괜히 꾸물거리고 고민하지 않는 것이 엘프의 ― 라고 그녀가 주장한다 ― 좋은 점이다.

엘프 궁수는 양손을 탁탁 털어 화살촉의 피를 떨쳐내고 화살 통에 넣었다.

"역시 안쪽에 있다는 거네."

"그렇겠죠……."

지하미궁 안에 대량의 고블린. 미궁 안에는 드래곤(용)이 있어야 마땅한데.

여신관은 마음이 시들려는 것을 느끼고 고개를 붕붕 저었다.

"이제 거의 다 왔나요?"

"맞네. 이제 그만 내려가세나."

지도를 바라보던 리자드맨 승려가 기다란 목을 세로로 끄덕 흔들었다.

그의 손은 아직 깨끗했고, 백병전에 들어간 일은 아직 없었지만―.

"드워프는 달리고만 있네."

"시끄럽구나. 술자에게 적이 다가오면 너희들이 무능한 것 아니더냐?"

"소승은 딱히 상관없네만."

동의를 구해도 난처해지니 여신관은 「안전제일이에요」라며 얼버무렸다.

고블린과 백병전은 몇 번이나 경험했지만, 피할 수 있다면 피하고 싶은 것이다.

특히 지금은 그렇다.

모험가가 되기 전까지는 사슬 갑옷 따위 입어본 적도 없는데, 그것이 없는 것이 참 쓸쓸했다.

—쓸쓸해?

그녀는 불안이 아니란 것을 문득 깨닫고 눈을 깜빡였다.

칭찬을 받았고, 목숨을 건져 주었고, 계속 곁에 있었던 것.

수선을 반복했으니까, 분명히 새로 사는 것이 더 싸겠지만.

"……그렇구나."

어쩐지, 그가 저 형태의 철 투구를 애용하는 이유를 알 것 같았다.

"왜 그러지?"

"아뇨."

아무것도 아니에요. 여신관은 고블린 슬레이어에게 대답하고 심호흡을 한 번 했다.

그리고 그녀는 눈을 감고, 석장에 매달리듯 재빨리 지모신에게 진혼을 기도했다.

오는 도중에는 그런 여유도 없었지만…… 그 늑대 기수 놈들도 포함하여 진심으로 명복을 빈다.

살아 있을 때는 몰라도, 죽고 나면 모두 마찬가지다.

그리고, 사슬 갑옷을 가져간 그 왕매 전하가 무사하기를.

그 사슬 갑옷이 있으니까 분명히 무사할 거라고 생각하고 싶었다.

"끝났나?"

"네. ……언제든지."

"좋다."

여신관이 갈고리 밧줄을 꺼내자 고블린 슬레이어가 벽에 걸고 밧줄을 내렸다.

그것을 신호 삼아 리자드맨 승려가 드워프 도사를 업고, 엘프 궁수가 새로운 화살을 활에 메겼다.

그 다음은 순서는 다르지만 아까와 같았다.

먼저 내려간 두 사람이 발치를 확보하고, 이번에는 고블린 슬레이어가 먼저 내려간다.

벽을 발로 차면서 속도를 조절하며 내려간 다음 그가 위를 향해 손짓했다.

"괜찮아? 갈 수 있어?"

"……노력할게요."

엘프 궁수의 격려를 받은 여신관이 조심조심 밧줄을 잡았다.

떨어져도 드워프 도사가 술법을 걸어주니까 괜찮다. —그렇긴 하지만.

"우우……윽."

더듬더듬. 너무나도 서투르고 굼뜬 자신의 강하는 생각만 해도 창피하다.

그래도 어떻게든 지면에 내려서자 그 다음은 엘프 궁수가 미끄러지듯 밧줄을 타고 내려섰다.

"……역시 비늘 친구 말이 맞느니라."

"그러니까 아까부터 그거 뭔데."

—부러워라…….

정말로, 여러 모로 동경하게 되는 것뿐이다.

접수원 아가씨의 세련된 태도. 마녀의 여성다운 동작. 검의 처녀의 어른스러운 분위기.

—그렇게, 되고 싶어.

어느 정도 경험을 쌓기는 했지만 아직도 미숙하고, 아직도 어리고, 아직도 약하다.

지난 며칠을 돌아보면 그것을 자각하게 되는 일들투성이였다.

애당초 그녀 자신이 좀 더 정신을 똑바로 차렸다면— 그렇다.

사슬 갑옷을 도둑맞지 않았다면 이렇게 되지는 않지 않았을까……?

—라는 것도, 분명히 오만한 생각이겠지만요.

주사위의 눈은 신이든 사람이든 좌우할 수 없는 법이다.

하물며, 거슬러 올라가 그 주사위 눈을 바꾸는 것 따위 불가능하다. 생각해 봤자 소용없는 일.

"……."

그렇지만, 사슬 갑옷이 없는 탓에 벌거벗은 기분이 들어서일까?

모든 것을 빼앗긴 듯한 공포는 마치 처음으로 동굴에 들어왔을 때와 마찬가지였다.

여신관은 숨을 깊게 들이쉬고, 내쉬었다.

그렇게 생각한다면 행동을 해야 한다.

"저는, 준비됐어요."

"그런가."

네. 여신관은 고블린 슬레이어에게 고개를 끄덕이고, 뻥 뚫린 심연과 대치했다.

그것은 거대한 철문——이었던 것이다.

과거에는 병사가 지키고 있었으리라. 지금은 그 모습이 없었다.

문은 오물과 피로 더럽혀졌고, 단단히 닫혀 있었을 것이 지금은 반쯤 열려 있었다.

안에서는 으스스한 공기가 흘러나오고, 코를 찌르는 썩은내를 풍기고 있었다.

"그렇다면, 진형은 평소처럼 가세나."

"드워프가 손도끼를 들 차례란 게구나."

리자드맨 승려가 자신의 무기인 손톱손톱송곳니꼬리를 한 번 휘두르고, 드워프 도사가 손도끼를 꺼내 허리띠에 끼웠다.

엘프 궁수는 느슨하게 메기고 있던 화살을 살짝 당겼고, 여신관이 석장을 양손으로 단단히 쥐었다.

그리고 선두에 선 고블린 슬레이어.

싸구려 철 투구, 지저분한 가죽 갑옷, 한 손에는 자그마한 원형 방패를 고정했고, 오른손에는 어중간한 길이의 검을 쥐었다.

"간다."

그의 호령에 따라, 모험가들이 움직였다.

§

“그러고 보니 너, 제대로 된 미궁 탐색은 이게 처음이지?”

“첫 체험이 『죽음의 미궁』이에요…….”

—정말이지. 어째서 제 처음은 언제나 이런 걸까요?

여신관은 울고 싶어졌다.

고블린 슬레이어가 왼손에 든 횃불을 의지해서 나아가는 어둠은 정체 모를 공간이었다.

돌로 만든 통로. 주사위 눈으로 나눈 것처럼 정확한 구조, 누군가 악의를 가지고 만든 영역.

몇 번이고 동굴, 유적, 하수도, 요새에 도전하긴 했지만, 미궁은 그 어떤 것과도 달랐다.

어슴푸레한 불빛이 비추는 공간은 아주 약간 앞까지는 볼 수 있지만, 그 너머는 어둠 속이다.

여기는 주거지도, 전장도 아니었다. 찾아온 자를 얽어서 죽이기만 하는 장소였다.

“뭐, 여기를 경험해 두면, 다른 미궁에서도 당황할 일은…… 없을 게다.”

“소승들도 여기는 처음이니 말일세. 다들 같네, 같아…….”

파티는 농담을 주고받으면서도 방심하지 않고 한 덩어리가 되어 조용히 미궁을 나아갔다.

그렇다. 조용했다.

고블린 놈들이 숨어든 것은 틀림이 없는데, 동굴처럼 잡스러움이

없었다.

그럼에도 문득 정신이 느슨해지면 눈앞에 갑자기 고블린이 나타날 것 같은 팽팽한 기척.

긴장을 풀 수 없었다. 역시 미궁에서 휴식해도 정신이 회복될 수는 없으리라는 것을 깨달았다.

모험가의 실력을 겨루는 미궁 탐색 경기장으로 만들자는 제안이 사라진 것도 납득이 되었다.

여기는 마신의 왕이 사라졌다고 해도, 사람이 사는 장소나 찾아올 장소가 아니었다.

"어디로 가지?"

고블린 슬레이어의 물음을 듣고 리자드맨 승려가 주섬주섬 지도를 꺼냈다.

"개인적으로는 한 층씩 탐색하는 것이 취향이네만……."

그건 그만둬. 엘프 궁수가 수상쩍은 기색으로 노려보는 것을 무시하고 리자드맨 승려가 말을 이었다.

"……이번에는 승강기로 단숨에 4층까지 파고드는 것이 상책일 걸세."

"그러면, 길 안내를 맡긴다."

"알겠네, 알겠어. 우선은 북쪽으로 가세."

파티는 신중하게, 그렇지만 분명한 발걸음으로 침입을 개시했다.

여기는 미궁이다. 이미 괴물이 구축된— 텅 빈 미궁.

스며든 모험가와 악마들의 시체 냄새는 짙지만, 얕은 계층에는 이미 아무것도 없다.

—그랬어야 했다.

"……응."

"……."

엘프 궁수의 기다란 귀가 흠칫 흔들리고, 고블린 슬레이어가 멈춰 섰다.

그걸로 충분했다. 모험가들 사이에 긴장이 흐르고 시선을 나누며 고개를 끄덕였다.

미궁의 석벽은 견고하다. 어둡기는 하지만, 숨을 장소는 묘실이나 통로 모퉁이밖에 없다.

그렇다면, 고블린이 생각하는 것은 단순명쾌하다.

"GROBGB!!"

"GBB! GBBOROGGBGR!!"

—정면에서 힘으로 밀어붙인다.

수가 많다는 것이 장점인 고블린의 무시무시함이 가장 발휘되는 때다.

모퉁이 너머에서 어중이떠중이 고블린이 솟아나온다.

온몸에 기이한 문양을 새기고, 손마다 잡다한 무기를 쥐고 있는 고블린 놈들.

연계다운 연계도 없고, 동료가 공격을 받아낼 거라는 제멋대로인 이기심을 발휘하여 노호처럼.

"하하하, 오너라, 오너라. 다 한꺼번에 공덕으로 삼아 줄 터이니."

"그렇지만, 이걸 술법 없이 해치우는 건 좀 힘들지 않겠느냐?"

"……솔직히, 화살보다 단도가 좋겠어."

삼자의 반응이 다 다르다. 용맹히 맞서는 자, 냉정하게 정세를 보는 자, 질색하는 표정을 짓는 자.

리자드맨 승려와 드워프 도사가 앞으로 나서고 엘프 궁수와 여신관을 등 뒤에 감쌌다.

미궁의 폭은 모험가 세 사람이 옆으로 나란히 서면 들어찬다. 전위 셋, 후위 둘.

동료들 — 이라고 생각하는데 한 박자 필요했지만 — 을 보고서, 고블린 슬레이어가 말했다.

"간다."

"네."

여신관은 저편에서 다가오는 발소리와 기척에 표정이 굳어지면서도 고개를 끄덕였다.

어둠 안쪽에서 다가오는 녹색 피부(그린 스킨)의 파도에, 모험가들은 한 척의 배가 되어 파고들었다.

"GBBRB?!"

"GOORBGB!!"

"화살이 날아온다!"

"그래!"

자갈에 화살. 조잡한 그것이 비처럼 쏟아지는 것을 고블린 슬레이어가 방패로 받아냈다.

타고난 비늘옷을 가진 리자드맨 승려가 한 번 부르짖고, 후속으로 이어지는 것을 떨쳐냈다.

"이거야! 역시 백부에게 투구 같은 걸 받아뒀어야 했던고……!"

붕붕 손도끼를 휘두르고 기합을 넣은 드워프 도사가 눈을 가늘게 뜨고 외쳤다.

"거리 다섯 타일, 네 타일, 셋, 비늘 친구야!"

"오오, 리자드맨 제일의 칼!!"

한 번 부르짖으며 뛰어든다. 리자드맨의 방식에 따라 손톱, 손톱, 송곳니, 꼬리가 고블린을 휩쓸었다.

"GOBORG?!"

"GOORB?!"

피보라, 내장, 살점, 단말마의 외침. 고블린 두 마리가 너덜너덜한 누더기처럼 찢어져 죽었다.

도저히 도수공권(徒手空拳) 같지 않은 위력과 결과지만, 이걸로 끝나지 않는다.

"GOROBG?!"

"셋— 넷!"

따라서 고블린 슬레이어는 적절하게 무기를 휘둘러 좌우로 돌아오려는 놈들을 막았다.

방패로 공격을 쳐내고, 검으로 찌른다. 목을 파헤치고, 적의 후속으로 걷어차 행동을 저해시킨다.

시체를 걷어차고 뽑아낸 기세 그대로 검을 들어 올려 투척, 두개골이 쪼개지고 그걸로 두 마리.

고블린 슬레이어는 앞으로 나아가 쓰러진 고블린이 놓친 곤봉을 주웠다.

"좁은! 곳에서! 활은! 쏘고 싶지! 않은데…… 윽!!"

그 사이, 그가 처리 못한 고블린은 후속의 엘프 궁수가 차례차례 쏘아 죽였다.

후속의 엘프와 흄 아가씨를 넘어뜨릴 호기라고 생각했는지 역겹게 웃는 고블린 놈들.

그 입에 화살촉이 뛰어들고, 뇌간을 꿰뚫어 넘어뜨린다.

엘프 궁수는 길고 유연한 다리로 시체를 차서 치우고 화살을 뽑아 다음 적에게 일사.

지근거리에서 엘프의 화살을 맞았으니 그 충격으로 고블린이 후방으로 날아갔다.

"화살이 부족해질 것 같아……! 어디로 가면 돼?!"

"모퉁이를 지나서, 안쪽 문으로. 다른 통로는 묘실로 이어지니 무시. 문을 빠져나가 왼쪽일세!"

리자드맨 승려가 외치면서 고블린의 어깨에 송곳니를 박아 휘둘렀다.

"이이이이이이이얏!!"

"GOOROGBG?!"

벽에 부딪히고, 동료를 휩쓰는 도구로 쓰이고, 마지막에는 바닥에 내동댕이쳐지는 고블린.

부딪혀서 뭉개진 고블린의 몸에서 피가 뿜어져 나오고 여신관은 무심코 히윽, 고개를 움츠렸다.

그러나 그녀도 몇 번이나 수라장을 헤쳐 나왔다.

그녀는 양손으로 석장을 단단히 쥐고 통로를 노려보면서 긴장된 목소리를 높였다.

"뒤쪽, 저희들이 조심할게요! 묘실에서 고블린이 나올지도 몰라요……!"

"오냐! 무리하지 말거라!"

장단이 딱 맞는 대답과 함께 드워프 도사가 손도끼를 고쳐 쥐었다.

—예상이 맞았다.

과거에 이 미궁에서는 방의 수호자(룸 가더)가 밖으로 나오는 일은 없었다고 한다.

마신왕의 군세인 이상, 요소를 경비하는 자와 통로를 순시하는 자의 역할이 달랐으니까.

그러나 이제 와서 이 미궁에 자리 잡은 건 어리석은 고블린에 지나지 않는다.

"GGOROGOB!"

"GOB! GOBOGORROBG!!"

고블린 놈들이 귀에 거슬리는 소리를 지르며 옆에 있는 묘실에서 문을 깨부수고 뛰쳐나왔다.

그러나— 그런 것은 **그녀**에겐 첫 모험에서 경험한 일이다.

"에이, 얏!"

옆에서 밀려드는 고블린 앞을, 여신관이 열심히 휘두르는 석장으로 막았다.

빈약한 계집아이인 여신관의 일격은 견제 밖에 못 되지만, 당사자도 그것을 이해하고 있었다.

그녀의 역할은 고블린을 쓰러뜨리는 것이 아니다. 다 알고 하는 행동이며, 전술적인 것이었다.

“으랏차!!”

“GORRO?!”

코끝을 스치는 석장에 머뭇거린 고블린을 드워프 도사의 도끼가 찍었다.

손도끼 일격을 받은 고블린이 뭉개진 두개골의 내용물을 과실처럼 뿌리면서 쓰러졌다.

“너무 크게 휘두르지 않아도 되느니라!”

“네! 고맙습니다……!”

여신관은 열심히 대답하고 이마의 땀을 닦으며 자기가 할 수 있는 것을 한껏 반복했다.

고블린 슬레이어가 처리하고, 리자드맨 승려가 날뛰고, 엘프 궁수가 마무리한다.

옆이나 후방에서 밀려오는 놈들은 여신관이 견제하고, 드워프 도사가 쓸어버린다.

문을 열고 뛰쳐나간 곳은 십자로. 그들은 한 덩어리가 되어 그곳을 돌진했다.

연계가 된 모험가들의 싸움은 술법의 행사를 아끼면서도 압도적이었다.

그러나 그걸 보고 고블린 놈들이 겁을 먹는가 하면 결코 그렇지 않았다.

놈들은 단순하다. 수에서 우세하다. 자기는 죽지 않는다. 그러니까 분명히 이긴다.

동료의 죽음에 얼굴을 마주본다. 그러나 놈들은 그 시체를 짓밟으며 공격해온다.

모험가를 고깃덩이로 만들고 계집들을 유린하고자, 놈들은 욕망을 분출하면서 공격해온다.

"GOBOG!!"

전위보다 쉽다고 보았는지 고블린 놈들은 후방을 집중적으로 노렸다.

창이, 단검이, 미궁의 인광으로 번뜩이며 빛나는 칼날이, 빈틈을 파고들어 차례차례 찔러 들어온다.

그 끝에 거무죽죽한 점액이 묻어 있는 것을 본 여신관의 몸이 굳어졌다.

"히익?!"

"위험하니라!"

자칫하면 잘못될 차에 드워프 도사가 어깨를 붙잡아 뒤로 물리고 대신 자신이 맞았다.

드워프의 체구와 용력과 기세로 펼치는 몸통 박치기. 고블린 놈들이 날아가고 그곳에 손도끼가 뛰어든다.

나무를 베는 것처럼 싸우는 모습은 전문직이 아니라도 과연 드워프라고 해야 하리라.

"죄, 죄송해요……!"

여신관은 고개를 흔들고 소리를 높였다.

"독이에요!"

"칼날은 안 닿았다! ―그러나, 카미키리마루! 끝이 없구나!!"

"그래."

고블린 슬레이어는 곤봉으로 고블린의 머리를 부수고, 그것을 넘어온 놈의 얼굴을 횃불로 지졌다.

"GGOROGB?!"

탁한 비명과 경련. 그러나 죽지는 않았다. 그는 이어서 곤봉을 휘둘렀다.

고블린 슬레이어는 양손의 곤봉과 횃불로, 북이라도 치는 것처럼 고블린의 무리를 때리고 있었다.

이윽고 몇 마리 째 고블린의 두개골과 맞바꾸어 부러진 곤봉을 내던지고 그가 짧게 말했다.

"열하나. 왼쪽이었나."

"맞다네!"

리자드맨 승려가 외쳤다.

"안쪽 문으로!"

"……먼저가라."

"**또** 뭔가 저지를 셈이야?!"

화살의 남은 수에 혀를 차면서 외치는 엘프 궁수. 고블린 슬레이어는 가방에서 작은 병을 뽑아냈다.

"물도 독도 폭발도 아니다."

말하자마자, 그는 횃불과 작은 병을 전방의 고블린에게 내밀었다.

"GGBOROOGOBOG??!!"

불타는 물과 불씨를 한 번에 뒤집어쓴 고블린을, 고블린 슬레이어는 무자비하게 걷어찼다.

"열둘. ……가라!"

"알겠네!"

모험가들의 행동은 빨랐다.

고블린 슬레이어가 파헤친 틈을, 불꽃을 뛰어넘은 리자드맨 승려가 단숨에 넓혔다.

고블린 놈들이 말려들지 않으려고 멀어진 틈에 드워프 도사가 뒤뚱뒤뚱 달렸다.

"가는 곳에 불을 놓지 말거라! ……자, 뛸 수 있겠느냐?!"

"갈……게, 요!"

여신관이 양손으로 석장을 쥐고 눈을 감더니 에잇, 필사적으로 불을 뛰어넘어 달렸다.

그리고 엘프 궁수가 후방으로 활을 당기면서 가볍게 도약, 벽을 차고 내려섰다.

—문은 눈앞이다.

"오르크볼그, 다들 도착했어!!"

"그래."

고블린 슬레이어는 그녀의 활에 지원을 받으면서 가방에 손을 넣었다.

뽑혀 나온 것은 두루마리 하나였다.

"GBOR!!"

"GOBOGGOBOG!!"

"고블린 슬레이어 씨! 어서……!"

밀려드는 녹색 파도와 대치하는 고블린 슬레이어의 등에 여신관의 절박한 목소리가 닿았다.

알고 있다며 고개를 끄덕인 그는 고블린 놈들에게 두루마리를 내밀면서 슬금슬금 뒤로 물러났다.

"문을 부수고 뛰어들어라!"

"오냐!"

드워프 도사의 대답과 함께 어깨로 문에 부딪히는 소리가 울렸다.

뒤로 물러나면서 불덩어리가 된 고블린을 뛰어넘자, 그 옆에 낡은 간판이 걸려 있었다.

무슨 경고문이라도 적혀있는 것일까? 지금에 와서는 형체도 알아볼 수 없지만…….

고블린 슬레이어는 등 뒤에서 엘프 궁수가 「아」 소리를 내는 것도 개의치 않고 두루마리를 풀었다.

"GGBGROB?"

"GOR! GOOGB!!"

고블린 놈들도 처음에는 뭐가 뭔지 몰랐을 것이다.

지하미궁에, 바람이 불었다.

—그냥 바람인가? 허세인가?

그렇게 생각하며 비웃던 고블린의 몸이 문득, 둥실 떠올랐다.

"꺄……악?!"

"얼른 문으로 들어가라. 빨려 들어간다!"

날아갈 것 같은 모자를 누른 여신관에게 고블린 슬레이어가 날카롭게 말했다.

그 순간에 대기가 소용돌이를 만들었다.

그가 내던진 두루마리가 초자연의 불꽃에 타오르면서도 **구멍**을 만들어낸 것이다.

"GOOROGGB?!"

"GOBG!! GOOROGOBG?!"

탁한 독기를 날려버리는 선풍이 목을 으르렁거리는 짐승처럼 고오오오, 휘몰아쳤다.

한 마리, 두 마리. 필사적으로 버티지만 벽이나 바닥에 손발을 대고서도 버틸 수 없었다.

선두에 선 고블린은 후퇴하고자 했지만, 나중에 밀려든 동료들이 그것을 가로막았다.

"GOBG?!"

"GBBOOROGOBG?!"

이윽고 고블린 놈들은 광희난무하며 춤추는 바람의 정령에게 밀려서 구멍 안으로 빨려 들어갔다.

모험가들은 고블린 놈들의 비명을 등지고 앞으로 나아갔다. 고블린 슬레이어는 문을 닫았다.

덜컥, 문 닫히는 소리만이 바람 소리보다도 커다랗게 뒤에 남았다.

§

"저, 저건, 뭐야……?!"

암흑 속. 엘프 궁수가 헉헉 헐떡거리는 기색으로 말했다.

"《게이트》다."

역시 어둠 속에서 고블린 슬레이어가 응답했다.

"고소(高所)에 이었다."
"고소?"
아니 뭐, 두루마리를 쓰고 버리는 건 새삼스럽지. 엘프 궁수가 의문스레 되물었다.
"하늘이다."
그가 말했다.
"바람의 정령은 춤추는 자가 적은 장소에 이끌려 날아든다고 들었다."
여기서 저 장비를 쓰는 것은 아깝지만, 하는 수 없다.
"언젠가 고블린 상대로 시험하고자 생각했다. 마침 좋은 기회였다."
"……그러니까, 세상 어딘가에서 비 대신 고블린이 내린다는 거구나."
엘프 궁수는 깊숙한 숨을 내쉬었다. 평소에는 하늘이라도 우러러 보겠지만.
"아아, 정말…… 됐어. 물줄기보다는 낫네."
"그런가."
"이번에는 불평할 상황도 아니니까."
그렇다면, 이번엔 기가 막힌 게 아니라 체념한 것이리라.
살며시 공기가 흔들린 것은 그녀가 기다란 귀를 파르르 흔들었기 때문이 틀림없다.
"그건 그렇고, 이상하게 어둡네, 여기. 엘프의 눈으로도 안 보이는 건 보통이 아닌데?"
미쳐 날뛰는 바람의 손톱에서 벗어나고자 문으로 뛰어든 모험가들은 암흑 속에 있었다.

아마 통로 폭이나 천장의 높이도 변하지 않았을 텐데, 여기는 빛이 없었다.

여신관이 안타까움에 횃불이나 랜턴에 불을 붙이고자 부싯돌을 때렸지만, 불꽃이 튀기만 했다.

이윽고 포기했는지, 그녀의 작은 한숨만 괜히 크게 울렸다.

"……불, 안 붙는 것 같아요."

"여기는 아무래도, 속박이나 어둠의 영역이라고 불리는 장소인 모양일세."

열을 내다보는 리자드맨 승려가 뭔가 생각에 잠긴 낮은 목소리로 응답했다.

탁탁 옆에서 소리가 나는 것을 들어보니 비늘 돋은 손으로 벽을 더듬고 있는 것 같았다.

"뛰어들기 직전에 본 지도에 따르면, 이 앞에 승강기가 있음이 틀림없다네."

"그렇게 믿고 싶구나. ……아무리 고블린 놈들이라도 여기는 다가오질 않는 모양이니라."

불평을 하고 싶은 기색으로 중얼거린 드워프 도사가 털썩, 소리를 내며 앉았다.

마개를 뽑아 술병의 내용물을 벌컥벌컥 들이켜는 소리.

문 하나 너머에 고블린이 있다지만, 누가 말하지 않아도 잠깐 쉬어야 할 때였다.

"……죄송해요. 아무래도 도움이 못 되어서."

어쩐지 풀이 죽은 목소리와 함께 여신관이 얇은 엉덩이를 살포시 바닥에 붙였다.

무아지경이었지만 견제하느라 지팡이를 휘둘렀을 뿐이다.

기적도 절약을 위해 쓰지 못하고, 독의 칼날에 몸이 굳었고, 지금은 불도 붙이지 못한다.

그것은 딱히 그녀 탓이 아니지만— 역시 풀이 죽을 이유는 되는 것이다.

"아니아니, 신경 쓰지 말거라. 후위가 무기를 휘두르는 상황이 되면 큰일이니라."

드워프 도사가 그런 그녀의 어깨를 투박한 손으로 탁탁 두드리고 웃었다.

"그렇게 되면 카미키리마루도 정신이 없을 게 아니더냐?"

"그렇다네. 승려의 사명은 딱히 무기를 휘둘러 적을 죽이는 것이 아닐세."

리자드맨 승려가 이어서 대단히 성실하게 말하자 여신관은 키득키득 웃었다.

긴장의 실이 풀렸으리라. 「네」 하고 응답하는 목소리도 살짝 밝아졌다.

"참고 견디는 것도 역할이라는 건가요?"

"그래."

고블린 슬레이어가 응답했다.

"일해줘야 할 때가, 반드시 있다."

분명히 어둠 속에서도 평소처럼 고개를 끄덕이고 있을 것이다.

—표정이 안 보이는 것도 평소랑 똑같네요.

그래서 여신관도 어쩐지 안심하며 고개를 끄덕였다.

"……네. 그때는 열심히 할게요."

그렇게 힘을 짜내 웃은 표정은 아무도 보지 못했겠지만.

잠시 지나 모두가 숨을 고르는 것을 재다가, 고블린 슬레이어가 「간다」라고 말했다.

모험가들은 어둠 속에서 서로를 향해 고개를 끄덕이고 대열을 짜서 움직였다.

어둠을 더듬으면서 슬금슬금 나아가, 다른 문을 무시하고 안쪽으로, 또 안쪽으로.

이윽고 어둠 너머에 희미하고 흐릿한 불빛이 보였다.

옆에 『A』부터 『D』까지의 단자가 늘어선, 양쪽으로 열리는 문.

—승강기(엘리베이터)다.

막간 「우주적 공포(코즈믹 호러)는 검과 마법의 적이 못 된다는 이야기」

Goblin Slayer

He does not let anyone roll the dice.

"타아, 아앗!"

귀엽고도 힘찬 외침과 함께, 태양빛의 폭발이 영봉을 둘러싼 어둠을 일섬하여 끊어냈다.

어둠은 기이한 형상이었다. 부풀어 오른 고기 덩어리였다. 뒤집힌 생물, 춤추는 내장이었다.

하늘의 화석과 함께 날아온 그것은 그야말로 정체불명, 형용키 어려운 존재 그 자체였다.

산꼭대기, 충돌구 안에서 아직도 열을 품고 빛나는 운석에 엉긴 채 그림자가 되어 이 세상에 살을 뻗었다.

아마도 — 눈에 보이는 모습이 3차원인 것뿐이지 — 이 차원의 것이 아니리라.

"……보기만해도 제정신이 깎여나갈 것 같아."

현자가 보기 드물게 창백한 표정으로 비지땀을 흘리면서, 낮은 목소리로 신음했다.

아직 그녀는 세계를 건너는(플레인즈 워크) 영역이 아니었다.

이 세상을 구석구석 해명하지도 못했는데, 바깥세상으로 나서는 것은 아깝다.

지금도 지팡이를 든 손끝, 발끝, 몸짓과 손짓으로 정밀하게 진정으로 힘 있는 말을 새기며, 그녀는 이를 갈았다.

역겨운 존재, 맥동하는 내장. 이 그림자를 여기에 봉하는 역장은 현자밖에 만들지 못한다.

1분, 1초 단위로 자신의 영혼이 줄로 갈려나가는 착각마저 들었다, 그러나…….

"그런가요?"

정묘하며 불가사의한 움직임. 그야말로 쉴 새 없이 발길을 움직여 간격을 재면서, 검성이 까르르 웃었다.

그녀는 꾸물텅거리며 뻗어오는 촉수에 기회만 보이면 공격을 펼쳐서 차례차례 잘라내고 있었다.

그 때마다 검붉은 피보라가 그야말로 칼날에 뒤엉키는 홍련의 깃발처럼 펼쳐지고 하늘을 채색한다.

아마도 무의 소양이 없는 자가 이 자리에 있어도, 그녀가 수호의 요체란 것을 한눈에 알 수 있으리라.

"피가 나온다면 죽일 수 있다는 거고, 어떻게든 되는 것 아닐까요?"

칼날로 모든 것을 해결할 수는 없다. 그러나 칼날로 해결할 수 있다면 만사 문제없다.

검성인 그녀에게 이 괴물은 별들의 세상에서 날아온 고기 덩어리, 그 이상도 이하도 아니었다.

세상에 저주를 뿌리는, 눈앞을 막아서는 것을 벤다. 그저 그뿐.

—정말이지, 단순하다니까요.

현자는 포기한 것처럼 「후」 숨을 내쉬며 웃었다. 긴장된 어깨가 슥 풀리는 느낌이었다.

조잡(Crude)하다고 생각했을 때는 정밀(Technical)하게.

정밀(Technical)하다고 생각했을 때는 있는 힘껏 조잡(Crude)하게.

그러는 편이 좋다. 뭐든지 그렇다. 현자는 그렇게 생각하면서 가벼운 어조로 말했다.

"차라리 《핵열》로 한꺼번에 날려버릴까?"

"그러면 산 높이가 변하니까 내가 혼나잖아!"

용사는 성검에 들러붙는 점액을 떨쳐내며 피로가 드러난 표정으로, 그래도 웃음을 지었다.

확대를 막는 것이 현자, 수비의 요체가 검성이라면, 공세로 나서는 것은 전적으로 그녀의 역할이었다.

작은 몸에 커다란 검을 메고, 그 위에 더욱이 세상의 안녕까지 짊어지고 있었다.

"그래도, 어쩐지 움직임이 단순해서 다행이야."

용사는 그 무게가 느껴지지 않는, 평소와 같은 어조로 중얼거리며 양손으로 성검을 겨누었다.

"좌아아 돌진하기만 하니까. ……이 녀석, 바보일까?"

"제한 없이 부풀어 오르고 공격하는 것뿐이니까요. 그래서 지금 여기서 처치하지 않으면 위험합니다만."

"국왕폐하는 신나서 덤빌 것 같은데."

"……우리가 여기서 패하여, 흡수되는 것은 상상하고 싶은 일이 아냐."

태평한 기색의 동료 두 사람에게 현자가 방금 전의 감동을 내던지며 탄식했다.

"다만, 두 사람의 지적은 옳아. 아마도 그렇게 사고 회로가 발달하지 못한 탓이라고 생각하는데……."

보이지 않는 각도에서 공격하고, 압박하는 장벽을 유지하면서 현자는 생각했다.

아마도 이 물체(씽)는, 그림자 — 라고 불러도 된다면 — 는, 생물을 흡수하여 학습하는 것이리라.

이번에는 그 기생 대상이 대단히 어리석고 빈약했기에 큰 문제가 되지 않고 있었다.

그렇, 다면—. ……현자는 소박한 의문을 무심코 입 밖으로 중얼거렸다.

"이 고블린의 시체는, 어디서 **산꼭대기로 추락한** 것일지……."

"어디서 누군가가 고블린 퇴치 의뢰를 받아서, 해치운 거겠—지, 영차!"

용사의 가는 팔이, 힘으로 밀어붙이는 것처럼 보이지만 올바른 검 놀림으로 고기 덩어리 일부를 날려버렸다.

늘 있는 일이다. 검은 머리 소녀는 미소를 지었다. 세상을 자기 혼자서 어떻게 할 수 있다는 건 큰 착각이다.

"그러니까 우리도 질 수는 없지."

용사가, 어디든지 있는 마을 소녀처럼 웃었다. 막대기처럼 양손으로 성검을 들어 올렸다.

"XEEEEEEEEEEENOOOOOOOOOOOOOOOONNN!!!!"

"—늘 있는 일이지만 말야!"

태양의, 폭발.

제8장 『재앙의 중심(하트 오브 메일스트롬)』

"GGRROROB!"

"GRBBR! GOORGGBG!"

낮게 으르렁거리는 저속한 저주의 말이 끊임없이 묘실에 메아리쳤다.

왕매는 찢어진 의복으로 구속당해 바닥에 널브러진 채 그 모든 것을 듣고 있었다.

눈으로 보고자 해도 어둡고, 일그러지고, 탁한 독기가 휘몰아쳐서 어렵다.

얼굴이 부어 있고, 일그러진 시야는 눈물로 번지고, 코와 입은 이상하게 메말라 있었다.

실컷 맞았으니까. 그녀는 멍하니 생각했다. 분명히 얼굴이 지독할 거다.

그렇게 생각하자 코 안쪽에서부터 찡하여 또 눈에 눈물이 맺혔다.

견디고자 생각할 정도의 오기는 완전히 부서졌으니 그녀는 훌쩍거리며 울었다.

이 다음에 무엇이 기다리고 있어도 지금까지보다 나을 리는 없으리라.

그녀는 그것이 견딜 수 없이 두려웠다.

역겹고 모독적인 행위를 생각하면 불결한 돌바닥의 차가움 따위 신경 쓰이지도 않는다.

“GOROGGBGO! GROG!”

“GGGOROGB!”

제단에서는 홀로 화려한 의상을 입은 고블린이 뭔가 외치고 있었다.

우스꽝스러울 정도로 추악하게 희화화된 마술사의 의상.

온몸에 기하학적인 문신 — 저것은「손」이다 — 을 새긴 그 고블린이 두목이었다.

그녀는 자신을 세차게 때리고, 가지고 놀며, 꺾어버린 존재에 무심코 몸을 움츠렸다.

“힉, 으……윽.”

“GGBGOROGOBOG!”

“GOR! GBOGOGB!”

그 꼴사나운 모습을 보고, 또 고블린 놈들이 깔깔 비웃었다.

딱히 놈들은 왕의 여동생이 이런 꼴이 되었으니까 바보 취급을 하는 것이 아니다.

그저 자신들보다 낮은 존재가 움찔거리며 겁먹은 모습이 유쾌하여 견딜 수 없는 것이다.

만약 고블린 놈들이 그녀의 정체를 알았다면 더욱 가열찬 행위를 했을 것이다.

질투나 시기, 고블린은 그런 것을 숨기지 않는다.

그녀는 자신이 그런 괴물 놈들의 욕망이 휘몰아치는 암흑의 안쪽에 침몰한 것을 알았다.

구원은 없다.

어디에도 없다.

온갖 것을 잃고, 온갖 것을 빼앗기고, 온갖 것을 능욕당했다.

그럼에도 고블린은 더욱이 그녀에게서 미약한 찌꺼기마저 빼앗고자 한다.

—분명히, 만족 따위 하지 않겠지.

상대가 사과를 하든, 울부짖든, 설령 죽더라도 그들은 만족하지 않는다.

그저— 질리거나, 잊거나, 흥미가 다른 가련한 희생자를 향할 뿐이다.

"우……으, 아……으……윽."

그러니까 이제, 하다못해 용서를 구하지 않도록 하자고 그녀는 결심했다.

그것은 딱히 고블린 놈들에 대한 대항심이나, 긍지나, 그런 것이 아니었다.

그저 자신이 너무나 한심하고, 그래 봤자 소용없다는 것을 알기 때문이다.

그리고 아마도 그 결심은 고작해야 몇 분도 못 버티고 잃게 될 것이 틀림없었다.

"GGBGBG!"

"GRB!"

고블린의 두목이 지팡이 — 말라비틀어진 「손」이다 — 를 휘둘러 부하들에게 뭔가 명했다.

차박차박 축축한 발소리를 내면서, 욕망이 가득한 지저분한 고블린 놈들이 걸어왔다.

문득 돌아가신 아버지, 돌아가신 어머니의 그리운 얼굴이 떠올랐다. 오빠의 얼굴이 이어서 떠올랐다.

화내고 있을까? 걱정하고 있을까? 그것은 상상하는 수밖에 없었다.

신기하게도 만나고 싶지는 않았다.

그저, 돌아가고 싶었다.

그 바람은, 분명히 기적이라도 없으면 이루어지지 않겠지만…….

§

"신전에서 조사해봤다만, 놈들의 문신은 나도 본 적이 없는 종류다."

모험가들을 태운 승강기는 소리도 없이 계속 하강했다.

둥실둥실 발치가 떠오르는 감각이 없다면 도저히 움직이는 상자 안이라 생각하지 않으리라.

엘프 궁수가 끊임없이 기다란 귀를 흔들면서 표정을 찌푸리자 리자드맨 승려가 말했다.

"침을 삼키게나."

그녀가 목을 꿀꺽 울리자, 아무래도 귀의 위화감도 사라진 모양이다.

"그러나, 주문술사 같은 것이 있는 것은 틀림없을 거다."

"고블린 샤먼, 이군요."

"단정할 수는 없다."

고블린 슬레이어의 대답에 여신관의 얼굴에 긴장하는 기색이 번졌다.

공포로 몸이 움츠러든다— 그런 지점은 이미 지났지만, 그러나 두려움 없이 도전할 상대는 아니다.

두손으로 석장을 꼭 고쳐 쥐고 심호흡을 한 번. 다시 한 번. 한껏 숨을 들이쉬고, 내뱉는다.

그런 그녀의 어깨를 엘프 궁수가 가볍게 두드려 주었다.

"……괜찮아?"

"네."

여신관은 기특하게 미소를 보였다.

"괜찮아요."

힐끔 눈길을 돌렸다. 고블린 슬레이어는 드워프 도사, 리자드맨 승려와 이야기를 하고 있었다.

아마도 계획을 정리하는 것이리라. 평소와 같은 모습에 안도의 한숨을 쉬었다.

"요즘 들어 주위에서 설치던 고블린 놈들의 뿌리는 같을 거다. 그 놈이 우두머리다."

고블린 슬레이어의 말에 드워프 도사가 하얀 수염을 매만지며 맞장구를 쳤다.

"그렇다면, 있다는 건 확정하고…… 주문술사부터 치는 것이 정석이니라."

그것에 리자드맨 승려가 끼어들었다.

"아니, 상대의 수와 장비에 따라 다를 걸세."

세상 제일로 전투에 숙달됐다는 리자드맨의 승려는 조심하라며 기다란 목을 흔들었다.
“승강기 문이 열리는 곳에서 기다리고 있다면, 피할 곳이 없다네.”
“투사 무기인가.”
고블린 슬레이어가 낮게 으르렁거렸다.
“귀찮겠군.”
“보거라, 길쭉귀야.”
드워프 도사가 묵직하게 말했다.
“뭔가 들리는 것 없느냐?’
“딱히 엘프라고 뭐든지 들리는 건 아니거든?”
표정을 찌푸리면서도 엘프 궁수는 눈을 감고 기다란 귀를 위아래로 쫑긋쫑긋 움직였다.
일동이 자연스레 입을 다물었다. 각자의 호흡 소리만 미약하게 상자 안에 울렸다.
“……응. 상당히 있는, 것 같아.”
잠시 지나 눈을 뜬 엘프 궁수가 그다지 자신 없는 어조로 말했다.
“열 마리 이상, 일까? 스물일지도 몰라. 발소리, 차박차박. 아무리 그래도 장비까진 모르겠어.”
“또 깨달은 점이 있나?”
고블린 슬레이어가 말했다.
“뭐든지 좋다.”
“소리는 아닌데.”
엘프 궁수가 코를 움찔거렸다.
“뭔가, 이상한 냄새. 아래쪽에서.”

"독기 같은 건가."

"아니, 의식이라도 하고 있을 지도 모를 일일세."

고블린 슬레이어의 추측에, 옆에서 리자드맨 승려가 끼어들었다.

"그렇다면 향 같은 것을 피우는 것이 자연스런 흐름이라네."

"어느 쪽이든, 우리가 들이쉬어서 제대로 된 꼴을 못 볼 게다."

후으음. 생각한 드워프 도사가 뭔가를 떠올리고 손뼉을 쳤다.

"보거라, 카미키리마루. 언젠가 썼던 그, 저거다. 숯과 천의 방독면은 어떤고?"

"그건 급조한 거다. 시간이 있다면 해독 물약으로 천을 적시는 편이 좋다."

고블린 슬레이어가 말하더니 가방에서 끈을 묶은 작은 병을 꺼냈다.

"여기서 물약을 쓰고 싶지는 않지만, 써야겠지."

"아, 그럼, 그건 제가……!"

퍼뜩 여신관이 손을 들자 파티의 시선이 단숨에 그녀에게 모였다.

주목 받는 것이 익숙지 못한 건지 여신관의 볼이 살짝 빨개졌다.

"저기, 아뇨, 그게, 처음에는 평소처럼 《홀리 라이트》를 써야 하나 생각했는데요……."

여신관이 허둥지둥, 어쩐지 변명하는 것처럼 손을 흔들었다.

"그보다도, 그쪽이 확실히 도움이 될까…… 해서."

고블린 슬레이어는 재빨리 머릿속으로 남은 술법 회수를 세었다. 세 번. 돌입에 한 번.

아마도 포로가 무사 — 생존이라는 의미다 — 하다면 그녀는 분명히 치유의 기적을 탄원하리라.

그렇다면 남은 기적은 한 번, 한 번밖에 못 쓴다고 해야 할까? 한 번이나 쓸 수 있다고 해야 할까?

그는 가방에 물약을 집어넣었다.

"부탁하지."

"네!"

고블린 슬레이어의 대답은 지극히 간결했고, 여신관은 얼굴이 확 밝아져서 고개를 끄덕였다.

"그러면, 처음에는 신관 선생. 소승은 뭐, 전위로 나서야겠군."

리자드맨 승려가 참으로 즐겁다고 말하듯 기괴한 손놀림으로 합장을 했다.

"다행히, 선조에게 의지할 기적은 온존하였으니 말일세. 술사 선생은 어찌하겠나?"

"어디보자……. 술법은 앞으로 두 번, 아니 세 번은 가능할꼬……."

말하면서 촉매가 든 가방을 뒤지던 드워프 도사가 씨익 웃었다.

"자, 카미키리마루. 뭐가 필요한게냐?"

"광원이겠군."

그는 생각하는 기색도 없이 말했다.

"나머지는 맡긴다."

"오냐. 그러면 나는 그렇게 하마."

"나는 평소랑 똑같네."

엘프 궁수가 대궁에 현을 고쳐 걸고, 남은 화살 수를 손으로 확인하며 고개를 끄덕였다.

"뛰어다니면서 쏜다. 커버한다. 드워프가 넘어졌을 때라든가."

"누가 넘어지느냐?"

드워프 도사가 엘프 궁수를 노려보았다.

"모루가 떨어지기라도 안 하면 말이다!"

어머! 얼굴이 빨개진 엘프 궁수가 뭔가 빠르게 말대답을 하고, 시끌벅적. 평소와 같은 대화다.

긴장을 풀기에 좋다고 보았는지 리자드맨 승려가 유쾌하게 눈을 빙글 돌렸다.

"그리고 다음은, 고도의 유연성을 유지하면서 임기응변으로…… 가 되겠는가."

"……그거, 그냥 닥치는대로라고 하지 않아요?"

"아니."

여신관이 쓴웃음을 지으며 말하자 고블린 슬레이어가 고개를 옆으로 저었다.

"고블린 놈들은 못하는 일이다."

§

"《자비 깊은 지모신이여, 부디 그 손으로, 우리들의 더러움을 정화해 주소서》!!"

그리하여 《퓨리파이(정화)》가 현현했다.

오탁(汚濁)과 부정(不淨)의 영역에, 청아하고 성스러운 공기가 사아악 한 줄기 바람처럼 퍼져나갔다.

여신관이 드높이 올린 기도와 함께 승강기 문이 기적처럼 갈라지며 열렸다.

“독기, 떨쳐냈어요!”

“좋다!”

숨 막히는 독기가 사라진 홀에 모험가들이 뛰쳐나갔다.

과거에는 함정으로 기능했던 녹슨 경보가 딱 한 번 찌리링, 울리고 정지했다.

“GGOBOGOB?!”

“GORO?! GOBOGOR?!”

고블린 놈들이 술렁거리고, 모독적인 의미를 가졌을 욕지거리가 어둠 속에 울려 퍼졌다.

어둠을 내다보는 드워프 도사가 표정을 찌푸리면서 즉시 가방에서 한 줌의 석회를 쥐었다.

“《들어 올리고 태우거라, 횃불(윌 오 위스프)을 들라. 늪지의 도깨비불이 나설 때로다》!”

드워프 도사가 석회를 공중에 던지자 그것이 저절로 창백한 불꽃을 내며 타올랐다.

《컨트롤(사역) 스피릿》으로 불러낸 그것이 황황하게 미궁을 비추었다.

홀은 그야말로 올바른 의미에서 묘실 같은 공간이었다.

안쪽으로 이어지는 양쪽으로 열리는 문은, 과거 모험가들이 목표로 했던 심연으로 통하는 승강기일까?

돌로 만든 어슴푸레한 방에는 여기저기에 모험가들이 반복한 격전의 흔적이 있었다.

그리고 다 삭은 고철이나 누더기가 된 갑주, 검은 복장을 입은 해골이 흩어져 있었다.

이것이 단순한 미궁탐색이었다면 엄숙한 기분이 들었으리라.

그러나 지금 여기를 점거한 것은 고블린 놈들이었다.

미궁의 심장부는 고블린 놈들의 잡동사니, 오물, 먹고 남긴 찌꺼기로 모독을 당하고 있었다.

주위의 벽에는 무모하게도 미궁에 도전했는지, 아니면 고블린 놈들에게 패했는지…….

"……너무해."

여신관이 무심코 입가에 손을 댈 정도로 처참하다. 고블린 슬레이어가 낮게 으르렁거렸다.

기묘한 과실 같은 꼴로 살에 갈고리를 박아 매단 주검이 몇 개나 흔들리고 있었다.

그 고기 덩어리 같은 꼴이 지독한 고문의 결과일 것을 쉽사리 상상할 수 있었다.

"GOROBG!"

"끄, 으, 아……."

그때, 혼란에 빠진 고블린 놈들의 목소리 틈으로 가녀린 비명이 들렸다.

포로— 왕매의 모습은 제단 위에 있었다.

두목으로 보이는 화려한 의상의 고블린이 그녀의 머리칼을 붙잡아 일으켜 세우고 있었다.

—살아 있어!

"지팡이 하나. 검 다섯, 곤봉 다섯, 창 둘, 활 일곱, 홉(Hob) 없음, 스물!"

지저분한 가죽 갑옷에 싸구려 철 투구, 팔에는 작은 원형 방패를 고정했고, 어중간한 길이의 검을 찬 모험가.

왼손의 횃불을 묘실로 내던진 고블린 슬레이어는 재빨리 상황을 파악했다.

"예상대로군. 샤먼인가."

"아뇨……!"

그 판단을 여신관이 가로막았다.

왕매의 생존을 알고서 얼굴에 희색을 지은 것도 한순간, 그녀는 두 눈을 크게 뜨고 있었다.

시선 끝에는 지팡이를 든, 온몸에 문신을 한 두목으로 보이는 고블린.

공포일까? 과거의 경험 탓일까? 아니다. 목덜미에 찌릿찌릿하는 통증이 흘렀다.

—신탁(핸드아웃)!

여신관은 마음씨 고운 지모신에게 받은 계시를 올바르게 읽어 외쳤다.

"저건, **프리스트**예요!"

사악한 혼돈의 신을 섬기는 사도! 올바른 신에 대해 기도하지 않는(Non-Prayer) 놈들!

"GBOB! GOROBGGRB! GOROBG!!"

여신관의 목소리에 응답하는 것처럼 고블린의 기도가 묘실에 메아리쳤다.

지팡이를 휘두르며 기이한 언어로 떠들자, 탁하고 역겨운 색의 빛이 제단에 들러붙었다.

“이 녀석……!”

그렇게는 못한다. 엘프 궁수가 선수필승으로 노려서 쏜 화살이 메마른 소리와 함께 튕겨나갔다.

“말도 안 돼……?! ―《프로텍션》?!”

저속한 웃음을 짓는 고블린 사교도 주변에 얇은 빛의 벽이 보였다.

그 견고함을 고블린 슬레이어는 잘 알고 있었다. 듬직하게 생각하기도 했다.

물론, 생각하지 않았던 것은 아니다.

눈 덮인 산에서 고블린 팔라딘과 싸운 것은 1년 가까이 지난 지금도 기억이 생생하다.

―그러나, 고블린의 신앙심일 텐데?

이 세상에서 이 정도로 궁합이 나쁜 요소도 달리 없으리라.

그는 무의식중에 그렇게 생각하던 자신에게 씁쓸하게 혀를 찼다.

“그러면, 이거다!”

고블린 슬레이어의 행동과 말에는 망설임이 없었다.

그는 기습의 어드밴티지를 버리는 어리석음을 범하지 않았다.

말하자마자, 터무니없이 사악한 형상의 칼날이 어둠을 가르고 날아갔다.

뒤틀리고 가지를 친 만자형 투척 나이프가 옆으로 날아간 것이다.

“GOBO?!”

부웅 벌의 날갯짓 비슷한 소리와 함께 그 칼날이 장벽 바깥의 고블린 궁병을 덮쳤다.

어슴푸레한 가운데 거무죽죽한 고블린의 피가 솟아나오고, 비틀거리며 흔들린 다음에 머리를 잃은 몸통이 쓰러졌다.

튕겨나간 머리는 그대로 묘실 구석까지 굴러갔다. 100년은 거기서 썩어가리라.

"하나! 사수를 없애라. 백병전이다!"

"하하하, 알겠다네!"

고블린 슬레이어가 투척 나이프에 이어둔 끈을 당기면서 외치자, 리자드맨 승려가 뛰쳐나갔다.

강건한 리자드맨 승려는 도수공권.

"《영도룡의 갈고리인 날개여. 찢어발기고, 하늘을 날아, 사냥을 이루라》!"

그러나 손 안에서 촉매인 송곳니가 부글부글 끓어오르더니 칼날로 연마되어 손에 쥐었다.

리자드맨 승려는 전투의 흥분에 거칠어진 입김을 증기처럼 턱에서 푸우, 뿜어내고 섰다.

"GOROBG!"

"GOROOBG?!"

"이이잇!!"

고블린 궁수 놈들이 후방에서 드문드문 쏘는 화살비를 리자드맨 승려가 꼬리를 휘둘러 일축.

"고블린 놈들의 화살은 봄비 같도다!"

이어서 양손에 쥔 용아도가 가까운 고블린의 육체를 깨물어 찢었다.

한 마리, 두 마리. 용감—이 아니라 동료에게 등을 떠밀려 앞으로 나선 고블린의 목이 날아간다.

이런 **위험한** 놈에게 누가 좋다고 덤비겠는가?

그보다도 안쪽에 서 있는 신관 계집애, 그 옆의 엘프를 노린다.

"GGBGR! GOROGOBOGOR!"

주춤거리는 부하 놈들에게 고블린 프리스트가 매도를 쏟아내고 사수에게 지시를 날렸다.

더 앞으로 나서라. 앞으로 나서서 더 연약한 후위를 쏴라.

그러나 방금 투척으로 동료가 죽은 것을 보았기 때문에 좀처럼 움직이지 않는다.

뿐만 아니라 자신도 방벽에 들어가고자 후퇴하는 형국.

"GOROBG!"

"GOBOGOROB?!"

미쳐 날뛰는 고블린 프리스트가 고블린 궁병을 문자 그대로 걷어찼다.

다음 순간, 엘프 궁수의 화살이 그 어리석은 고블린의 눈에 박힌다.

"쉽네!!"

엘프 궁수가 기다란 귀를 자신 있게 흔들며 다음 사격 지점을 향해 달렸다.

다행히 발판이 될만한 잔해나 유물이 많았다. 사체를 발판삼고 싶지는 않지만.

훌쩍 가볍게 도약을 반복한 그녀가 공중에서 나무 눈의 화살을 간헐적으로 쏘았다.

차례차례 쏟아지는 그것은 제단의 고블린 프리스트를 덮쳤지만, 보이지 않는 역장은 느슨해지지 않았다.

왜 저렇게 단단하지? 엘프 궁수는 표정을 찌푸렸다. 저 애처럼 경건하지도 않을 텐데.

"지원할 테니까 정리해버려!"

그렇다면. 그녀는 시점을 바꾸어 다음 화살을 뽑으면서 벽면을 차고 삼각 점프.

고블린 슬레이어는 동료의 움직임과 목소리에 응답하여 방패를 들고 앞으로 나섰다.

리자드맨 승려가 부르짖는 것을 미끼삼아, 궁병놈들이 진을 친 제단 앞을 목표로 땅을 달렸다.

"현재 넷. 나머지 열여섯. 그 중 궁병 다섯……!"

"GGOBOGOG! GOBOROOBG!!"

"GOROB!"

내려다보는 시점에서 보는 고블린 프리스트도 그것을 깨닫지 못할 정도로 눈썰미가 없는 건 아니었다.

놈의 지시를 받은 창을 든 고블린 놈들이 그 돌격을 막고자 창끝을 내밀었다.

무기를 교환할 틈이 아쉽다. 고블린 슬레이어는 투척 나이프를 그대로 창에 때려 박았다.

"GOROBG?!"

만자형 칼날이 자루에 얽혀서 창을 부러뜨린다. 고블린의 지저분한 눈이 경악으로 커졌다.

고블린 슬레이어는 무기를 놓고 방패를 휘둘렀다.

"GOROOOGB?!"

"다섯!"

날카롭게 연마된 원형 방패의 테두리가 고블린의 두개골을 깨부수었다.

몸을 뒤집는 고블린을 걷어차면서 고블린 슬레이어의 오른손이 땅에서 창날을 낚아챘다.

"여섯!"

"GOOBOGORO?!"

방패를 뽑아내는 반동으로 오른손을 들어 올리고, 남은 고블린 창병의 목줄기에 창날을 박아 파헤쳤다.

분수처럼 뿜어져 나오는 피를 뒤집어쓴 채, 고블린 슬레이어는 창날을 놓고 허리의 검을 뽑았다.

"나머지 열넷!"

"GOROBG!!"

고블린 프리스트가 자신의 서투른 지휘는 제쳐두고 한심한 부하 놈들에게 이를 갈았다.

고블린의 궁수 놈들은 엘프를 노려야 할지, 리자드맨인지, 흄인지 우왕좌왕.

결국은 꾸물거리면서 화살을 메기고 드워프가 지키고 있는 흄 계집에게 화살촉을 겨누었다.

"GORG?!"

그러나 그 다음 순간에 그 목줄기에 화살이 박히고, 자신의 피거품에 빠져 쓰러졌다.

꼴사납게 힘이 빠진 손에서 떨어진 화살이 비잉, 우스꽝스런 소리를 내면서 엉뚱한 방향으로 날아갔다.

엘프의 조준에서 벗어나는 것은 그 누구도 불가능했다. 고블린의 사수는 나머지 넷.

"허, 길쭉귀 처녀치고는 제법이구먼!"

고블린이 확인한대로, 드워프 도사는 여신관을 호위하고 있었다.

그는 촉매가 든 가방을 손에 든 채 손도끼를 휘두르며 고블린 놈들을 쫓아내고 있었다.

다행히 수가 적은 창을 든 놈들은 카미키리마루가 처리했다. 곤봉, 검을 든 고블린 정도는 어떻게든 된다.

"GGOROGB?!"

"GOOBG?!"

한 마리, 또 한 마리.

고블린 슬레이어가, 리자드맨 승려가, 엘프 궁수가, 드워프 도사가, 고블린을 해치운다.

"………………."

그러나 전황을 후방에서 가만히 지켜보던 여신관은 아직 목덜미의 솜털이 곤두서는 감각을 씻어낼 수 없었다.

—이 위화감은 뭘까요……?

냉정하게 상황을 분석할 수 있는 건 그녀뿐이다. 그렇기에 이것을 해명하는 것은 그녀의 역할이다.

싸움 속에서 그저 석장을 손에 들고 서 있을 뿐. 그 상황에 조바심 나는 마음을 필사적으로 진정시켰다.

고블린 프리스트는 손에 든 유물을 휘두르면서 부하에게 지시라고 할 수 없는 지시를 내렸다.

저쪽으로 얼쩡얼쩡, 이쪽으로 얼쩡얼쩡. 분풀이로 포로 삼은 왕매 전하를 걷어찬다.

마음이 딴 곳에 있다. 도저히 천상의 신들—에 상당하는 존재에게 기도를 바치고 있는 것 같지 않았다.

—그런데, 어째서 수호가 풀리지 않는 걸까요……?

사악한 신들은 이 정도로 자비가 깊은 것일까? 설마, 그럴 리가.

기적에는…… 주문에는…… 세상의 섭리를 뒤트는 행위에는 반드시 대가가 따른다.

그것은 영혼을 깎아내는 기도이기도 하고, 필사적으로 배운 주문이며, 촉매이며, 체력이다.

——?

문득, 여신관은 자신의 발치에서 끈적거리는 피 웅덩이에 눈길을 주었다. 벼락이 뇌리에 번뜩였다.

"고블린 슬레이어 씨, 산 제물이에요……!"

퍼뜩 고개를 들고 외친 그 말만으로 충분했다.

고블린 슬레이어는 눈앞에 있는 고블린의 목젖을 베면서 철 투구를 돌렸다.

고블린 놈들의 거뭇한 피도 섞이며 바닥에 흐르는 붉은 선.

새겨진 홈을 따라서 제단으로 가는, 검붉은 문양.

그렇다. 기시감이 있는 것도 당연했다.

목장을 돕느라 몇 번이나 접했고, 그 또한 손을 빌려준 행위와 다름없다.

"**피 빼기**로군!"

그렇다. 피의 흐름의 근원은 고블린 놈들의 시체— 그리고 벽에 매달린 모험가들의 시체였다.

살아 있는 동안에 어느 정도 짜냈을까? 목숨을 잃고서도, 고블린 놈들에게 빼앗기는 것인가?

시체에서 떨어지는 피가 흐름이 되고, 제단에서 사악한 신들에게 힘을 받고 있는 것이다.

"GOROGBG! GOROBOGO!!"

고블린 프리스트가 깔깔거리며 웃는 소리. 여신관은 눈앞이 빨갛게 뜨거워지는 것을 느꼈다.

용서 못해—. 그렇게 생각해버린 것은 어째서일까?

뇌리에, 과거…… 첫 모험을 함께 한 동료들의 모습이 문득 스쳤다.

죽은 다음에도 희롱 당해서는, 누구에게도 구원이 없지 않은가?

"하겠어요!"

그렇게 외치고 석장을 들어 올린 그녀의 모습을 모험가들이 흘끗 보았다. 고개를 끄덕인다.

"맡긴다!"

"말할 것이 있는가!"

고블린 슬레이어가 외치고, 리자드맨 승려가 짖었다.

또 다시 고블린 사수 놈들이 화살을 당기는 것보다 빠르게. 리자드맨의 거구가 공중에서 춤추었다.

"하하하하하! 이제 네놈들에게 도망칠 길이 없음을 알라!!"

"GOROBOGO?!"

"GBBGOR!"

나머지 두 마리가 된 고블린 궁수는 무기를 내던지고 도망치고자 했다.

고블린치고는 현명한 판단이지만, 그것은 등 뒤에 적이 없을 때 이야기다.

"열셋— 열넷!!"

두 호흡도 걸리지 않고 고블린 놈들은 두개골이 부서져 뇌수를 뿌리며 숨졌다.

고블린 슬레이어는 손에 든 곤봉을 휘둘러 들러붙은 살점을 떨쳐냈다.

"GOROBGOR?!"

"GRR!"

살아남은 다섯 마리 졸병 고블린 놈들은 묘실 중앙에 모였다.

뒤에서 고블린 프리스트가 떠들어대지만, 애당초 저런 녀석을 따를 의리 따위 없다.

고블린 놈들은 앞 다투어 무기를 들고서 여신관을 향해 달렸다.

딱히 그녀를 인질로 삼자— 라고 생각한 것은 물론 아니다.

그저 뭐라도 앙갚음을 하고, 납치해서, 괴롭혀주자고, 그렇게 생각했을 뿐이다.

"……윽."

여신관은 몸이 굳어지면서도 그 군세를 노려보았다.

드워프 도사가 사이에 끼어들어 도끼를 겨누고, 멀리서 엘프 궁수가 조준을 했다.

리자드맨 승려의 모습도— 그리고 이쪽을 보는, 그의 모습도 눈에 들어온다. 무서울 것은 없다.

작은 가슴에 한껏 숨을 들이쉬고, 내쉬고, 그녀는 외쳤다.

"《자비 깊은 지모신이여, 부디 그 손으로, 우리들의 더러움을 정화해 주소서》!!"

위대한 지모신은 또 다시 경건한 신도의 바람에 응답하여 성스러운 손을 지상에 내렸다.

보이지 않는 파도가 여신관을 중심으로 쓰다듬는 것처럼 퍼지더니 묘실을 가득 채웠다.

동시에, 뚝뚝 떨어지던 피가 눈앞에서 맑은 물로 변하지 않는가?

—누군가를 해치는 것이 아니라, 지키기 위해서, 니까요……!

그러니까 분명히, 이번에는 지모신도 용서해주신다. 여신관은 확신하고 있었다.

"GGBOGO?!"

경악으로 탁해진 고블린 프리스트의 목소리가 여신관이 불러온 청량함을 휘저었다.

청정한 물 따위 사신에게 바치는 제물로 부적절하다.

그 몸을 지키는 방벽이 순식간에 사라지고, 고블린 프리스트는 무방비하게 노출되었다.

"GROBOGOG!"

"시, ……러."

아니, 몸을 지키는 것은 아직 있었다.

콱 머리칼을 붙잡아 끌어올리고, 고블린 프리스트는 산 제물로 납치한 여자의 살을 방패삼았다.

성큼성큼. 눈앞에 모험가 하나가 거침없이 걸어온다.

지저분한 가죽 갑옷, 싸구려 철 투구, 손에는 자그마한 원형 방패를 고정했고, 고블린에게서 빼앗은 곤봉을 든 남자.

"흠."

고블린 슬레이어는 힐끔 등 뒤를 보았다.

엘프 궁수의 화살이, 리자드맨 승려의 송곳니가, 드워프 도사의 손도끼가 고블린 놈들을 처치하고 있었다.

여신관은 무사하다. 고블린 슬레이어는 철 투구를 앞으로 돌렸다.

겁먹은 표정의 고블린 프리스트가 필사적으로 왕매를 들어 올려 몸을 지키고자 발버둥 쳤다.

지저분한 얼굴에는 이쪽을 비웃는 웃음을 짓고 있었다.

고블린 슬레이어는 말했다.

"스물이다."

고블린 슬레이어의 발이 고블린의 사타구니를 차올리고, 무너져 내리자 곤봉이 울부짖었다.

그걸로 끝이었다.

§

싸움이 끝나자 묘실은 폐허 같은 조용함에 휩싸였다.

각자 거칠어진 호흡 소리와, 무기가 부딪히는 철컥철컥하는 소리만 미약하게 울렸다.

느슨하게 화살을 활에 메기고 주위를 둘러보던 엘프 궁수가 그제서야 숨을 내쉬었다.

"끝났어……?"

"……그런 모양이구나."

두 동료가 안도의 한숨을 내쉬는 것을 보고 여신관은 제단으로 타탓 달려갔다.

—그렇게 대단한 거리도 아닌데, 이상하게 길게 느껴지는 건 분명 그 탓이리라.

그녀가 무사 — 목숨이, 라는 의미다 — 한 것을 기뻐해야 할까?

아니면 소중한 사슬 갑옷을 훔쳐간 것에 화를 내야 할까?

어느 쪽도 틀린 것 같아서, 대답을 내지 못한 채 여신관은 그녀의 곁에 도착했다.

"……아."

멍하니 이쪽을 올려다보는 눈동자에 여신관의 당혹한 표정이 비쳤다.

결코 다행이라고 할 수는 없다. 그러나, 제물로 선택됐기 때문이리라.

상처 입고, 마음이 꺾이고, 의복이 벗겨지긴 했지만, 오탁투성이는 아니었다.

여신관은 그러고서도 할 말을 찾지 못하고 그것을 찾아 시선을 흔들었다.

그리고, 그녀는 그것을 발견했다.

고블린 놈들이 난잡하게 던져서 쌓아놓은, 모험가들에게서 빼앗은 전리품.

그 산더미 속에 적당히 던져둔, 어디서든 구할 수 있는 싸구려 사슬 갑옷.

수선을 반복해서, 새로 하나 사는 게 나을 법한— 잘못 볼 리가 없는 그녀의 갑옷.

"……윽."

여신관은 그것을 더듬어 끌어오고, 그리고 사슬 갑옷과 함께 왕매의 가녀린 몸을 꼭 끌어안았다.

"다행이야……."

그제서야, 여신관은 쥐어 짜내는 것처럼 그렇게 중얼거렸다.

그것은 사슬 갑옷이 무사하기 때문인지, 왕매가 살아 있는 것에 대해서인지, 그녀도 알 수가 없었다.

그러나— 아마도 둘 중 어느 한 쪽은 아니리라고 생각했다.

사슬 갑옷이 무사하고 왕매가 죽었다고 해도, 그 반대라도, 마음 속 깊은 곳에 응어리가 남았으리라.

그렇기에 여신관은 왕매와 사슬 갑옷을 둘 다 한꺼번에 끌어안았다.

무엇을 어떻게 말해야 할지 알 수 없었다. 그렇지만, 틀림없다고 생각했다.

"우으, 아……아……!"

그걸로 한계를 맞이했다. 왕매가 매달리면서 여신관의 몸에 손을 두르고 훌쩍훌쩍 울었다.

"이제, 괜찮아요."

무서웠어, 라거나. 미안해요, 라거나. 그런 말을 반복하는 소녀의 등을 여신관이 쓰다듬었다.

고블린 슬레이어는 그 옆에서 문득 숨을 내쉬었다.

"어허."

리자드맨 승려가 그것을 보더니 빙글 눈을 돌렸다.

"안도하신 모양이로군."

"……."

고블린 슬레이어는 조금 생각하고, 천천히 고개를 끄덕였다.

"그래."

"그녀도 다소, 불안정했으니 말일세."

"정신이 차분해진다면, 이유는 가리지 않는다."

"그렇다면, 가려야 할 것은— 이쪽이겠다네."

리자드맨 승려가 기다란 목을 빙글 돌리고, 바닥에 새겨진 문양을 발톱으로 튕겼다.

"어떻게 보나?"

"십중팔구는 뻔한 일일세. 사신(邪神) 같은 것을 부활시키려는 것이 아니겠는가?"

복잡기괴하고 기하학적인 선을 그리는 그 홈은 명백하게 마술적인 물건이었다.

이 묘실이 미궁의 심장이라면, 어쩌면 여기서 권속을 불러내고 있었을까?

"있지, 이제 일은 끝났지? 철수해도 되는 거지?"

엘프 궁수가 피로로 기다란 귀를 늘어뜨리고 곁눈질로 여신관을 살피며 말했다.

“아니.”

그러나 고블린 슬레이어는 고개를 옆으로 저었다.

“여기보다 위에는 아직 고블린 놈들의 잔당이 있다. 몰살시킨다.”

우에……. 엘프 궁수가 진심으로 싫다는 소리를 내자, 리자드맨 승려가 웃었다.

“돌아가는 길이 무서운 법일세.”

“하는 수 없느니라.”

드워프 도사는 술병을 들이켰다.

여신관은 그제야 진정한 왕매를 안고 있었다.

그래서 이것은 딱히, 누군가 방심을 했거나 경계를 게을리 한 것은 아니었다.

그것은 굳이 따지자면 주사위 눈 같은 것이었다.

굴러서 나온 눈이 어쩌다 보니 그렇게 되었다……. 그뿐이었다.

“G…….”

고블린 프리스트— 고블린 슬레이어의 곤봉에 두개골이 부서지고서도 생명의 흔적이 남아 있었다.

멀쩡할 때보다도 더 안 돌아가는 뇌가, 손을, 그 주구— 유물로 뻗게 만들고 있었다.

“GOR…… B…….”

고블린의 사신관(邪神官)은 역시나 제멋대로 생각했다.

『내가 이만큼 했으니까, 도와주지 않을 리가 없다』라고 생각했다.

자기중심적인 생각이다. 그것은 신앙이 아니다. 정사 어느 쪽이든, 신을 섬기는 마음이 아니었다.

따라서, 대답은 오로지 하나.

"GOROBOG?!"

다음 순간, **그것**이 터졌다.

봄에 싹을 틔우는 씨앗처럼, 흙에서 일어서는 쌍떡잎처럼.

불룩 부풀어 오른 고블린의 등뼈를 부수면서 **그것**이 현세에 나타났다.

고블린의 피와 살로 채색되어, 봉오리가 열리고 꽃이 피는 것처럼, 기이한 손이 다섯 손가락을 벌렸다.

"음……!"

"무슨……?!"

모독적인 광경에 제정신을 의심할 필요가 생기자 모험가들이 말을 잃었다.

고블린 슬레이어가 방심하지 않으며 대비하고, 드워프 도사가 가방에 손을 뻗었다.

엘프 궁수는 놀라서 눈을 깜빡거렸지만, 그래도 얼마 안 남은 화살을 집었다.

그러나 리자드맨 승려— 그리고 여신관. 두 사람은 그것이 무엇인지 알고 있었다.

달라붙은 채 경련을 반복하는 고블린의 팔다리를, 오물을 비비는 것처럼 제단에 펼쳐놓는 그것.

그것은, 창백한 팔이었다.

커다란 나무보다도 크고, 두껍고, 거대한 팔이었다.

허공에서 그저 팔이 돋았다—. 핏줄이 드러나서 맥동하는 팔과, 흉흉한 손톱이 돋은 손가락뿐.

그것이 마치 먹잇감을 찾는 뱀처럼, 고블린의 피로 더럽혀진 손목을 치켜들었다.

경악? 공포? 알 수 없었다.

그렇지만 가슴 속에 품은 이 소녀를 더 이상 위협하게 만들 수는 없다.

여신관은 왕매를 꼭 끌어안은 채, 떨리는 입술로 그 이름을 자아냈다.

그레이터 데몬즈 핸드
“마신의 손……!”

그리고 죽음에 이를만큼 날카로운 눈보라가 덮쳐오자, 젊은 여신관은 견딜 수 없는 고통에 비명을 질렀다.

제9장 『고블린의 손은 멸망의 표식』

Goblin Slayer
He does not let anyone roll the dice.

신앙이란 자신과 마음을 비우고 기도하는 것——뿐이 아니다.

거칠어진 신들을 진정시키고, 공물을 바치고, 자신에게 좋은 결과를 불러들이는 것도 신앙이었다.

그러면 고블린의 그것은 어떤 것이었을까? 이제는 아무도 알 수 없으리라.

"끄, 아……!"

여신관이 고통에 몸부림쳤지만 토해내는 숨결마저 그 자리에서 얼어붙으며 그녀를 더욱이 채찍질했다.

어슴푸레한 미궁세계는 이미 하얗게 덧칠 되었고, 빙설의 냉기는 맨살을 베어낼 정도로 날카로웠다.

둥실 떠 있던 도깨비불이 한순간에 사라지고, 남은 불마저도 이미 현세에는 존재하지 않았다.

그러나 그녀는 그 자리에서 움직이고자 하지 않았다.

겁을 먹고, 떨면서, 가녀린 소리로 비명을 지르는, 공포에서 벗어나고자 몸을 비트는 소녀가 품속에 있었으니까.

여신관은 가녀린 팔로 꼭 끌어안고 작은 몸으로 있는 힘껏 그녀를 지키며 몸을 긴장시켰다.

"크, 오오……옷!"

따라서 대처하는 것은 또 한 사람, 이변을 맨 먼저 깨닫고 움직인 리자드맨 승려다.

숨결을 연기처럼 뿜어내며 뛰쳐나간 그는 턱을 열어 묘실이 떨릴 정도로 부르짖었다.

"오오, 새하얀 멸망을 넘어선 자여! 도수룡(마니랍토르)이여! 내가 전장에서 하는 일을 똑똑히 보소서!"

마신의 손이 뿜어낸 맹렬한 눈보라 앞에서, 그 거구가 방패가 되고자 일어섰다.

비늘에 서리가 내렸다. 피부가 얼었다. 송곳니와 손톱도 눈이 묻었고, 그의 몸이 기울어져 있었다.

여신관은 얼어붙는 눈꺼풀을 깜빡거리고, 석장에 달라붙을 것 같은 손가락을 움직여 고쳐쥐었다.

"지, 금…… 기적을…… 윽!"

"안된, 다네……!"

리자드맨 승려는 여신관을 향해서 평소와 마찬가지로 달래는 어조를 무너뜨리지 않고 말했다.

"소승 또한, 이미 술법은, 쓸 수가 없네……!!"

그렇다. 마술이든 기적이든, 세상의 섭리를 개변하려면 체력이 소모된다.

본래 추위에 약한 리자드맨. 눈이 반쯤 감긴 모습은 체력이 한계인 것을 가르쳐주고 있었다.

그 탓에, 여기서 소중한— 여신관이 가진 마지막 기적을 행사할 수는 없다.

여신관은 입술을 꾹 깨물고 「하지만」이나, 「그렇지만」이란 말을 삼켰다.

“비늘 친구야아!!”

그러나 그렇다고 해서 상황이 호전되는 것도 아니다. 이 이상은 전멸의 위기다.

드워프 도사가 견디지 못하여 소리를 지르고, 엘프 궁수가 자기 몸을 휘감아 안고서 경고를 외쳤다.

“잠깐, 이거…… 위험해…… 윽!”

대답할 틈도 없었다. 고블린 슬레이어가 움직였다.

우박과 싸락눈을 팔에 고정한 원형 방패와 철 투구로 막아 견뎌내면서, 일직선으로.

“살아있겠지.”

“……아직, 죽지는 않았다네.”

그리고 눈보라를 일으키는 마신의 손에게 검을 겨누고, 리자드맨 승려의 거구를 등에 지듯 지탱했다.

고블린 슬레이어는 묵직한 그 몸을 간신히 지탱하며 슬금슬금 뒤로 물러났다.

달리기에는 다소 때가 늦었다. 지금 그는 얼어붙은 바닥에 대한 대비를 하지 못했다.

“면목 없네.”

“아니.”

리자드맨 승려의 말에 짧게 응답하고, 그는 철 투구 아래서 눈을 움직였다.

“벽을…… 만들어라!”

“벽, 이라고 하여도……!”

드워프 도사가 수염을 부스스스 움직이면서 외쳤다.

“눈이로구나!”

드워프 도사가 즉시 손바닥으로 바닥에 쌓인 눈을 때리자, 그것을 본 엘프 궁수가 달려갔다.

자연을 벗삼는 엘프인 그녀는 얼음이 깔린 바닥 위에서도 평지와 큰 차이 없이 달린다.

“……이쪽, 얼른!”

“네……!”

석장으로 몸을 지탱하며, 왕매의 몸을 감싸면서 기어온 여신관도 척 보기에 한계였다.

피부는 핏기가 가셔 하얗고, 사랑스러운 입술도 보라색이다. 입을 가만 두지 못하고 딱딱 소리가 울렸다.

달려온 엘프 궁수도 냉기에 대한 준비는 빈약했다.

그러나 그녀는 그 가녀린 몸으로 있는 힘껏 그녀들을 감싸고 후퇴를 도왔다. 기다란 귀가 떨리고 있었다.

“오르크볼그, 서둘러……!”

“그, 래……!”

시간을 따져보면 불과 수십 초, 고작해야 한 턴이라고 할 수 있으리라.

그렇지만 모험가들에게는 기이하도록 길게 느껴지는 시간을 들여서 그들은 태세를 정비했다.

자그마한 드워프의 등 뒤에 모여 몸을 뭉치는 모습은 우스꽝스러울 정도였다.

그러나 그 바위 같은 등은 이런 궁지에서 이토록 듬직할 수 없었다.

"《공주야, 얼음 공주(아타리)야. 여기 있는 용사에게 무도를 한 번 보여주지 않으려는고》!"

《스피릿 월(정령의 벽)》로 사역된 빙설의 정령이 모험가들의 주위를 감쌌다.

순식간에 쌓인 눈이 이윽고 견고한 빙벽으로 변해 모험가들의 모습을 감추었다.

눈은 눈을 막을 수 있다. 추위마저도 눈으로 차단할 수 있다.

"간이 동굴이구나. ……어떤고?"

"……간신, 히……."

헉헉. 가쁘게 숨을 쉬는 리자드맨 승려의 차갑게 식은 몸에 손을 대고, 여신관이 재빨리 진단했다.

치유사인 것은 아니다. 그러나, 그래도 지모신의 신관이라면 나름대로 소양이 있다.

"치유…… 아니, 스태미나 포션(활력의 물약)을!"

"그래."

고블린 슬레이어는 가방에서 병을 두 개 꺼내서 여신관에게 던졌다.

"너와, 그 아이한테도 먹여라."

"네!"

여신관이 곱은 손가락으로 고생하면서, 조바심 내며 마개를 뽑았다.

그리고 가방에서 꺼낸 천에 그것을 적셔 리자드맨 승려의 입에 물렸다.

의식이 몽롱한데 물약을 흘려 넣었다가 질식하면 안 된다.

리자드맨 승려가 우물우물 약을 빠는 것을 보고 여신관 또한 반쯤 얼어붙은 물약을 마셨다.

목이 확 타오르고 뱃속에서 지긋이 열을 뿜어주는 그것에 호오, 숨을 흘렸다.

"카미키리마루, 길쭉귀, 너희들도 마시거라."

한편, 술법을 행사하여 일을 한차례 끝내고는 술을 들이켠 드워프 도사가 술병을 던졌다.

받아 든 고블린 슬레이어가 투구 틈으로 벌컥 들이켜고 그것을 엘프 궁수에게 돌렸다.

"마셔라. 몸이 데워진다. 움직이지 못하면 죽는다."

"……이거 거북한데. 그런 말을 할 때가 아니네."

우에. 엘프 궁수는 표정을 찌푸리면서, 양손으로 술을 받아 홀짝 핥는 것처럼 마셨다.

그리고 그녀는 빙벽 위로 머리를 빼꼼 내밀어 마신의 손이 어떤지 살폈다.

고블린의 혈육을 종자와 토양 삼아 꽃을 피운 그 팔은 아직도 제단 위에 있었다.

눈보라를 흩뿌린 다음에는 뿌리— 단면에서 뻗은 근육 섬유를 꿈틀거리며 계속 경련하고 있었다.

역겨운 광경이다. 그렇게 몇 번씩 보고 싶지 않지만, 그녀는 척후다. 어쩔 수 없다.

"……저 손, 여기까지는 안 닿는가 봐."

“목적은 달성했다.”

고블린 슬레이어가 말했다.

“그 애는 어떻지?”

“……몸이 약해져 있어요.”

여신관은 자기가 한 모금 마신 물약을 살며시 입에 머금도록 왕매에게도 주고 있었다.

“역시, 여기에 오래 머무르면 안 되겠어요.”

“어떻게 보나?”

물어본 고블린 슬레이어는 리자드맨 승려가 숨이 끊어질 듯한 모습인 것을 보고 작게 혀를 찼다.

“……아니, 공격할 것인가, 물러날 것인가. 로군.”

그렇게 말을 고친 다음, 그는 허리의 칼집에 검을 집어넣고 숨을 내쉬었다.

그는 파티를 둘러보았다.

술법의 수는 드워프 도사가 하나, 여신관이 하나. 리자드맨 승려는 이미 한계이리라.

고블린은 죽였다. 소녀도 구해냈다. 고블린은 아직 지상에 있다.

눈보라가 강해졌다. 저것은 명백하게 혼돈의 세력이겠지만…….

“쓰러뜨려야 할 이유는 없다.”

결론은 하나.

“그렇네.”

고블린 슬레이어의 말에 엘프 궁수가 대답하며 희미하게 웃었다.

“분명히. 오르크볼그 식으로 말하면, 저거, 명백하게 고블린이 아니—."

거기까지였다.

굉음과 함께 빙벽이 부서지며 말이 끊어진 순간, 엘프 궁수의 몸이 하늘로 날았다.

"우아, 꺄…… 카흑?!"

나뭇가지가 부러지는 소리와 함께 묘실의 벽에 부딪힌 그녀의 입에서 피가 뿜어져 나왔다.

무슨 일이 일어났는가? 대답은 단순했다.

마신의 주먹이 그 밧줄더미 같은 근육 섬유를 출렁이더니 **튄** 것이다.

거인이 이러랴 싶을 그 호완이 뿜어낸 일격은 손쉽게 방벽을 쳐부쉈다.

모험가들은 얼음 파편에 얻어맞고 파묻혔지만, 불행하게도 척후인 그녀만 주먹의 직격을 맞았다.

여신관이 비명과 함께, 마른 나뭇잎처럼 힘없이 무너진 엘프 궁수의 이름을 불렀다.

"괜…… 차, 아……."

가냘픈, 군데군데 끊어지는 목소리. 철 투구 안에서 보니 여신관이 울 것 같은 표정으로 고개를 끄덕였다.

고블린 슬레이어는 숨을 내쉬었다.

그러면 문제없다—. 치명적이진 않다. 만약 그랬다면 그녀는 감추지 못했으리라.

"놈, 움직이는 건가……!"

그러나 눈을 털어내고 일어선 고블린 슬레이어는 당장 행동할 수 없었다.
눈앞에는 뱀처럼 고개를 치든 마신의 손이 있었다.
—보이는 것인가?
도저히 그런 생각은 안 들었다. 초자연의 감각 같은 뭔가를 갖추고 있는 것일까?
문득 뇌리에 사슴을 사냥하는 방법이 떠올랐다. 눈을 입에 머금고 경관과 하나가 되어라. 그리고 죽여라.
"어쩔 테냐? 카미키리마루!"
드워프 도사가 자기 몸을 뒤덮어 감추듯 리자드맨 승려의 거구를 짊어졌다.
여신관이 왕매의 몸을 끌어안은 채 기어서 나아가더니, 비틀거리며 일어선 엘프 궁수에게 어깨를 빌려주었다.
고블린 슬레이어는 즉시 뭐라고 할 수 없었다.
고블린이 아니다. 어떡하면 될까? 고블린이 아니다. 고블린이 아닌 것이다.
그 무슨 괴물 때하고도, 하수도에 있던 괴물하고도, 다크 엘프하고도, 그 바다뱀하고도 다르다.
그는 자신이 경험해온 것이 너무나도 적다는 사실에 놀라움마저 느꼈다.
그는 생각했다. 스승도 했던 말이었다. 너는 생각하는 수밖에 없다.
재능이 없다. 지혜도 없다. 기술도 없다. 근성은 있다. 그러니 생각해라.
그는 생각했다. 고드름이 떨어질 것인가? 눈뭉치가 떨어질 것인가?

자기 주머니 속에는 무엇이 있을까? 그 안에는—.

"방법은 있다."

그는 그제야 쥐어짜내듯 말했다.

"……해치운다."

스스로도 전혀 믿지 않는 기색의 목소리였다.

"네!"

그리고 한순간 주저하지도 않고, 장단을 맞추는 목소리가 돌아왔다.

추위에 곱은 손으로 석장을 움켜쥐고서, 떨리는 몸을 열심히 일으켜 세우며 똑바로 그를 보는 소녀.

여신관의 태도는— 그야말로, 신앙이라고 부르기 걸맞은 것이었다.

§

마신의 손, 그것은 굶주리고 갈증을 느끼고 있었다.

고블린의 혈육과 영혼 따위, 아무리 빼앗아도 양식이 되지 못한다.

—모험가다.

모험가를, 기도하는 자(Prayer)를 죽여야 한다.

죽기 위해 준비하고 있을, 가련한 놈들. 그 생명. 혼백. 절망.

그것들을 바라며, 마신의 손은 어쩐지 사랑스러운 것을 만지듯 공중을 더듬었다.

—있다.

마신의 감각. 마신의 사고 따위 사람의 것과는 동떨어져 있으니, 이해 따위는 할 수 없으리라.

과연 그 — 그녀일까? — 가 무슨 생각을 했는지 우리들은 상상하는 수밖에 없다.

그러나 리자드맨과 엘프 소녀, 흙의 제물을 끌어안고 꾸물꾸물 후퇴하는 드워프.

그 모습을 봤을 때 근육이 꿈틀거린 것은 기쁨이나 욕망 같은 것이었으리라.

마신의 손은 밧줄 같은 근육섬유 더미를 부풀리더니 온몸— 온팔을 구부렸다.

도약— 그런데 그 순간 옆에서 자갈이 날아왔다.

짝. 손을 맞은 것처럼 마신의 손이 움직임을 멈추고 손목을 흔들었다.

"이쪽……이에요!"

고작해야 돌이다. 슬링을 쓰더라도 소녀의 가는 팔이 던진 그것은 피해가 되지 못한다.

그런데도 공포와 추위에 몸을 떨면서, 그럼에도 그것을 억누르고 선 소녀.

그 모습을 봤을 때 마신의 손은 주목할 만큼 재빨랐다.

꾸욱 몸을 비틀자마자 그 흉흉한 손가락이 거미처럼 꿈틀거리며 바닥을 짚었다.

"……읏, 히?!"

슬슬슬 기어서 다가오는 역겨운 움직임에 여신관은 그만 비명을 질렀다.

도저히 그녀가 대처할 수 있는 속도가 아니었다.

붙잡히고, 움켜쥐어져, 몸이 비틀려 뭉개지고, 쥐어 짜인다.

살과 뼈가 뒤섞이고, 내장에서 온갖 체액을 흘리면서, 산 채로 누더기가 된다.

"그렇게는 못한다……!"

"——?!"

마지막까지 눈을 감지 않고 있던 여신관에게 손이 닿기 직전, 마신의 팔이 옆으로 주륵 미끄러졌다.

얼어붙은 바닥 탓일까? 아니. 그러면 마술인가? 아니.

"메디아의 기름, 페트로레움으로 불리는, 불타는 물(가솔린)이다."

싸구려 철 투구, 지저분한 가죽 갑옷, 팔에는 원형 방패를 고정했고, 허리에는 어중간한 길이의 검을 찬 모험가.

새내기라도 좀 더 나은 장비를 입고 있지 않을까 싶은 그 남자가, 바닥에 작은 병을 던졌다.

검고 끈적한 기름을, 바닥에 흩뿌린다.

"——!"

마신의 손이 발 — 손가락? — 을 붙들려서, 미끌미끌 몸부림치고 발버둥 쳤다.

"고블린 슬레이어 씨, 불은……!"

"얼어 있다, 안 붙는다."

그는 여신관에게 날카롭게 말했다.

"물러서, 가라!"

"네!"

여신관이 얼음에 발이 미끄러지지 않도록 조심하며, 열심히 묘실 안쪽을 향해 달렸다.

고블린 슬레이어는 그녀를 지키듯 등으로 감싸고 가방 안에 손을 넣었다.

"—모험할 때는 잊지 말고, 인가."

여신관이 입버릇처럼 하는 말을 중얼거리고 갈고리 밧줄을 꺼냈다.

검은 기름과 얼음에 버둥거리는 마신의 손에 갈고리가 날아갔다.

콱 박힌 그것은 역시 타격을 주는 것은 아니었다. 그러나—.

"음…… 큭!"

밧줄을 쭉 당기면, 커다란 팔이 기름에 미끄러져서 주르륵 움직였다.

압도적인 근력과 중량의 차이가 이걸로 미약하게 메워진 것이다.

물론 그래도 전력을 뒤집기에는 모든 것이 부족하다. 따라서 그 무엇도 낭비할 수는 없다.

"와라……앗!"

고블린 슬레이어는 말 안 듣는 소를 다루는 것처럼 밧줄을 당겨서 움직임을 제어했다.

아직 마신의 손이 대응하지 못하는 사이에 그는 손에 몇 겹으로 밧줄을 감아서 움켜쥐었다.

바닥에 기름을 뿌린 것은 좋지만, 그 자신이 거기에 들어가면 의미가 없다. 발을 움직여 위치를 유지했다.

허리를 낮추고, 다리에 힘을 넣었다. 생환하면 신발 바닥의 징을 손질…… 아니, 모피를 붙여야 할까?

"——!"

그렇지만, 적도 그냥 당하지는 않는다.

마신의 손이 억지로 손목을 들더니, 시끄러운 파리를 쫓아내는 것처럼 손가락을 휘둘렀다.

“크, 오……?!”

고블린 슬레이어의 몸이 떠올랐다.

다음 순간, 그는 어린애가 끈을 휘두른 장난감처럼 묘실 벽에 부딪혔다.

“크악?!”

갑옷이 찌그러지는 소리가 났다. 그러나, 손에서 밧줄을 놓지 않았다.

땅에 떨어진다. 격돌하기 직전에 바닥을 때리며 낙법을 취했다.

괜찮다. 뼈가 부러진 고통은 없었다.

“고블린 슬레이어 씨! ―고블린 슬레이어 씨!!”

여신관, 묘실 안쪽으로 가던 그녀가 돌아보며 당장에라도 찢어질 것처럼 우는 소리를 질렀다.

“문제…………없다…….”

그것에 혀를 차면서, 고블린 슬레이어가 일어섰다.

―그렇다. 아직 할 수 있다. 위험하지만 아직 괜찮다.

전에 유적의 지하에서 그 무슨 괴물에게 얻어맞았을 때보다 훨씬 나았다.

어쩌면, 그건 생각보다 격이 높은 괴물이었을지도 모른다.

설마하니 그 자신의 기량(레벨)이 올라간 것은 아니리라.

―어쨌든 피아 사이에 눈에 띌 정도로 절대적인 역량차는 없다,

는 것이다.

그는 자신의 우스꽝스런 생각에 코웃음치고, 비틀거리는 몸을 지탱하며 천천히 일어섰다.

"그쪽은, 어떻지?"

"앗, 네!"

여신관이 황급히 자기 목표로 돌아섰다.

"이제…… 곧."

묘실 안쪽에 자리 잡은 양쪽으로 열리는 문. 그곳에 도착한 여신관이 손에 든 것을 움켜쥐었다.

파란 장식끈.

검의 처녀가 그에게 맡기고, 그리고 지금 그가 자신에게 맡긴 그것.

여신관은 긴장한 표정으로 리본을 감은 손을 문에 대었다.

그러자 문 옆에 파란 빛이 나면서 몇 가지 봉인이 한 줄로 떠오르지 않는가?

그것은 잊혀진 신비의 빛. 빛줄기에 비춰진 여신관은 입술을 꼭 깨물었다.

—역시.

여신관은 검의 처녀의 말을 떠올리고 그 가녀린 가슴에 손을 모았다.

—이건, 이곳의 열쇠였어……!

여신관은 가는 손가락을 재빨리 건반으로 움직였다. 괜찮다. 할 수 있다.

"언제든지, 괜찮아요!"

"그런가……!"

고블린 슬레이어는 남은 힘을 쥐어짜내 갈고리 밧줄을 끌었다.

마신의 손은 그에 대항하여 끼리릭, 소리를 내며 바닥을 붙잡고 그 자리에 머무르고자 했다.

팽팽하게 맞선다— 그러나, 그것도 한순간뿐이었다.

"음……?!"

문득 손에서 힘이 빠지자 고블린 슬레이어가 앞으로 비틀거렸다.

저항하기를 멈춘 마신의 손이, 끌려가면서도 손가락을 든 것이다.

"…………헉?!"

여신관이 무심코 비명을 흘렸다. 묘실의 온도가 더욱이 몇 도 내려간 것 같았다.

마신의 손바닥에서 공간이 삐걱거리며 마력이 소용돌이쳤다.

—또, 눈보라……?!

여신관의 뇌리에 과거의 싸움이 섬광처럼 번뜩였다.

거대한 식인귀(오우거).

치켜든 팔.

휘몰아치는 마력— 불꽃.

그리고, 그에 맞서는 그의 등.

과거, 그녀는 모든 힘을 써서 움직이지 못했다.

지금은.

그러나, 지금은—!

"고블린 슬레이어 씨!"

"오르크볼그!!"

—고도로 숙달된 기술은 마법과 동등하다고 한다.

엘프 궁수의 사격이 그야말로 그랬다.

한쪽 무릎을 짚어서 몸을 지탱하며, 왼손으로 겨눈 활의 현을 이로 깨물어 당겼다.

괴상하지만 아름다울 정도로 늠름한 모습. 메긴 화살은—.

“《영도룡의 갈고리인 날개여. 찢어발기고, 하늘을 날아, 사냥을 이루라》!”

리자드맨 승려가 미약하게 되찾은 활력으로 연마한《용아도》.

“거대한 멸망이 무엇이더냐! 나를 죽이려거든, 하늘에서 화석이라도 가져오도록 하라!”

얼어붙는 추위에 약해져 있던 그의 생명의 불은 지금 미약하게 기세를 되찾고 있었다.

그렇지 않다면 의식을 유지하고는 있어도 선조에게 마지막 조력을 얻지는 못했으리라.

물론— 혼자 힘은 아니었다.

“《춤추거라 춤을 춰, 불도마뱀(샐러맨더). 꼬리의 불꽃을 나눠주거라》!”

드워프 도사가 석회를 촉매로 지핀《틴더(착화)》덕분이었다.

종족 특유의 강인함으로 세 사람을 승강기 앞까지 옮긴 그는 자신만만하게 씨익 웃으며 화주를 들이켰다.

“해치우거라, 길쭉귀야!”

“——으, 라앗!!”

엘프답지 않은 열화 같은 기합과 함께, 하얀 빛이 묘실을 꿰뚫었다.

용의 송곳니가, 동료의 송곳니가, 마신의 손에 박혔다.

"——?!"

그것은 역시— 타격이라고 부를 수는 없는 것이었다.

아무리 뛰어나다지만 다 죽어가는 엘프의 사격이며, 상대는 손바닥이라지만 최상위의 마신.

그 표피를 꿰뚫은 것만 해도 대단하다고 봐야 한다. —그렇다. 그거면 되는 것이다.

무시무시한 용의 송곳니는 마신의 손이 구성한 술법을 풀어내는 위력을 분명히 갖추고 있었으니까.

자극을 받아 반사적으로 뒤집어진 마신의 손에서 마력의 소용돌이가 새어나가듯 사라졌다.

삐걱거리던 공간이 파도가 물러가는 것처럼 본래 위치에 모여들었다. 그 찰나.

"으오……옷!"

고블린 슬레이어가 그 틈을 놓칠 리 없었다.

그가 억지로 뽑아낸 갈고리 밧줄과 바닥에 뿌린 기름이 마신의 손을 그 자리에서 주르륵 미끄러뜨렸다.

"—윽!"

—지금이다.

세차게 자신 쪽으로 다가오는 위협 앞에서, 여신관은 한순간의 주저도 없이 승강기의 건반을 눌렀다.

문이 소리 없이 열렸다.

그곳에 문자 그대로, 미끄러지듯 내동댕이쳐진 마신의 손.

"——!"

문 안쪽은 심연으로 통하는 나락의 구멍이었다.

떨어지면 어떤 자라도 목숨은 없다. —그러나, 쉽사리 낙하할 마신의 손이 아니었다.

기름에 미끄러지면서도, 그 갈고리 같은 손톱을 펼쳐서 내벽을 단단히 붙잡고 기어 올라온다.

그것은 기이한 거미 같은 움직임이었으며, 역겨운 이계의 생물 그 자체의 움직임이었다.

추락을 피하지 못한다면, 하다못해 저 소녀 한 명은 길동무삼아야 한다.

마신의 의식이 잔류했다면 그런 집념이라도 품고 있었을까?

—그렇다. 그렇기에.

"《자비 깊은 지모신이여, 부디 나약한 우리들을 대지의 힘으로 지켜주소서》!!"

그렇기에 지금 이곳이, 지금 이곳이야말로 그녀가 있을 곳이었다.

영혼을 깎아내는 기도는 천상까지 닿아 자비 깊은 지모신의 기적을 불러일으켰다.

보이지 않는 《프로텍션》이 경건한 신도를 지키기 위해서 구멍에 뚜껑을 덮은 것이다.

"윽, 크으……윽!"

거절당한 마신의 손이 포기할 줄 모르고 더욱 장벽을 두드릴 때마다 여신관이 부하를 받아 신음했다.

그러나, 그뿐이었다.

얼마 지나지 않아 마신의 손이 주르륵 미끄러지고, 미련을 남긴 채 벽에 손톱을 박으며 아래쪽 어둠으로 떨어졌다.

그리고 소리도 없이— 잠시 지나, 엘프 궁수가 기다란 귀를 흔들며 숨을 내쉬었다.

“해치……웠어?”

스스로도 의심스럽다. 그런 기색이었다.

그러나, 여신관은 응답하지 않았다. 아니, 응답할 수 없었다.

목덜미가 따끔거리는 감각이 아직 사라지지 않았다.

—아직이야……!

“——!”

텅. 둔한 소리가 울려 퍼진 그 순간, 부서지기 직전의 유리처럼 《프로텍션》에 금이 갔다.

“으, 아아……악?!”

마신의 손이 온팔의 근육섬유를 팽창시켜 뛰어올라 주먹으로 때린 것이다.

여신관은 마치 자신이 맞은 것처럼 고통에 신음하고, 무심코 무릎을 짚었다.

이어서, 두 번째.

“에, 으윽……?!”

시야가 흐려진다. 명치를 충격이 꿰뚫었다. 숨을 쉴 수가 없다. 여신관은 바닥에 엎어져 신음했다.

“히이, 크, 으……윽.”

세 번째. 뱃속 깊은 곳을 파헤치는 것 같은 일격에 허리가 펄떡 뛰는 것처럼 떠올랐다.

—그래, 도……!

치밀어 오르는 쓰디쓴 물을 삼키고, 그녀는 앞을 노려보았다.

—아직…… 아직이야. 아직…… 아직!

무언가 확신이 있는 것은 아니었다.

그러나, 해야 한다고 생각했다.

여기서 쓰러지면 안 된다고, 생각한 것이다.

고블린. 도둑맞은 사슬 갑옷. 구해낸 소녀. 구원 받은 자신. 검의 처녀. 동료들.

빙글빙글 휘몰아치는 사고. 주마등일까? 아니다. 옛 생각에 빠져 있을 여유 따위 없다.

—고블린, 슬레이어, 씨……!

"온다!"

그의 말은 복음처럼 들렸다. 여신관은 그것에 매달려, 의지하여, 일어섰다.

마신의 손이 몸을 긴장시켰다. 아래쪽에서 밀려 올라가더니 성스러운 벽에 부딪쳤다.

—무엇에— ……무엇에?

어째서인지, 여신관은 마신의 당혹감을 손에 쥐듯 이해할 수 있었다.

그래서 그녀는 고통으로 일그러진 얼굴에도 사나운 미소를 지었다.

"이건…… **승강기**, 니까요……!"

아래쪽에서 상승한 「상자」가 치명적인 결과를 불러왔다.

급속하게 지상을 향해 올라가는 철 덩어리와 《프로텍션》 사이에 끼인 마신의 손은—.

"—! —……! ! !! !!!! !"

몇 초 버틴 다음 으지직, 소름 돋는 소리를 내면서 그냥 고기 덩어리가 되어버렸다.

주술의 연결이 사라진 탓인지 마신과 뒤섞인 고블린의 혈육이 떨어져 내렸다.

승강기 틈으로 흘러나온 그것은, 거무죽죽하고 역겨운 냄새가 났다.

잠시 지나 역할을 다한 《프로텍션》이 사라지고, 장소에 안 어울리는 경쾌한 도착음이 묘실에 울렸다.

소리도 없이 열리는 문. 그것은 머나먼 심연— 나락의 바닥으로 이어지는 입구라고 한다.

모두가 거칠게 호흡하고, 가쁘게 숨을 몰아쉬는 꼴이라 잠시 아무 말도 없었다.

"……망치, 와…… 모루……."

여신관이 간신히 입을 열어 헐떡거리며 말했다.

무릎이 꺾일 것 같아서 발을 구르고, 황급히 석장을 고쳐쥐었다. 한 손은 둔하게 아픈 배에 대고 있었다.

이제 한계였다. 기도를 다 썼고, 성채도시에 들어온 다음부터 여태까지 계속 싸웠다.

비틀거리며 앞으로 무너지는 그 가늘고 여린 몸을 무뚝뚝한 장갑이 거침없이 붙잡아서 끌어당겼다.

"그래."

고블린 슬레이어가 말했다.

“용케 기억하고 있었군.”

“당신이…….”

여신관이 땀으로 젖은 얼굴에 그제야 미소를 지었다.

“당신이, 가르쳐준, 거니까요.”

“……그런가.”

“네.”

고블린 슬레이어는 입을 다물고, 그녀의 어깨를 지탱해주며 걷기 시작했다.

한 걸음, 한 걸음. 기름과, 얼음과, 피와, 살로 지저분한 바닥을 디디며, 앞으로, 앞으로.

가깝고, 먼, 또 하나의 승강기 앞에서, 역시 동료들이 서로를 지탱하며 두 사람을 기다리고 있었다.

—언젠가하고, 반대네요오.

문득 그런 생각이 들어서 여신관이 눈웃음을 지었다.

배려를 전혀 안 하는 것 같으면서도, 그래도 천천히 걷는 걸음이 기뻤다.

그리고— 퍼뜩 깨달았다. 참으로 사소하고 대단찮은 것이었지만.

—그에게 부축을 받아서 걷는 거…… 처음, 이네요.

여신관은 얼굴에 열이 나는 것 같아서 고개를 숙였다. 그의 신발과 자기 발이 나란히 걷고 있었다.

처음이란 것도— 아마도, 분명히, 나쁘기만 한 것은 아닐 것이다.

미궁의 중심에서, 그녀는 그렇게 생각했다.

§

물론, 그렇다고 이걸로 끝난 것은 아니었다.

"그……쪽, 갔어요!"

"아앙, 정말!!"

승강기로 1층까지 돌아온 그들을 기다린 것은 또 고블린이었다.

"GROORB! GBOOROGB!!"

"GBBOROOROB!!"

그나마 아까보다는 수가 적다. 잔당이거나, 다른 계층에서 왔으리라.

"GOOBOGB!!"

"이, 녀……석!"

여신관이 열심히 석장을 휘둘러 저속한 얼굴로 다가오는 고블린 놈들을 견제.

즉시 엘프 궁수가 화살을 쏜다. ―그러나, 그 움직임이 평소와 비교하면 백자급처럼 둔했다.

덧붙여서 화살은 이미 나무 눈 촉이 아니라 고블린에게서 빼앗은 녹슨 철 화살이었다.

"아, 파…… 으…… 윽."

"GOOBOG?!"

그래도 충분하다면 충분했다. 눈에 화살이 박힌 고블린이 뒤집어지며 무너졌다.

"다섯!"

즉시, 고블린 슬레이어가 또 한 마리에게 덤벼들었다.

"GBBOOGB?!"

치켜든 곤봉에 방패로 부딪히면서, 충격을 받아 흘리며 넘어뜨리고 제압한다.

괜한 저항을 원형 방패로 억누르면서 목에 칼날을 박고 콱 비틀었다.

"GOO?! GROGB……?!"

고블린이 자신의 피거품에 부글부글 빠지면서 죽었다.

"여섯이다."

중얼거린 고블린 슬레이어, 여신관, 엘프 궁수가 거친 숨을 내쉬면서 서로 마주보았다.

묘실에는 아까 싸울 때 빨아들이지 못한 것을 포함하여 고블린의 시체가 여기저기 흩어져있었다.

고블린 슬레이어는 그 시체를 유린하면서 철 투구를 돌렸다.

"주변은 어떤가."

"문제없어."

엘프 궁수가 힘없이 기다란 귀를 늘어뜨렸다.

"조금, 자신 없지만."

대답하는 목소리에 피로가 짙었다. 그녀는 축 늘어진 오른팔을 조심하면서 왼쪽 어깨로 벽에 기대었다.

"……그러면, 불러올게요."

기특하게 대답하고 움직이는 여신관도 부상은 없었지만 비슷한 꼴이었다.

그녀는 피로에 다리를 붙잡혀서 휘청휘청 비틀거리며 문으로 다가가 에잇, 그것을 열었다.

"이제, 괜찮아요."

"오냐. 미안하구나……."

그녀가 기댄 문 너머에서 떫은 표정을 지은 드워프 도사가 모습을 드러냈다.

작은 몸으로 리자드맨 승려의 거구와 왕매의 마른 몸을 등에 업어 옮기고 있었다.

"미안하네……. 아무래도, 조금만 더 몸이 움직여준다면……."

리자드맨 승려가 중얼중얼 무슨 사죄 같은 말을 했다.

다소나마 체력이 돌아오긴 했지만, 그것은 어디까지나 다소였다.

극한의 마술에 노출되고서 생환한 그의 움직임은 명백하게 위태로웠다.

아니, 그것은 딱히 리자드맨 승려만 그런 것은 아니었지만…….

"아뇨…… 저한테, 더 힘이 있었다면……."

여신관이 고개를 좌우로 흔들었다. 단순히 근력이란 의미에서도, 신앙이라는 의미에서도.

보다 효과가 큰 치유의 기적을 신에게 받았었다면…….

천상으로 혼을 이을 수 있는 깊은 기도를 유지할 집중력과 체력이 남아 있었다면.

그런 그녀의 마음을 짐작했는지 드워프 도사가 수염 난 얼굴에 지친 미소를 지었다.

"그렇다고, 너는 이 녀석들을 옮길 수가 없지 않느냐?"

"하지만……."

"아무리 근력이 있어도 흄과 드워프는 질이 다른 법이니라."

따라서 이것은 적재적소다.

그렇게 말을 해도, 여신관은 자신의 힘이 부족한 것을 통감할 뿐이다.

여신관은 입술을 꾹 다문 채 리자드맨 승려와 왕매의 몸을 다시 살폈다.

지금 그녀가 할 수 있는 최선이 이것이었다.

애당초 생명력이 강한 리자드맨 승려는 그렇다 쳐도, 쇠약해진 왕매는 위태롭다.

여신관이 살며시 볼에 손을 대자 그녀는 작은 소리로 뭔가 중얼거렸다.

「고마워요」와 「죄송해요」.

잠꼬대처럼 반복하는 말에, 때때로 「오라버니」, 「아버님」, 「어머님」이 섞여 있었다.

보아하니 그녀는— 여신관과 같은 나이거나, 혹시 더 어리지 않을까?

열여섯이 되는 여신관은 뭔가를 견디는 것처럼 한순간 눈을 감았다.

1년 반 전의 자신도 그랬다.

아무것도 모르고, 천진하고, 힘이 부족하고, 그리고 어리석었다.

—그녀는, 나야……!

여신관은 왕매의 상처 입은 몸을 꼭 끌어안았다.

그 뒤로 그녀는 어느 정도 일을 이루었을까?

그녀에게 무언가 해줄 수는 없을까?

그에게, 도움이—.

"없는 건 없는 거다."

문득 들린 그 낮은 목소리에 여신관이 퍼뜩 고개를 들었다.

고블린 슬레이어는 방심하지 않고 주위를 둘러보았지만, 벽에 기대어 서있었다.

그치고는 드문 일이다.

"그렇다면, 있는 것으로 해야만 한다."

"……신경 쓰지 말라고 하는 건 알겠는데, 말하는 방식을 좀 어떻게 해봐."

엘프 궁수는 창백한 얼굴에 비지땀을 흘리면서 평소처럼 고블린 슬레이어를 타일렀다.

때때로 몸을 긴장시키면서 옆구리를 누르듯 손을 대었다.

타박상이라면 그나마 낫다. 부러진 것이라고 한다면…….

"두 분은……."

여신관이 떨리는 목소리를 열심히 억누르며 말했다.

"괜찮으, 세요?"

"그래."

고블린 슬레이어는 고개를 끄덕였다.

"갈 수 있다."

"멀쩡해."

엘프 궁수는 짧게 말하더니 눈을 감고 고개를 숙였다.

둘 다, 괜찮다고 하지는 않았다.

“네.”

그래서 여신관도 작게 대답하고 입을 다물었다.

모험가들은 잠시 휴식한 다음, 누가 먼저랄 것도 없이 행동을 재개했다.

여기에 오래 머무를 수는 없었다.

아무도 뭐라고 말하지 않았다.

그러나 모두, 이 앞에서 기다리는 것을 알고 있었다.

경계하면서 통로를 꺾고, 한 눈금, 한 눈금, 모눈을 채우듯 계단을 올라— 지상으로 갔다.

올 때는 전투를 펼치면서 달려온, 불과 십 수 분이 안 걸렸던 길이다.

그것이 쉬엄쉬엄 이라지만 1시간, 2시간으로 느껴질 만큼 길었다.

그리고 간신히, 기나긴 계단을 올라간 그 앞에…………

“GOOROGB……!”

“GOOBOFR! GBOG!”

“GRROOR!”

“GBBG! GROORGB!!”

—고블린.

여신관은 공포와 체념과, 각오가 뒤섞인 표정으로 우두커니 멈춰섰다.

미궁 앞 광장을 녹색 피부의 괴물들이 가득 메우고 있었다.

징그럽게 웃으며, 여신관과 엘프 궁수, 모험가들을 어떻게 유린할 것인지 망상을 부풀리면서.

손마다 잡다한 무기를 들고 있다. 수는— 스물일까? 서른일까? 마흔, 쉰?

"……뭐, 이리 되는 법이니라."

드워프 도사가, 재미없다는 기색으로 말했다.

"아까 그 마신 놈의 손, 화려하게 날뛰었으니 말이다. 그게 없었으면 눈치 못 챘을 것이로다만."

"……평소하고 반대네."

엘프 궁수가 메마른 소리로 웃었다. 과거 지하수로에서 고블린이 몰려들었을 때 같은 표정이었다.

"이쪽이 퇴치 당하는 것 같아……."

"미궁에 용, 동굴에 거인, 그리고 심연(어비스)에 모험가(어드벤처). 후후후."

이치에 맞는다네. 리자드맨 승려가 말하고, 비틀거리며 드워프 도사의 등에서 떨어졌다.

"괜찮겠느냐? 비늘 친구."

"괜찮다네. 죽을 때는 똑바로 서있을 것이라 정해둔 바라."

그는 그렇게 말하고 사나운 동작으로 턱을 움직여 송곳니를 드러냈다.

각오를 정했다. —아니, 그들 리자드맨은 언제든지 각오를 하고 있었다.

리자드맨에게 오늘은 죽기 좋은 날이니까.

"그러면, 뭔가 수가 있는가? 소귀 살해자 선생."

리자드맨 승려가 즐거운 기색으로 말하더니 눈을 빙글 돌렸다.

그러는 동안에도 고블린 놈들은 한 걸음 한 걸음 거리를 좁혔다.

곧장 밀려오지 않는다. 의도는 명백했다.

미궁의 입구에서 모험가 놈들이 움츠러들어 뭉쳐 있는 것이 유쾌한 것이다.

자신들과 입장이 뒤바뀐 놈들이 우왕좌왕하는 모습이 견딜 수 없이 재미있는 것이다

평소에 자신들을 죽이고 다니는 놈들의 꼴사나운 모습이 진심으로 통쾌한 것이다.

그렇다면 통감하게 만들고, 고통을 주고, 임신 시키고, 먹어 치워주마.

여자들은 살집이 적다. 금방 죽는다. 그렇다면 죽을 때까지 놀자.

아니, 죽고 난 뒤에도 머리를 뽑아내 장난감으로 삼아 주자.

기다려. 머리만 내놓고 묻어서, 도끼로 그 머리를 어디까지 날릴 수 있는지 경쟁하는 것도 좋다.

"GOOBGBOG!"

"GRROOR! GRBB!"

"GGGROORGB!!"

고블린 놈들은 역겹게 웃으면서 다가온다.

고블린 슬레이어는 말이 없었다.

"고블린…… 슬레이어, 씨……?"

여신관이 그에게 기대듯, 철 투구를 올려다보았다.

뭐라고 말을 해야 한다고 생각했다.

그러나 무슨 말을 해야 좋을지 몰랐다.

말하고 싶은 것, 생각이 너무 많아서 흘러넘칠 것 같지만 억누르

는 것이 고작이었다.

그래서 결국, 그녀는 흔들리는 눈동자로 그의 철 투구를 올려다볼 뿐이었다.

싸구려 철 투구다.

그 면갑 안쪽에 가려진 표정은 엿볼 수 없었지만…….

"이번 일로, 나라나 군은 움직이지 못한다."

"……네."

고블린 슬레이어는 방심하지 않고 발치를 살폈다.

그는 미궁 입구의 폭을 확인하고, 허리를 깊숙이 숙이고, 무기를 쥐고 있었다.

그는 고블린 놈들이 수를 살릴 수 없는 지형에 진을 치고 있었다.

그는 맞서 싸울 셈이었다.

그는 포기 따위 하지 않았다.

"가족이 고블린에게 납치되었다고, 알려지고 싶지도 않겠지."

그는 그렇게 말하고 미약하게 철 투구를 움직였다. 왕매 쪽으로 시선을 돌리고 있었다.

네. 여신관이 다시 한 번 작게 고개를 끄덕였다.

짤랑짤랑 소리가 나고 있었다. 석장의 금속구다. 손이 떨리고 있었다.

여신관은 석장을 꼭 고쳐 쥐었다. 소리가 사라지지 않았다. 이가 딱딱 소리를 내고 있었다.

"고블린, 슬레이어…… 씨……."

어리석은 일이라고 생각했지만 여신관은 그러지 않을 수 없었다.

그의 투박한 가죽 장갑에 작은 손을 매달리듯 뻗고 있었다.

그는 그 손을 뿌리치지 않았다.

대신 고블린 놈들을 바라보며, 말했다.

"이것은 고블린 퇴치다."

고블린이 온다.

엘프 궁수가 남은 화살을 그제야 간신히 활에 메겼다.

고블린이 온다.

드워프 도사가 왕매를 살며시 눕혀놓고 손도끼를 뽑았다.

고블린이 온다.

리자드맨 승려가 거칠게 양손과 꼬리를 펼치면서 버티고 섰다.

고블린이 온다.

여신관이 입술을 꼭 깨물고 떨리는 한 손으로 석장을 겨누었다.

고블린이 온다.

싸구려 철 투구, 지저분한 가죽 갑옷, 손에는 원형 방패를 고정했고, 어중간한 길이의 검을 가진 모험가가 말했다.

"그러나, 그렇지 않다면."

고블린이—.

§

"《심판의 다스림, 검의 군주, 천칭을 든 자여. 그 힘을 보이소서》!"

§

—고블린이, 날아가 버렸다.

"GOOROGB?!"

"GBB?! OROG?!"

번뜩이는 번개.

대기를 끓이면서, 천상에서 떨어진 단죄의 칼날이 고블린 놈들을 휩쓸었다.

먹구름에 휩싸인 하늘이 한낮처럼 빛나며 번쩍이고, 뇌전룡이 낮은 소리를 내면서 으르렁거렸다.

소리도 없이— 아니, 귀가 마비될 정도의 굉음을 동반한 그것은 그야말로 신위 그 자체였다.

"무슨……."

"어이, 쿠야……."

엘프 궁수가 눈을 홉뜨며 숨을 삼키고, 드워프 도사가 기가 막힌 기색으로 한숨을 쉬었다.

"과연, 망치와 모루."

리자드맨 승려가 긴 목을 흔들었다.

"이런 수로군."

"GOOROGB?!"

"GBBOOG?!"

도망쳐 다니는 고블린 놈들이 비에 맞는 것처럼 번개를 쐬어 차례차례 숨이 끊어졌다.

그 가운데, 여신관은 그녀의 모습을 똑바로 보고 있었다.

"여러분, 적은 고블린이 아닙니다."

성벽 위— 새벽의 짙은 푸른빛의 하늘을 등지고 선, 그녀.

"혼돈의 마신을 이 세상에 불러들이고자 하는 기도하지 않는 자들, 사신의 무리입니다."

하얀 악어, 성스러운 짐승을 동반한 미녀.

풍만한 육체를 살며시 가리는 얇은 백의. 태양 빛에 반짝거리는 금색 머리칼.

천칭의 칼코등이를 가진 장검을 거꾸로 세운 모양의 지팡이는, 정의와 법의 공평함을 나타내는 상징이다.

지고신을 여신으로 그리면 이렇게 되리라. 그런 미녀였다.

아쉬운 것은 그 눈가를 검은 띠로 덮어 감추고 만 것일까?

그럼에도, 그 미모는 결코 깎이지 않았다.

아니, 그 안대가 있기에 보다 부각되어 보이는 것일지도 모른다.

"어느 모험가가, 저에게 이것을 전해 주었습니다."

그녀는 그 풍만한 가슴에, 어울리지 않는 난잡한 메모를 성전처럼 안고 있었다.

그리고 천칭검을 치켜들더니 상냥한 베갯머리 송사를 속삭이는 것처럼 입술을 움직였다.

"단 한 마리도, 살아서 심판을 받지 못하도록."

—성문 쪽에서, 응답하여 부르짖는 목소리.

노호처럼 밀려들어온 신관전사들이 문자 그대로 고블린 놈들을 유린했다.

천칭검이 울부짖고, 다가오자마자 모조리 두개골을 쳐부수어 회개를 받아낸다.

“전쟁의 여신이여! 우리에게 승리를!”

“자비 깊은 지모신이여, 부디 나약한 우리들을 대지의 힘으로 지켜주소서!”

“심판의 다스림, 천칭을 든 자, 검의 군주여, 빛이 있으라……!”

“돌고 돌아 바람이 되는 나의 신, 우리들의 여로에 부디 행운이 있기를!”

“촛불지기여. 우리들 앞길의 무명(無明)에, 부디 한 줄기 불빛을! 어둠이여 내리지 말거라!”

입을 모아 신의 이름을 읊으며 돌진하는 그들은 결코 국군도 아니고, 모험가도 아니었다.

그저 한 마디— 한 사람의 위대한 성직자가 호령하자 모여든 신전의 세력이었다.

이미 승부의 행방은 말할 것도 없었다.

과거 마신왕과 싸운 영웅이 있는 것이다.

설령 이 세상에서 가장 두렵고, 가장 깊은 미궁이라도 두려울 것 없으리.

고작해야 고블린, 별 것도 아니다. 질 이유가 있으랴?

포위했다고 생각했지만 포위당한 고블린 놈들이 비명을 지르며 도망쳐 다녔다.

미궁으로 뛰어들려는 것이리라. 그는 달려드는 집단에 평소처럼 무기를 겨누었다.

"전하기는, 했다."
고블린 슬레이어가 말했다.
어쩐지 눈부신 것을 보는 어조였다.
"그 이상은, 그녀가 하기 나름이었다."
—아.
여신관은 눈을 깜빡거렸다.
그녀는, 분명히 보였다. 보일 리 없는데도, 보였다.
검의 처녀가 든 천칭검, 그것이 흔들리고 있었다.
입가가 희미하게 움직이고 있었다. 이가 몇 번이고 딱딱 부딪쳤다.
하얀 악어에 기댄 것은 무릎에 힘이 들어가지 않기 때문이었다.
—하지만.
그녀는 그곳에 서있었다.
아침 해를 등에 받으며 금색으로 물들어, 정말로 여신인 것처럼.
겁을 먹어 움츠러들고, 다리에 힘이 풀릴 것 같지만, 공포로 얼굴을 물들이고, 그럼에도— 고블린에게 맞섰다.
여신관은 검의 처녀의 보이지 않는 눈동자가 똑바로 그를 보고 있음을 깨달았다.
그것이 대답이고, 그것이 이유였다.
여신관은 자신의 한 손이 아직 그의 손에 매달린 것을 깨닫고 얼굴이 빨개졌다.
손가락을 놓으려다가 망설이고, 살며시 만지고, 그리고 간신히 거리를 벌렸다.
창피하고, 한심하고, 꼴사납고, 그렇지만.

—이 사람의.

힘이 되고 싶다고.

그녀는 그날, 그 작은 가슴에 사소한 기도를 살며시 품었다.

언젠가, 반드시.

막간 「용 퇴치보다는 아마도 나은 이야기」

Goblin Slayer
He does not let anyone roll the dice.

“이거야, 참으로…… 용케 생각해내셨습니다.”

“뭘, 그 정도는 아니다.”

도시를 흐르는 강가, 어느 귀족의 저택. 쌍둥이 달을 뒤덮어 가리는 어두운 밤이었다.

관직과 가문에 걸맞게 사치를 부린 응접실, 탁자를 끼고 술잔을 나누는 남자와 남자.

덩치가 좋게 살이 찐 육체에 딱 맞춰서 지은 옷을 입은, 이 나라의 귀족.

상대 쪽은 목에 외눈을 모방한 기이한 형태의 성인(聖印)을 건, 사교를 섬기는 자.

다시 말해서 세상의 역사가 시작된 이래 끊이지 않는 악당들의 연회였다.

“하늘의 화석의 힘으로 고블린을 조종해 공주를 납치하고, 공주를 제물로 마신을 되살린다…….”

“그 마신과, 성신(星辰)의 너머에서 온 자를 교합시켜, 무시무시(호러)한 것을 만들어낸다.”

“공주로 의태도 할 수 있는 그것을 지배하는 것이니, 국왕일지라도 어떻게든 할 수 있지.”

귀족은 그렇게 말하고 배를 흔들면서 목을 크큭 떨었다.

이계에서 나타난 미지의 존재를 자신이 지배할 수 있다고 믿어 의심치 않는 것 같았다.

"무엇 하나라도 성공하면 좋은 법. 모든 계획이 실패해도, 공주가 더럽혀졌다는 소문을 낼 수 있다면……."

연담은 파탄. 핏줄의 힘도 사라지고 왕의 위광도 흐려지며, 궁정의 천칭은 커다랗게 기울어진다.

"모험가 노릇이나 하던 그러한 젊은 것이, 왕의 핏줄이라고 정사를 다스리는 것이 말이 되는가?"

귀족은 그렇게 말하고 침통한 기색으로 고개를 좌우로 흔들었다.

그것은 그야말로 세상을 우려하며 의분을 느끼는, 세간에 잔뜩 있는 고결한 인물 같은 태도였다.

누가 정사를 돌보기에 걸맞다고 생각하는지 백마디 말보다 웅변적인 태도였다.

"……뭐, 우리들로서는 각하의 치세에 신자를 늘릴 수 있으면 좋습니다만."

"각지신."

귀족은 빈말이라도 싫지 않은 기색으로 웃었다.

"그 지혜는 내 이익도 될 테지."

"그러나, 용사는 어찌하실 겁니까?"

"별 거 없다. 백금 등급이다, 용사다 하면서 추켜세워주니 장난감을 휘두르고, 번지르르한 말밖에 못하는 계집이다."

귀족은 사교도가 따라주는 술을 쭉쭉 들이켜고, 입가에 흐르는 붉은 방울을 소매로 닦았다.
"순종하며 조아린다면 좋다. 그렇지 않다면, 적당히 쓰고 버리며 처리해주마."
"그러한 것들이 탐탁지 않아 보이십니다."
"그것은 그쪽도 마찬가지 아니겠는가? 그 계집년들이 꼴사납게 목숨을 구걸하는 모습이 보고 싶군."
귀족은 저속한 상상을 했는지 입술을 비틀면서 볼살을 흔들었다.
사교도는 추종하듯 장단을 맞춰서 웃고 자기 술잔을 입에 대었다.
딱히 용사나 현자나 검성의 정조가 어찌 되든 알 바 아니었다.
그러나 그 힘을 별에서 떨어진 그것이 얻으면 어찌될 것인가? 그것이 전부였다.
지혜는 힘이며, 힘은 세상을 다스린다. 그것이 얼마나 감미로울 것인가? 이해할 수 있는 자는 적을 것이다.
그래서는 아니지만, 문득 사교도의 뇌리에 사소한 지식이 떠오르고 사라졌다.
"……그러고 보니, **그 방해꾼**도 소문이 안 들린지 꽤 되었군."
"후후, 설마하니 그 소문을 믿고 있는 것인가? 시시하군. 그런 건 평민이 지어낸 이야기에 지나지 않는다."
그때였다.
땅울림인가? 폭풍인가? 벼락인가?
문득 강의 재잘거림이 소란스런 파도 소리가 되었다 싶더라니, 굉음이 울려 퍼졌다.
그것은 문자 그대로 파성추가 성문을 쳐부수는 소리였으며, 뱃머리가 벽을 쳐부수는 소리였다.

벽을 꿰뚫고 응접실로 뛰어든 것은, 그렇다. 실제로 나룻배의 뱃머리였다.

“무, 무슨 일이냐?!”

비명을 지르는 귀족과 사교도에게 응답한 목소리 또한 그 뱃머리에서 들렸다.

“오랜만이구나, 네놈들.”

그림자처럼 존재감이 엷고 몸집이 작은 뱃사공 — 검은 옷의 능선으로 짐작해보면 여자인가? — 그 밀정, 의 목소리가 아니다.

그 옆에 선, 엉뚱할 정도로 당당한 자세를 보여주는 남자였다.

눈을 까뒤집은 악한 놈들을 내려다보며, 그 기이한 남자가 낮은 목소리로 비웃었다.

“오랜만이구나, 네놈들. 어떠냐? 이제 그만 내가 그리워질 무렵이겠지.”

아아, 보거라. 저 반짝이는 무구들을.

어둠 속에서도 하얗고 눈부시게 빛나는 갑옷, 방패, 투구, 장갑, 그리고 허리에 찬 한 자루의 검.

치유의 가호, 파사의 빛, 부동의 수호, 원초의 불꽃, 휘몰아치는 바람.

눈이 확 뜨일 정도의 마법 무구로 채색된 그 남자의 이름은.

나이트 오브 다이아몬드
“금강석의 기사……!”

그것은 어떤 종류의 전설, 세간에 소문이 도는 사소한 전설이나 괴담에 지나지 않았어야 했다.

지난 몇 년 사이에 급속하게 시정 사람들 사이에 돌고 있던, 그냥 환상이어야 했다.

맨 얼굴을 감추고 어둠 속에서 악을 치는, 도시의 기사(스트리트 나이트).

그러나, 그런 괴짜가 있을 리 없다.

애당초 악덕상인이나 귀족이나 사교도를 닥치는 대로 베어 죽이다니, 살인귀가 아닌가?

그 국왕 노릇을 하면서 정의 좋아하는 애송이가 그것을 그냥 내버려둘 리가 없다.

그러나 눈앞에 나타났다. 이것은 뭐지? 뭐하는 놈이지?

—다시 말해서, 그냥 **사칭범**이다.

아무래도 그런 식으로, 귀족은 뭔가 생각을 고친 모양이다.

자신의 지위와 명성을 재확인했는지 상대는 고작해야 불량배라고 생각하는 건지.

그는 자신의 입장을 분명하고 올바르게 이해했다 생각하며 당당하게 소리를 높였다.

"무례한 놈! 여기를 누구 저택이라고 생각하느냐! 투구를 벗어라, 투구를!!"

"허어, 얼굴을 보이란 말인가?"

금강석의 기사는 유쾌한 기색의 낮은 목소리로, 사자가 송곳니를 드러내는 것처럼 으르렁거리듯 웃었다.

"상관없다만, 후회하지 말거라?"

그렇게 말하고, 그의 반짝이는 장갑이 투구의 면갑을 만지더니 소리도 없이 그것을 올렸다.

드러난 풍모. 그것을 본 귀족도, 사교도도 무심코 눈을 부릅뜨고—.

"무슨……?!"

"서, 설마……."

—말을 잃었다.

그들은 그곳에서 있을 수 없는 것을 보았다. 믿기 어렵고, 존재해서는 안 되는, 잊을 수 없는 얼굴을 보았다.

"누구, 누구 없느냐!"

다리에 힘이 풀리고, 숨을 삼키고, 당황해서 허둥대고, 자신을 잊고서 거칠게 소리쳤다.

무슨 일인가 하며 달려오는 것은 사정을 아는지 모르는지 무구를 두른 귀족의 사병들.

그에 더해서 사교도가 공간을 비틀어 불러들이는, 이계에서 온 악귀나찰에 이매망량.

그것을 앞두고서도 동요하지 않는 걸 보니 사병도 죄가 같다고 보아야 할 것이다.

정말이지. 금강석의 기사는 탄식했다.

필요악이란 것까지 아울러 다스려야 한다 해도, 그것은 이런 오물을 간과하여 눈감아줄 이유가 못 된다.

어차피 이런 놈들은 어떤 의견에도 자기가 좋을 대로 궤변을 늘어놓으며 반대하는 것이다.

그리고 무엇보다도 개인적인 사정을 포함하면— 이번 일은 도저히 그냥 넘어갈 수 없는 일들투성이다.

그런 금강석의 기사의 기척을 감지하고, 그 곁에서 그림자에 숨은 여자가 다 포기한 기색으로 탄식했다.

금강석의 기사는 전혀 신경 쓰지 않고 껄껄 웃었다.

“어쨌거나, 꼬리를 드러냈구나. 이제 상관없겠지.”

금강석의 기사는 놈들의 꼴사나운 모습 앞에서 또다시 투구의 면갑을 내리고 검을 뽑았다.

풍압마저도 목을 날려버릴 정도로 날카롭고, 눈부실 정도로 빛나는 하얀 칼날.

벗어날 수 없음을 알라는 듯, 검 아래, 금강석의 기사는 악당 놈들에게 선언했다.

“하늘을 대신하여── 네놈들은, 벤다!!”

이미 자비 따위 있을 리 없었다.

제 10 장 『기도여, 하늘에 닿고 있는가』

“그래서, 결국 보수를 받지 않은 건가요?”

“그렇다니까.”

엘프 궁수가 탁자를 탕 두드리면서 요리를 흔들었다.

“믿어져?!”

중상을 입고 실려 왔는데, 며칠 푹 자니까 멀쩡하게 나아버리다니 엘프란 참으로…….

접수원은 난처한 기색으로, 그렇지만 미소를 무너뜨리지 않는 표정으로 탁자에 앉은 사람들에게 눈길을 주었다.

마녀는 모른다는 표정으로 우아하게 포도주를 마시고, 여신관도 뭐 비슷한 표정이었다.

주위의 탁자에 제각각 앉은 사람들에게도 엘프 궁수의 투정은 늘 겪는 일이다.

변경 도시— 모험가 길드는 고블린 슬레이어 파티가 부재중인 사이에도 여전했다.

모험가들은 술을 마시고, 웃고, 모험에 나서고, 싸우고, 돌아오고, 가끔 돌아오지 않는다.

그것이 일상이다—. 그곳으로 돌아왔다고 여신관은 생각했다.

“받지 않은 건 아니고…… 일단, 제대로 받기는 했잖아요?”

"고블린 퇴치한 만큼만!"

엘프 궁수의 기다란 귀가 납득이 안 된다고 불만을 흘리면서 위아래로 격하게 움직였다.

이미 상당히 취한 건가 싶지만, 잔에 담긴 건 포도 과즙이다. 오늘은 상당히 심통이 난 모양이다.

"하지만, 그런 사람이니까요."

접수원이 중얼거리고, 못 말리겠다며 원탁에 팔을 올려 턱을 괴었다.

"여행 중에 납치된 **귀족의 영애**를 구출……. 그래도 고블린 퇴치는 고블린 퇴치라."

"그렇네요."

그 사람에겐 그런 거겠지. 여신관도 짧은 말로만 응답했다.

적어도— 부정할 점도 없고, 거짓말도 아니며, 그녀도 동감이었으니까.

"수도 쪽에서도 대소동이 일어났던 모양이니까요. 사교도의 거점이 또 하나 날아갔다고 해서."

때때로 소문이 흘러드는 금강석의 기사, 대체 정체가 뭘까요? 고개를 갸웃거리는 접수원.

여신관은 대답하지 않았다. 그렇다. 그 사람에게 고블린 퇴치는 늘 있는 일이다.

—하지만.

그래도 분명, 영리한 방식은 아니라는 건 알 수 있었다.

아무리 그래도 왕가의 딸을 구출한 것이다. 적이 고블린이든 뭐든.

바라는 것 모두까지는 아니라도, 그에 걸맞은 것을 바란다 해도 용납될 것이다.

동화 속 영웅처럼 공주와 결혼, 신천지에서 왕국을…… 같은 거야 안 되겠지만.

왕에게 고블린 대책을 부탁하거나, 금 등급으로 승격을 바라거나, 영향력을 높여서…….

—좀 더, 커다란 시야로 해야 한다…… 라니.

주제넘다, 라고 생각은 한다. 아니, 여신관도 그 주제넘은 생각을 해버렸다.

그러나, 그는 말했다.

『이건 고블린 퇴치다.』

그 이상도 그 이하도 아니니까, 그거면 된다고.

—고블린 슬레이어 씨는…….

그런 것만 바라고, 그리고 그것을 계속 할 것이다.

"하아……."

"어, 머…… 한, 숨?"

무심코 흐른 탄식을 보고, 눈썰미 좋은 마녀가 키득 웃었다.

"오늘, 은 돌아가기 싫다, 고…… 귀여운, 말을, 하더……니."

풀 죽을 일이라도 있었어? 그 뇌쇄적인 눈길에서 여신관이 도망치는 것처럼 눈길을 깔았다.

"아뇨, 그건……."

아닌데요. 여신관은 목소리가 작게 움츠러들고 애매하게 고개만 옆으로 저었다.

—어떡하면 당신처럼 될 수 있을까요?

라고, 그런 어린애 같은 말은 도저히 하기 어려웠다.

어엿해지고 싶었다.

아름답고, 강하고, 헌신적이고, 언제나 여유롭고, 뭐든지 알고 있고, 우아하고…… 그런 어른이.

마녀처럼— 검의 처녀처럼.

그 다음— 검의 처녀가 성채로 달려온 다음, 그와 그녀는 한 마디도 나누지 않고 헤어졌다.

검의 처녀는 사후처리 때문에 바빴고, 고블린 슬레이어는 얼른 철수해버렸으니까.

—그걸로 괜찮은 걸까요?

무엇이? 무엇을? 인지는 떠오르지 않았지만.

고블린 슬레이어와 검의 처녀 사이에 말하지 않아도 통하는 무언가가 아마도 있었으리라.

그렇지만 여신관의 입장에서 검의 처녀의 의뢰로 시작된 모험은 끝이라는 실감이 없이 끝났다.

자신이 무엇을 할 수 있었는지— 아니, 무엇을 할 수 있는지.

여신관은 법의 위로 자신의 가녀린 가슴을 감싸는 사슬 갑옷을 살며시 쓰다듬었다.

힘이 되고 싶다.

그렇게 기도하기는 했지만 금방 무언가 눈에 띄는 변화가 있을 리 없었다.

그녀는 여전히 새내기 1년의 모험가이며, 강철 등급의 미숙한 자였다.
문득 주위를 둘러보니 신참 전사와 수습 성녀가 주섬주섬 뭔가 축배를 들고 있었다.
건너편 탁자의 중장 전사 파티에서 여기사가 뭔가 성대하게 한 마디 외치고 있었다.
이쪽저쪽. 주점에는 반짝반짝 눈부시게 빛나는 모험가들의 모습이 가득하다.
—나는, 어떤 걸까?
"……어려운, 일이네요."
그렇게 생각하자마자, 그제야 그 말이 입에서 툭, 새어나왔다.
"응~?"
엘프 궁수가 검지로 공중에 원을 그렸다.
"뭐야. 언니한테 말해보렴."
"강하게, 라고 해야 할까요?"
여신관이 입술에 검지를 대고 조금 생각한 다음 말했다.
"……성장한다. 고 해야 할까요? 어렵다, 싶어서요. 좀 좌절할 것 같아요."
"그거야 그렇지."
엘프 궁수가 천연덕스레 말했다.
"나무도 한순간에 자라지 않는걸. 쑥 자라면 깜짝 놀랄 거야."
엘프라서 할 수 있는 함축이 담긴 말. 그렇지만 엘프답지 않은 태도로 그녀는 말했다.
그 너무나 큰 격차에 접수원이 방울이 울리는 것처럼 웃었다.

"하긴, 서둘러도 딱히 좋을 게 없으니까요."

"네……."

"혼자서 수행이나 원정을 해서 경험을 쌓았다! 라는 건 영 미덥지 못하고요."

과거에도 자신처럼 미숙한 모험가를 보았으리라.

접수원의 달래는 말은 울고 싶을 정도로 부드럽고 상냥했다.

그런 여신관을 보다 못했는지, 접수원이 손뼉을 치고 한쪽 눈을 감았다.

"그러고 보니…… 좋은 소식이 있어요. 당신에게는, 이지만요."

"좋은 소식……이요?"

"왕매 전하께서 지모신님에게 귀의를 하신다고 해요. 아, 수도원에 들어가는 게 아니라."

"그건……."

여신관은 뭐라고 해야 좋을지, 말을 잃고 엘프 궁수의 얼굴을 보았다.

그녀도 그녀대로 아무 말 못하고 어깨를 으쓱거리기만 했다. 이 안건에 대해서는 말할 수 있는 자가 적었다.

문득 여신관의 뇌리에 첫 모험 뒤에 신전으로 보낸 여자들의 모습이 스쳤다.

몸의 상처는 심각하지 않다. 중요한 것은 마음이다.

그것이 부서지고 유린당하는 것이 얼마나 쉬운 일인지, 그녀는 잘 알고 있었다.

—실패했다.

그녀도. 이번에도.

코 안쪽이 찡해진다. 여신관은 신음하듯 숨을 내쉬었다. 호흡하기가 어려웠다.

그래서, 이어지는 말은 너무나도 예상 밖이었다.

"듣자니, 지모신의 신관님이랑 만날 기회가 있었다고 해요."

"네——?"

여신관이 멍하니 보고 있자, 접수원은 비밀을 밝히는 어린애 같은 표정이었다.

"『장래에 대해서는 알 수 없지만, 그 사람처럼 되고 싶어서』……라고 하셨다는데요?"

"————."

이번에야말로 진짜로, 여신관은 말을 잃었다.

그 사람처럼 되고 싶다?

나 — 우쭐해진 것이 아니라면 — 처럼?

"어, 어라……?"

문득 시야가 흐릿하게 번졌다.

눈을 반복해서 깜빡이고, 눈을 비볐다. 나아지지 않는다. 얼굴이 무척 뜨거웠다.

여신관은 어떡하면 좋을지 몰라서 표정을 일그러뜨리며 작게 신음했다.

표정을 꾸며야 한다. 평정을 꾸며야 하는 것이다.

알려지게 되면, 그러면 정말로 그 가엾은 소녀의 인생을 부수게 된다.

일은 그것만으로 끝나지 않겠지만, 여신관에게는 그것이 전부였다.

그런데 어째선지 세상은 계속 흐릿하고, 말은 목에 걸려 나오지 않았다.

"……다행이잖아. 응, 좋은 뉴스네."

엘프 궁수가 살며시 조용하게 말해주었다. 마녀가 살며시 등을 쓰다듬어주었다.

접수원은 뭘 알고 있는 건지, 아무것도 모르는 건지. 알 수 없지만 입을 다물고 있어주었다.

그것이 정말로— 정말로 기뻐서, 여신관은 무언가 말하려고 있는 힘껏 입을 열었다.

또 다시 주점의 문이 열리고, 여신관 옆으로 허둥지둥 수인 여급이 달려갔다.

모험가들의 밤은, 아직도 떠들썩하다.

§

쌍둥이 달이 쌀쌀하게 빛나고 있었다.

내쉬는 숨이 하얀 김이 되고, 달빛에 겹쳤다.

고블린 슬레이어는 거침없는 발걸음으로 묵묵히, 도시 변두리의 오솔길을 걷고 있었다.

아무것도 변하지 않았다.

의뢰를 받고, 현지로 가서, 고블린을 죽이고, 포로를 구하고, 돌아온다.

그것이 전부였다.

그것이 그의 사명이다.

발치에서 밟히는 마른 나뭇잎이 사박사박 뭉개지는 것처럼, 그는 알고 있었다.

지금까지도, 지금부터도, 아무것도 변하지 않으리라.

길의 끝은 없다. 끝 따위 없다.

—눈앞의 것만 보자.

언젠가 엘프 궁수가 한 말이 문득 떠올랐다.

그의 스승도 비슷한 말을 했다. 너는 바보니까, 라면서.

눈앞의 일에 집중하고, 정리하고, 다음으로 가라.

앞을 보고, 발을 움직여라. 일어서서, 나아가라.

그걸로 세상 모든 것이 정리된다. 하지 않으면 아무것도 변하지 않는다.

"………………."

고블린 슬레이어는 문득 생각했다.

—나는, 그 아가씨들처럼은 못하겠지.

딛고 일어선 검의 처녀처럼, 계속 싸우는 영애 검사— 계속 나아가는 여신관처럼은.

고블린 슬레이어는 신을 믿지 않는다. 제대로 기도한 적도 없다. 그것에 의미를 느끼지 못한다.

그러나, 그렇기에 그것을 믿을 수 있는 자가 얼마나 근사한지 생각한다.

리자드맨 승려도 그렇다. 드워프 도사도 그렇다. 엘프 궁수도, 접수원 아가씨도.

창잡이는 어떨까? 중장 전사도 틀림없이 그럴 거다. 누구든지, 다들…….

고블린 슬레이어는 발길을 멈추고 하늘을 보았다. 달이 둘. 셀 수 없을 정도의 별.

그는 낮게 으르렁거렸다. 낮게 으르렁거리고, 그리고 고개를 옆으로 저었다.

어떡하면 좋을지는 알 수 없었지만, 어떻게 해야 할지는 알고 있었다. 그것밖에 없는 것이다.

그는 발을 들고, 앞으로 내딛고, 한 걸음을 나아갔다. 반대쪽 발을 들어, 앞으로 내딛고, 한 걸음 나아갔다.

걷는다. 앞으로 나아간다. 도착하는 것에 대해서는 생각하지 않는다. 계속 걷는 것만이 그의 모든 것이다.

"—아, 어서 와!"

문득 그 목소리가 말을 걸자, 그는 멍하니 철 투구를 들어 올렸다.

그리 멀지 않은 곳에 따스한 빛. 창에서 새어 나오고 있으리라.

그 창에서 몸을 내밀고, 밤바람에 붉은 머리를 드러낸 그녀의 모습이 금방 눈에 들어왔다.

"에이. 어두우니까 너무 멍하니 있으면 위험하잖아?"

그녀는 생글생글 웃으면서, 이쪽을 향해 손을 흔들고 있었다.

바람을 타고 우유를 졸이는 좋은 냄새가 풍겼다.

"그래."

그는 그제야 쥐어짜내듯 말하고 속삭였다.

"다녀왔다."

"응"

도저히 들릴 목소리가 아니었는데, 그녀는 웃으며 고개를 끄덕였다.

"밥, 벌써 다 됐어! 얼른 와."

"……알았다."

그는 생각했다.

—아무것도 변하지 않는다.

그는 모험을 가서, 고블린을 죽인다.

그것이 그다.

그것을 택한 것이다.

아무것도 변하지 않는다— 그것이, 선택한 결과라면.

그는 더 이상 생각에 시간을 쓰지 않고, 문을 열고 집 안으로 들어가 천천히 문을 닫았다.

덜컥, 커다란 소리가 밤하늘의 차가운 공기에 따스하게 울렸다.

가을이 지나고, 이제 곧 겨울이 오려고 하고 있었다.

■작가 후기

안녕하세요! 카규 쿠모입니다!

고블린 슬레이어 8권, 재미있으셨나요?

이번에도 고블린이 나와서 고블린 슬레이어가 고블린 퇴치를 하는 이야기였군요.

있는 힘껏 노력해서 썼으니, 재미있으셨다면 참 좋겠습니다.

그런데 8권입니다. 8권. 아나랜드부터 맘팡까지 갔다가 돌아와 버릴 겁니다.

외전도 두 작품 내놓을 수 있었고, 그 밖에도 이마가와우지자네의 이야기까지. 깜짝 놀랐어요.

이게 모두 여러분께서 응원을 해주신 덕분이니, 정말로 고맙습니다.

이 책이 나올 무렵에는 최신판인 대도시의 그림자를 달리는 이야기도 완성이 되었을 거라 생각합니다. 해냈다.

그리고 애니메이션도 방송되고 있을 거라 생각합니다. 굉장하군.

소설가 지망생이라면 대상을 타고, 출판되고, 만화화, 애니화를 바라는 게 보통입니다.

대상은 못 탔지만, 그것 말고 다른 목표를 달성……이 되는 셈이군요.

이제 그만 분명히 병원의 침대 위에서 눈을 뜰 거라고 생각합니다. 정말로.

애니도 영상이나 시나리오나 음악이나 성우님들이나 정말 다들 어쨌거나 진짜로 굉장해요!

괜찮다면 봐주셨으면 좋겠습니다.

그러면 평소처럼 인사입니다.

책을 사서 읽어주신 독자 여러분, 언제나 정말로 고맙습니다.

웹판부터 응원을 해주신 분들도, 부디 앞으로도 잘 부 드립니다.

창작 관련 친구들, 언제나 이래저래 조언이나 여러 가지, 같이 해줘서 고마워!

게임 관련 친구들, 이번에도 열심히 썼어! 고마워!

언제나 지원해주시는 정리 사이트 관리인님, 매번 정말로 고맙습니다.

이번에도 근사한 삽화를 그려주신 칸나츠키 선생님, 정말 고맙습니다!

편집부 여러분, 저는 쓰는 것밖에 못하니까 언제나 이래저래 신세를 지고 있습니다.

그밖에, 고블린 슬레이어에 관여해주신 여러분, 정말로 고맙습니다.

9권은 고블린이 나와서 고블린 슬레이어가 고블린을 퇴치하는 이야기가 될 예정입니다.

이것도 있는 힘껏 노력해서 쓰고자 하니, 부디 재미있으면 좋겠습니다.

그러면 앞으로도 부디 잘 부탁드립니다.

■역자 후기

움직이지 않는다. 그냥 죽은 역자인 것 같……은 게 아냐! 아직 안 죽었어! 크악!

불초 역자 죽지도 않고 또 왔습니다. 얼씨구씨구. 요즘 바쁘네요.

아무튼 다시 뵙게 되어 반갑습니다. 역자가 이 후기를 쓰고 있는 현재, 한창 고블린 슬레이어 애니메이션이 방영되고 있는 중입니다. 이얏호! 그래서 말인데 덩달아서 인터넷 커뮤니티 등지에 고블린 슬레이어 관련글이 늘어났습니다. 그래요. 역자가 지켜보고 있드아아아.

몇몇에는 찬동하고, 몇몇에는 반론을 하고 싶고 그렇습니다만 역자의 입장에서 거기에 일일이 반응하며 논쟁을 하는 것도 좀 그렇긴 하죠. 다만 세계관 설정에 대한 것은 초반에는 그렇게 생각할 수도 있지만, 현재 진행된 본편과 외전 두 작품에 묘사된 내용까지 모두 고려를 해본다면 제기된 문제를 상당부분 해소할 수 있다는 말씀은 조심스럽게 드리고 싶습니다. 뭐, 완벽하진 못해요. 사실 완벽한 세계관이라는 것 자체가 없는 거기도 하고.

그러나, 역자라도 안심하고 반응할 수 있는 화제라는 게 몇몇 있죠. 오늘은 그 중 하나에 대해서 역자의 견해를 아낌없이 펼쳐보겠습니다.

그러니까 과연, 고블린 슬레이어는 미남인가?

네. 역자의 생각에는 그렇습니다. 《진실》이란 무자비합니다. 잔혹합니다. 무자비하고 잔혹한 진실…… 여자들한테 인기가 있으려면 일단 잘생기고 봐야 하는 법이죠!

그러면 대강 어느 정도의, 혹은 어떤 타입의 미남일까요? 일단 멀쩡하게 잘 생긴 건 분명합니다만 어느 정도인지 감을 잡기는 좀 힘들죠. 하지만 힌트가 있습니다. 바로 「의외로 미남」이란 발언을 했던 사람이 다름 아닌 마녀라는 겁니다. 마녀가 누굽니까? 바로 작중의 공인 2대 미남 중 하나인 창잡이 ― 나머지 한 명은 국왕 폐하입니다. 칫. 금강석수저 같으니. ― 와 파티를 짜고서 다니는 여인이 아닙니까? 그녀가 「의외로」를 붙였다고는 해도 「미남」이라고 말했다면 제법 수준이 높은 것을 미루어 짐작할 수 있습니다.

하지만 위화감도 있습니다. 그래요. 고블린 슬레이어는 잠깐이지만 맨 얼굴로 길드에서 돌아다닌 바가 있습니다. 그런데 별로 눈에 띄지 않았죠. 하긴 이 친구가 평소부터 눈에 띄는 건 그 눈에 확 들어오는 차림새 때문이고, 당시에는 그렇게 튀는 행동도 하지는 않았습니다. 그래도 화려하게 잘 생겼다면 눈에 띄는 법이니까, 적어도 화려한 미남은 아니란 것이죠.

따라서, 고블린 슬레이어는 이른바 수수한 미남인 겁니다! 한눈에 들어오는 화려한 포인트는 없지만, 똑바로 주시해보면 생김새가 단정한 것이 미남인 것을 깨달을 수 있는 타입이란 결론을 내릴 수 있겠어요.

그러면, 결국 주인공이 미남인 고블린 슬레이어. 앞으로도 많이 사랑해주시면 좋겠습니다. 주인공이 미남이라고 질투하지 마시고. 음? 페이지에 얼룩이 보이신다고요? 어허, 요즘 몸이 허하시군요. 결코 역자가 흘린 정신적 질투의 피눈물이 문장에 스며들어 환각을 보신 게 아닙니다. 암요.

그러면 다음 권에서 또 봐요!

고블린 슬레이어 8

1판 1쇄 발행 2019년 1월 20일
1판 2쇄 발행 2019년 3월 8일

지은이_ Kumo Kagyu
일러스트_ Noboru Kannatuki
옮긴이_ 박경용

발행인_ 신현호
편집국장_ 김은주
편집진행_ 최은진 · 김기준 · 김승신 · 원현선 · 권세라
편집디자인_ 양우연
국제업무_ 정아라
관리 · 영업_ 김민원 · 조인희

펴낸곳_ (주)디앤씨미디어
등록_ 2002년 4월 25일 제20-260호
주소_ 서울시 구로구 디지털로 26길 111 JnK디지털타워 503호
전화_ 02-333-2513(대표)
팩시밀리_ 02-333-2514
이메일_ lnovelpiya@naver.com
L노벨 공식 카페_ http://cafe.naver.com/lnovel11

ISBN 979-11-278-4831-6 04830
ISBN 979-11-278-4050-1 (세트)

값 9,800원